わが青春の記録

上巻

四國五郎

三人社

凡例

一、本書は四國光氏所蔵『わが青春の記録』（画と文、四國五郎、私家版）を撮影したデータをもとに作成しました（撮影：鹿田義彦様）。

一、刊行にあたっては、鮮明な印刷となるよう努めましたが、原本自体の状態によって、印字が不鮮明あるいは判読が困難な箇所があります。

一、原本の判型は、縦23㎝×横17㎝です。今回の刊行では、原寸に近い大きさで収録しました。

一、原本の白頁は、省略しています。

一、個人情報にあたる箇所は、著作権者の了解を得て、削除しました。

一、目次のうち「わが青春の記録」の項目は抄録です。

一、下巻付録「豆日記」の㉜～㉟は天地を反転させて掲載しました。

（三人社）

『わが青春の記録』執筆当時の四國五郎。1949 年（25 歳）。

『わが青春の記録』『豆日記』　原本書影。（撮影：鹿田義彦）

はじめに

四國　光

この度、父・四國五郎（1924年〜2014年）が描き残した、この世にたった一冊の手描きの絵日記『わが青春の記録』が、三人社さんによって父が描いたままの形で公開されることになった。1948年11月にシベリア抑留から帰国するや、収容所から命がけで持ち出した『豆日記』を頼りに、父は記憶が遠のく事を恐れるかのように、戦争とシベリア抑留の体験を、大急ぎで吐き出すように描いた。実物は約1、000ページあり、大きさと厚さは丁度「広辞苑」を少し小さくした形状だ。全てのページが、律儀に絵と文章で構成されているのが、「絵と言葉の統合」を強く意識していた父らしい。1949年と1950年のある時期、25〜26才の父が集中的に描いたもので、私が会った事のない若き父の実像が謄写された、まさに四國五郎等身大の「青春の記録」だ。

父は生前この記録を、自分の伴侶のように生涯手元において、事あるごとに、絵画や詩、あるいは文章を描くための備忘録のように読み返していた。20歳そこそこで体験した地獄のような戦争とその後の人生に大きな影響を与えたシベリア抑留の生々しい記憶。父は晩年になるまで、徐々に成熟する目で自分の体験を確認しながら、この『わが青春の記録』を、詩や絵を創るための刺激剤として活用していた。

この『わが青春の記録』は戦争の歴史的記録であると同時に、一方では極めて私的な「日記」でもある。一部のシベリア抑留の部分を除いて、父は生前表立った形では公開しようとはしなかった。公開の意思はあるにはあったようだが、若々しいが、その分未熟な内面がむき出しになったような、気負い過ぎの記述も各所に散見され、外に出すには自分でも少し気恥ずかしい気持ちもあったのではないかと思う。

父の作品、特に文章類に関しては、我が家の遺品である以上に歴史を刻印した記録資料でもあるわけで、遺族が遺品として囲い込んでしまってはいけないのではないか、という気持ちが、父の没後、時間を経るに従い徐々に強まって行った。また、何人かの専門家の方にこの『わが青春の記録』を読んで頂いたところ、「他に例のない、極めて貴重な一次資料なので早く公開すべき」という強い意見も多く頂いた。遺族として多少の抵抗がなかった訳ではないが、多くの方に背中を押して頂き、公の資料として世に出すことを決心するに至った。父も上の世界で、照れながらも納得してくれているものと思う。

戦中派として生まれ、物心ついた時から生活を全て戦争で埋め尽くされ、将来は東京に出て画家になることを人生の目標としながらも、戦争とシベリア抑留を体験し、そして最愛の弟を被爆死によって失い、「広島に残って、平和のために描く人間になる」と決心するに至る。単に絵の「テーマ」として平和を選んだのではなく、そういうメッセージを込めた絵と詩を描く「人生」を選択したのだ、と言っていた。そのような、ひとりの広島の若者の生き様が、生々しく、余すところなくこの1、000ページに活写されている。この絵日記は父にとって、戦後に表現者として次の人生に進むためには、どうしても描き上げねばならない「青春の総括」だったのだと思う。

人は死ぬが表現されたものは永遠に残る。かつて、ひとりの若者が戦争と抑留を懸命に生き延び、そして成長したことの証として、この『わが青春の記録』が、願わくばこれからより良き時代に向けて、少しでも歴史の検証や記憶の継承に資することができれば幸甚である。

（四國五郎　長男）

目次

●上巻

●下巻

わが青春の記録
1924-1932-1941-1945-1948-1949

私のMemorandum
Toro.
1950.

1988.7.24

1948.11. 復員してすぐこれを(記録を)書いて既に40年．表紙も綴りもボロボロとなったので．本日装丁を改め布装とする。古くなった表装はすてがたいので，ここに記録に止める。

近くシベリアと軍隊の記録を．本格的にはじめるので
そのために堅牢な表紙にする必要もあり．表紙のとりかえを行ったのである。

MEMORANDUM

Сикоку
Горо
30. 4. 1951.

Горо
сико ку
1949.
12. 25.

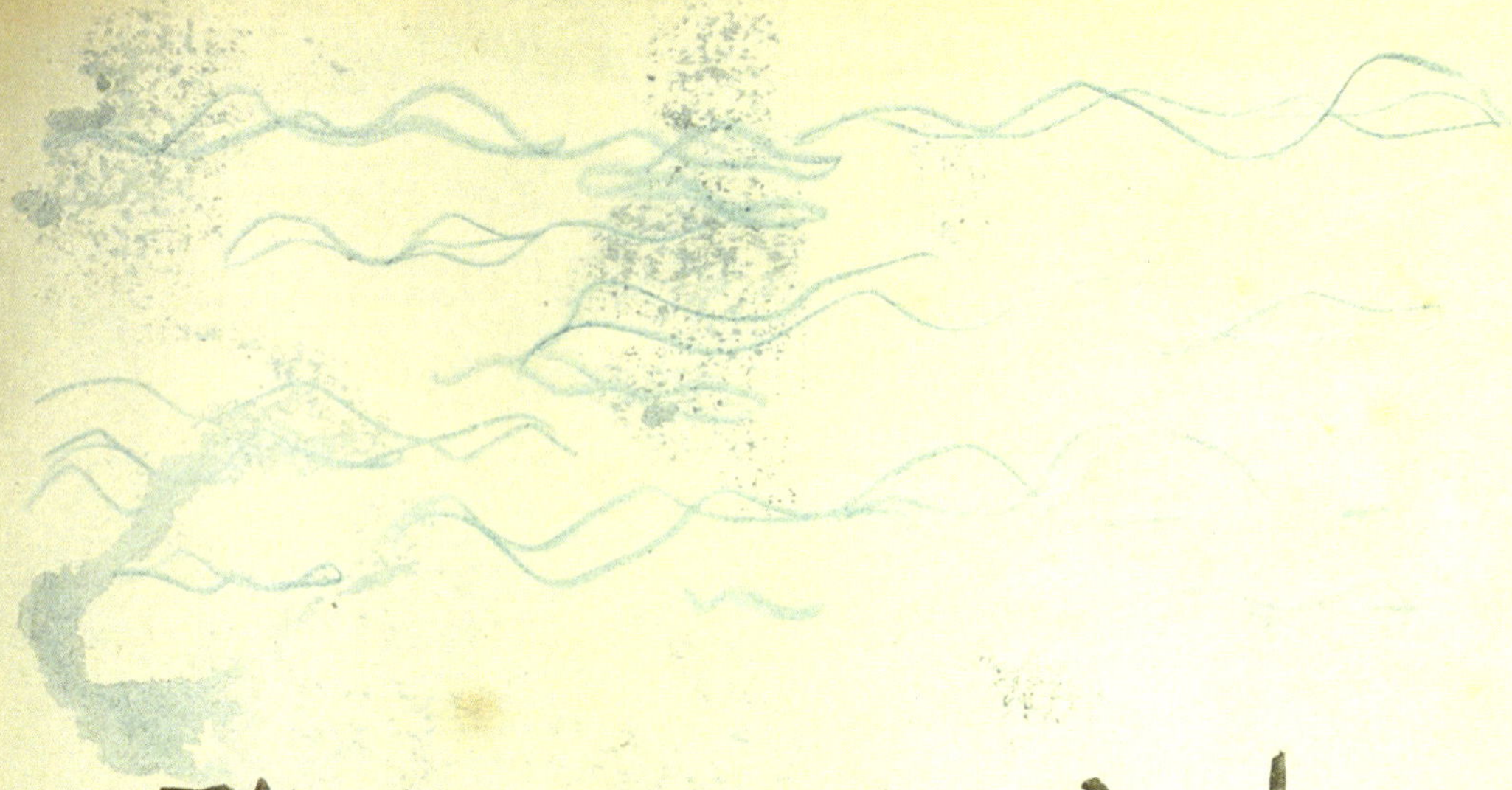

わが詩よ

わが詩よ！　この世のために

流れる涙の生きたる證よ！

汝はこゝろの嵐　お猛ぶ

運命の時に生れ出で

世の人々の胸を打つ

磯の岩うつ波のごとく

ネクラーソフ

私の
レジスタンス
Memorandum

シベリア之

シベリアの大地の歌

さようなら タイガア

ナホトカの火

民主民族解放のみち

高砂丸

抵抗の辯證法、

杏の木に

杏の花が 咲くように
この國に明るく 花を咲かせたい

四月の太陽が
大地を あたゝめるように
みんなの頭から 足の先まで
あたゝかい 光をあびせたい

糠雨が
木の芽をひらき
麦の緑を ますように
みんなの くらしを ゆたかに うるほしたい

われらの党は
このような
春の使者で ありたい

（上田 進）

生活に旗を!

いつの日煙を吹く
私の家の窓から
工場がみえる
眠っている工場よ
いつの日
煙を吹く

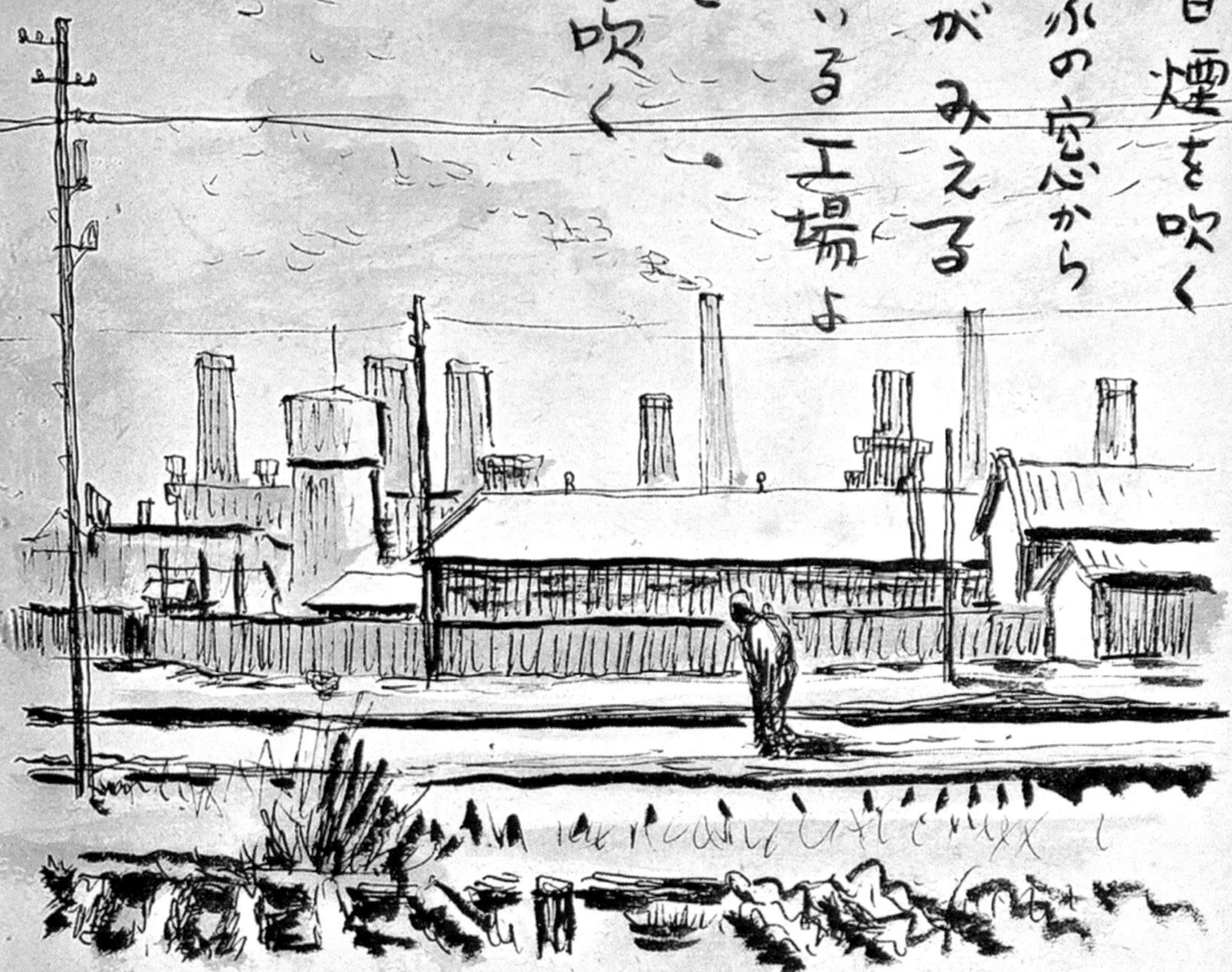

リアリズムとは民主々義のことだ
とソヴエトの画家が云ったことば
を何かの本で読んで
私は沢山のカキ殻の中から
無雑作に真珠をつかみ出し
てみせられた時のような気
持になった。
覆いかくされたものに民主々
義はない
虚飾され生活から遊離した
ものに民主々義はない
真実こそ立派な詩であり
真実こそ
素晴らしい繪画である。

習慣と云うものは　生活に殆ど
決定的な力をもって位置をしめ
ているが　よい習慣と云うものを
意識して自分でつくりあげなけ
ればならないと最近しみじみと
私は考えたことがある。
　私には一日二百枚近い繪を
毛筆で（繪と云ってもクロッキー
だが）描きあげた経験をも
っており　それは十七か八の
頃であったが　その当時は実に
一所懸命に繪を練習していた
ものである、
戦争中のことなので　私の生活
の自由と云うものは　おそろしく
圧えつけられていて　一日十二時間
から　十五時間労働をして

睡眠時間を のぞけば あとに残るのは 一時間か 二時間と 云ったものだったが そう云う 時間を けな気なまでに 生かして 使っていたものである、

そうして その ギリギリ一杯な生活は 充分自己の生活の習慣となってくりかえされていた、

近い例が 私が ソヴエトに抑留されていた ある期間 など 一日を 絵を描く時間、読書の時間、新聞の原稿から詩をつくる時間と スケヂュルを組んで 毎日 毎日が 素晴らしく 充実しておら 生き／＼とした その の生活は もう習慣となって すっかり 自分の生活の板について

五郎をはげます繪

いた。
最近の私の生活と云うものはタガのはずれた桶の様にバラバラになって拾收のつかないまゝに抛り出されたまゝになっている。

それを痛感したのは ある文化人の集りに出席して ひとつのさゝやかな詩の本を月刊で出そうと云うことになり さて私も一つ二つの詩をつくることを引うけたのだが いざ書こうとするとさっぱり出来ない。詩をつくる才能云々と云う問題でなくて実際ものを書くと云うことが最近の私の生活にはなかったのである。

絵にしても同じことでブルジョア息子の余技のように、

Горо юки омо те.
Горо е каку син о моте.
сусуме ба.
Маеето сусу меба
Мицива онозукара фиракеру.
Маю о аге
и чу мо фофоеми о татаете
Минмани аисареву.
Боро Сикоку
1950. 1.

気の向いたときには描く、描けなくなると投げ出してしまって パレットの絵具はかたくひからびてしまう と云ったありさまだったのである。

日記もつけていない……はりつめた生活と云うものは非常に幸福感にみちたものだが その習慣をつくるために まず私は何でもよい書いてみることにした。

モチーフは うず高くたまって ほこりをかぶっている、そのほこりをはらって いざ書こうとして とりかかったのが これである。

創作意欲と云うものは不思議なもので 文章にかきたてられた意欲は そのまゝ、絵にもあてはまる。

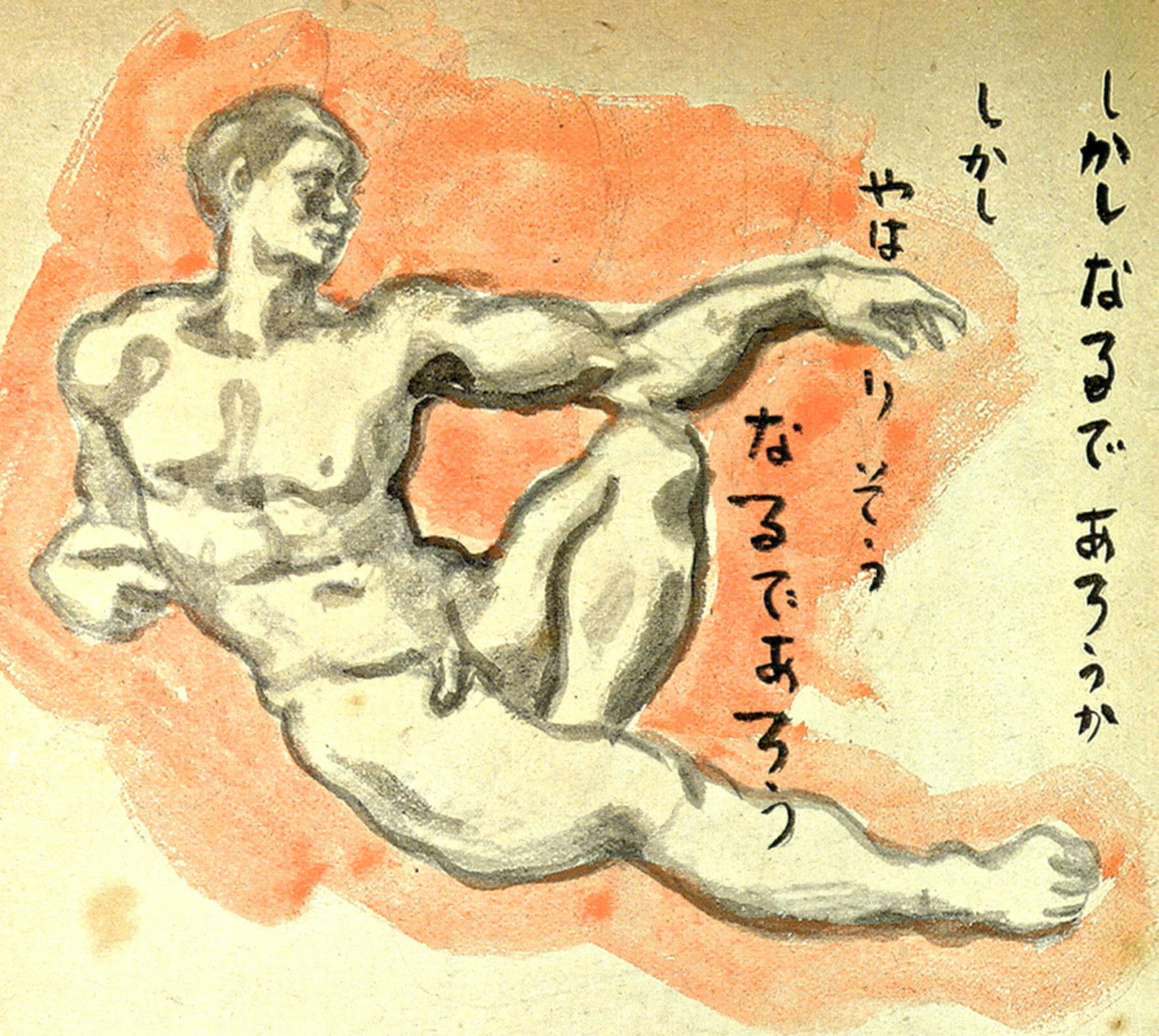
しかしなるであろうか
しかし
やはりそう
なるであろう

私は まず 書かねば ならない
描かねば ならない
やがて 私の生活は 張りたての
カンバス のように 気持よく ひき
しまったものに なるに違いない
そうしなければ ならない

人間の社会を
支えているものの
いつの世
いつの時代に
あっても
人間の
社会を
支え
歴史をすゝめ
てゆくもの
それが
本当に素晴らしい

美しい社会

私がこの文章を書いている建物
の窓の下はるかに原爆で瓦礫
をとりのぞいてひろ場をつくっている
沢山の人々が仂いており白いものが
チラつくのは手ぬぐいをかむった女で
ある
声はきこえないが何かじょうだんを
云っては笑っている
土を搬びながら鼻うたをうたって
いる男もある.
歌やじょうだんは　ある程度
労仂を楽しいものにしているよう
である.
しかし　瓦礫を除き　ひろ場
をつくる仕事　そのものは　決して楽
しいものではない.

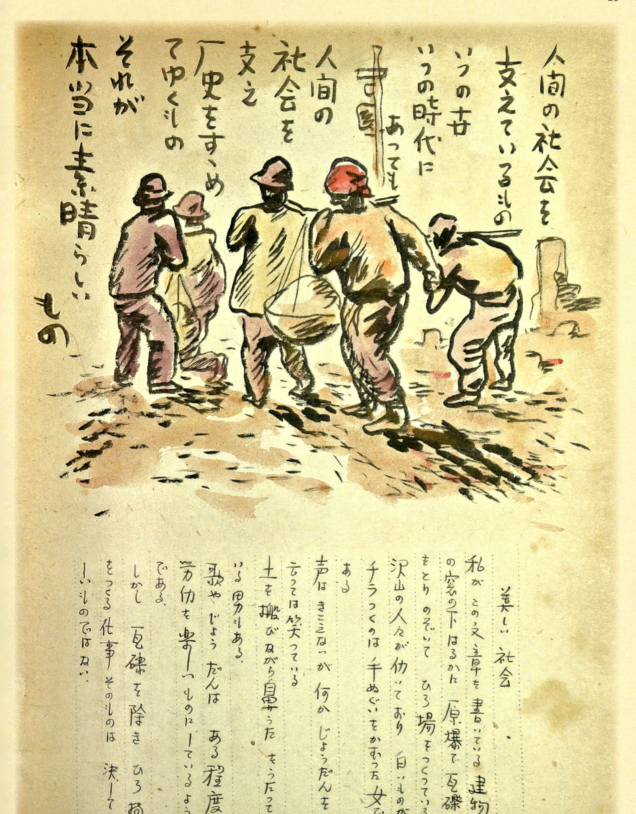

ム年末の灰色の空は寒々として
おり　たれの身にも何うして年の
瀬を越すか？．と云うことが考え
られている．
生活は苦しいが誰しも楽しく
すこしでも温い　くらしをしたいと
希求している．
楽しい　あたたかいくらしをしたい
と云う．．　明るいほがらかな生
活をしたいと云う　この強じんな
人間の気持と実際の生活と
は　これはまったく別のものだ
たのしく生きたいと云うことは　社会
が楽しくあたたかい　と云うことを
意味しない．　これはもうはっき
りとしたことだ
しかし　これが一緒くたに考えられている．

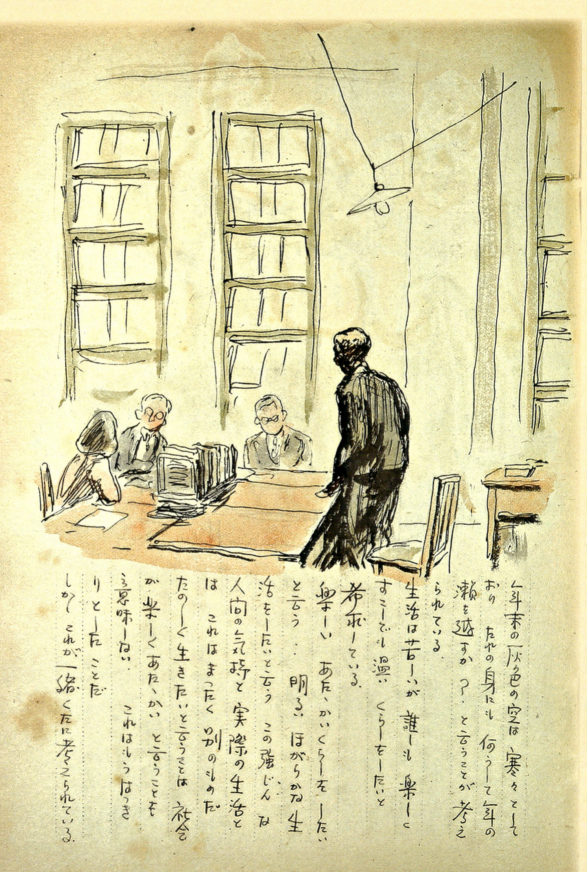

善良な人間が
何千年もの間
夢想していたものが
地上にあらわれた
そうして
又もうまれた
歌声が伝ってくる

楽しく あたゝかい くらし をしたいと云う
意識と同じく 労働をする と云う
ことが 楽しいこと、意識され
労働で すこしずつ 向上する社会の
富が 又自分の くらしを 楽しく
温いものとする ‥‥ このような
社会は ソビエト、
私はこのような 社会を みて来た。
みんな このような 社会をつくる
ために努力しなければならない
私の これから 書こうとする もの
も よい 社会 をつくるために 役立
つようなもので なければ ならない
目的 意識をもったものと云うより
も そのような 要素を 少しでも持
っていれば いる程 よい文章 であり
よい絵なので あるから‥

アンチ、ワイナア
私の家には 母と兄夫婦と 弟と
五人が生きている、
この十年あまりの間に 父と兄と弟
が この母から 消えた、
戦争は 兄と弟の生命を奪
った、 五十八と云う歳で病死し
た父も やはり戦争をひきおこ
したもの、 根元になるもの、 ため
に奪われたと 私は思っている。
そうして それは 正しい、
もし 私の家が 非常に豊で ペニ
シリンは なかったとしても 金にあかせ
て医薬をもとめた ならば・・・
私の家を ヒンコン たらしめたものは・・・
社会のしくみが 若し・・・
若し父が 若い頃 生命をすりへら

死んだ人々は還ってこない以上
生き残った人々は何が判ればいい？
死んだ人々には慨く術もない以上
生き残った人々は
誰のこと
何を慨いたらいい？
死んだ人々はもはや黙ってはおられぬ以上
生き残った人々は

すような苦しい労働をしていなかったならば……

海外に市場をもとめて血みどろな侵略戦争を行わしめた社会形態……

父を五十八で奪ったその社会のしくみ……

私の考えていることはまったく正しい。

私のこれまでの生活は戦争が大きく影響している。

現在の生活のなやみの一つ一つをとりあげてみても戦争の影響が原因しないものはない
戦争と云うものを人間の生活から完全に無くさねばならない
これは出来ることであり その方法は科学的にわれわれの前に示されており 民主々義勢力は実際にその道を斗って進

沈黙を守るべきなのか？

んでいる。
その斗いに私の生活も結びつけねばならない。
過去の経験とそれを通じて得たものをその斗いに結びつけて少しでもつよいものにしなければならない
それでこの一冊のノオトに私は過去の私の歩いて来た道を書き止めておかねばならない。

〃若し帝國主義者が第三次世界大戦をぼっ発させるならば　この戦争は　こんどは個々の資本主義國ではなくて世界資本主義全体の墓場になることは疑いない。〃

ゲオルギ・マレンコフ

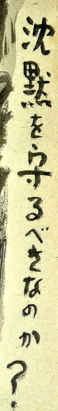

自画像、

これはおそろしく精巧にくみたてられた機械である。　千分の何ミクロンの感度計は一寸した空気のゆれにも敏感だが　しかしそれをヂェスチアには　なかなかあらわさない。

そうしてその機械は　こわれっぽいけれ共やはりかたくなに一つの方向え　不愛想に向ってゆく。

と云っても　大胆なのではなく臆病に極く細心に機械自身がたえず調節している。

だから勇気がない。

こわごわと　臆病に　しかし事実は一番大胆な道をこの機械は進んでゆく。

機械自身もそれをほこらしやかに思っているのだ。!!

機械自身のよさも事実そこにある。!!

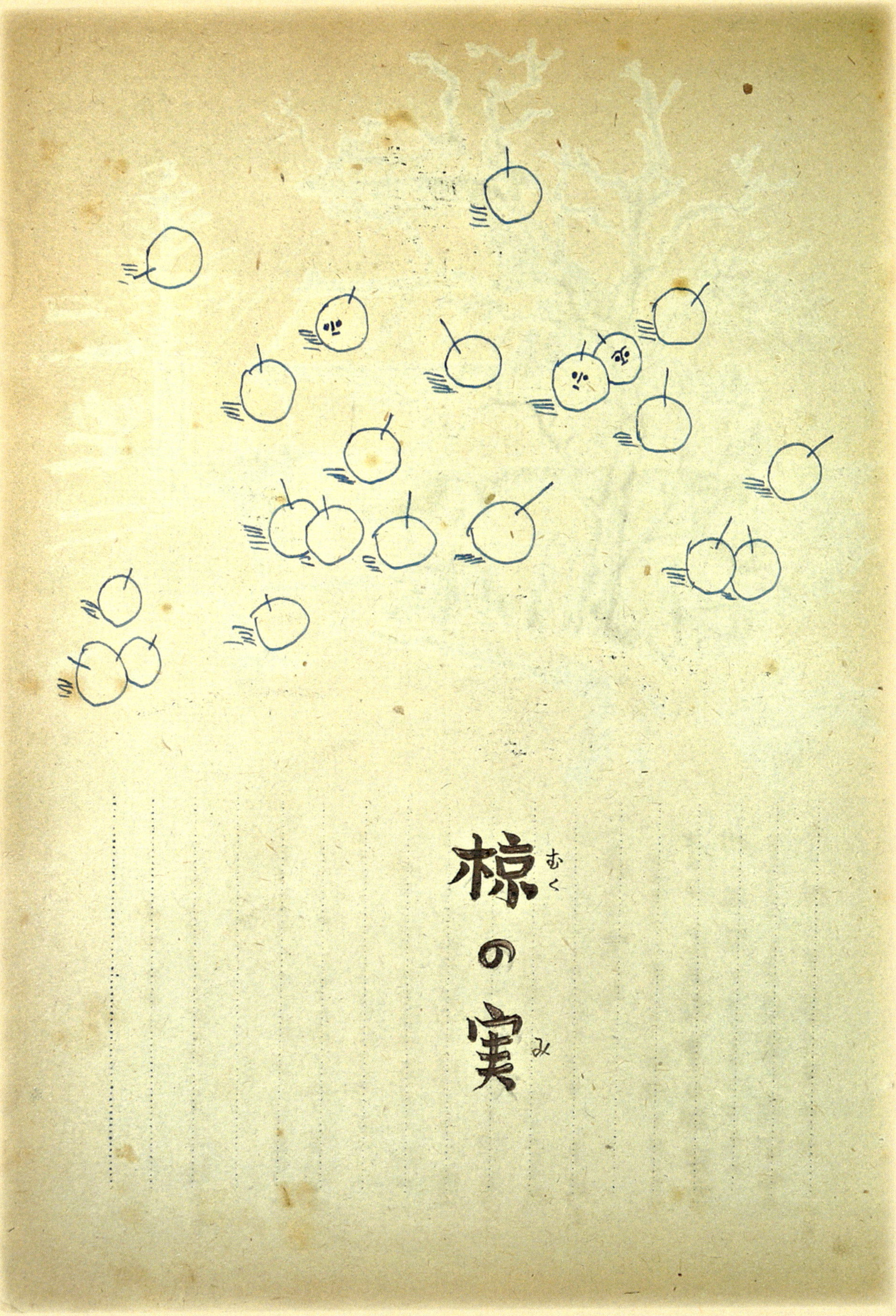
椋《むく》の実《み》

ぷれりゅど

こゝに書きしるすのは美しい詩であるべきである。

私の生れたところはかくべつ美しいところではなかったがしかし実際はなか〳〵美しいところであった。

山と山にはさまれたその村は、まずその山は一面に緑の木に覆われておりその村の中央を細く長く綺麗な川が流れ四季を通じていろ〳〵な花が咲き小鳥は一通りは鳴った。

めんどうくさいから場所をはっきりすれば広島県豊田郡椹梨村椋梨と云うところである。

こうしてくると非常に現実的になり味もそっ気もなくなるがしかし

その方がよい　そんな文章や絵に飾りや　まわりくどい形容詞は必要がない、
茅ぶきの　うらぶれた農家　これが私の生れた　場所である.
ついで明らかにすれば　一九二四年五月十一日、　五月だから樹も草も空も一年間で一番美しいときであったに違いない.
父と母の間に出来た、（ことわる必要もないが）五番目の子なので五郎と名づけた.　五番目と云っても二人の子が死んでいるので実際は　三番目であった、
一九二四年の五月と云えば　清浦内閣が辞職し　ちょうど私の生れた日あたり　第十五回の

総選挙が行われたのである。また普選は行われず ついで出来上った五十議会で普通選挙が國會を通過したのである。第一次世界大戦后の國際的なデモクラシー勢力は日本に於ても その内容と性格はどうあれ 普通選挙を敷かねばならなくなる迄に強くなっていたのである。統計でみると 私の生れた一九二四年が労働組合の組織率が一番高くなり漸次その數を少くしているところからみても 人民勢力に対する弾圧が 序々に行われ やがてだんだん強くなって行ったことを物語る。ブルジョアジーは 完全に独占の

段階に達し 戦争景気のなごりが紙幣をロウソク代りに焚させたのもこのころであり なめり川のおかみさんに端を発して 全國的に野火のように まき起された 米争動もこのころである。
一九三〇年の恐慌は 坂からころげた石のように 不況はころがり込んだのだが まづ その まっ先の犠牲は農村の百姓の肩に喰いこんだのである。
中國の山深いこの村の山と山のヒダの中にも この影響は無言でのしかかっていた。
父と母は荒地を開墾してはやせさらばえた田をつくり 土ぐもの様な田んぼに はひつくばっては働

いた。二人は若くして一緒になり広島から九州の博多あたりまでゆき炭坑に入ったりなどしながらずいぶん苦労して流れあるいたあげくこの山深い村におちついて百姓を始めたのだが満足な田畑とて一つもないところからはじめたのだからそのつらさは一通りではなかったらしい。そうしてこの土地で長男を産み次兄を産み私もそこで産声をあげたのだが私には勿論その当時の記憶も私の生れた家の記憶も全然ない。私はただ成長してからその家のあったと云われる跡にゆき想像していろ〱ね家や父や母の姿、私のまだ

満足に一人で歩けないころの姿をゑがき出すことが出来るだけである。しかしその　しもやしき（しも家敷があったので子供のころ私らはそう呼んでいた。）には大きな桐の木があり　ボケの花が咲き家のあとをめぐって柿　いちじく　ぶどうなどがあり　素晴らしい梅の古木などがあり自然石は深い草にうずもれて点々としているけれ共　それで充分父の若かりしころの生活や趣味を考えることが出来るのだった。これらの風景は私は想像によってほんやりと実にぼんやりとゑがき出すことが出来るだけである。そうしてこれを私はこのノオトのぷれりゅどとする。

父

今も私の記憶の中に確実に残るのは くにし と云う家を借りて住み一町足らずの田を小作していたころのことである。

日本資本主義が発達し生み出された近代的プロレタリアートは その結束をかため その争も大きくなりつゝあったけれ共 この山深い農村にはしっかりと封建的な 主従の関係にも似た しきたりと恩義で締めつけられ したがって農民運動も行われなかったらしい。

小作人のウップンは せいぜい突発的な小さな事件を生むことはあっても決して組織された 正当な力となることはなかった。

父の持っ不平や不満は息子
に講談まがいのお噺をしてきか
せることや 或は酒を飲んでよっ
ぱらう ことで 消されていたものと
思われる。
酒と云えば 父は相当飲める方で
それで乱暴を働いたと云うことは あまり
きかないが それにしても母を相当困ら
せていたらしい。
父の若い時から一人立ちしてさま〴〵
な労働でたたきあげて来た軀
は節くれ立った男松のように がん
じょうだったが その軀には甚だ
見栄えのしない刺青が刻まれて
あった。左うでに未完成の龍
の絵 またほかのところには 墓の
絵が小学生の図画のような刻

まれ その墓には たしかおふくろの名
そのか何かが 刻まれてあった
父は躯を元手に何でもやって働い
たが 非常に器用なところがあり
大工から佐官（壁ぬり）石工
鍛冶と何から何まで ひとりで
やった　又実に雅趣のあ
る趣味も持って居り ぼんさい
をつくり いろいろと枝を曲げては
ひとりたのしんだり お経を何
冊も自分でひきうつしては綴ぢ
てみたり かと思うと山から木
の根っこを掘り出して来て それを
くりぬいて煙草ぼん や 莨入
をこしらえてみたり
とにかくそんな父であった

母

今から二十余年も昔 母が三十いくつの
頃のことだから まだみず〳〵しい
若さ（これは適当な形容ではないかも
知れぬが） 若かったに違いない
現在でも 私には母がそんなに老い込ん
だとも思えない
私が ふところに抱かれ乳房をしゃ
ぶっていた頃の母も現在の母も
どこが違うと言うんだ、まったく違っ
てはいない。
白く広い母の胸の感觸
乳房と乳房の間の丸くくぼんだあた
りに頬っぺたをつけた温かみ
これが母のすべて……何んな母も
殆ど同じであろうが 盲目的な愛情
その中で私は育った、

ФОДОЖИНИК

兄、

長男は 徴兵検査一番で あったが
広島え 出かけてゆき 転々と仕事も
変りながら 働いた、
次の兄は まだ小学校に通って いた、
父の器用なところ よく云えば 芸術
家的要素?が 長男に受きつが
れ 次の兄にはそれがより 強くあらわ
れて 兄はよく絵を描いた、
絵と雑誌の口絵やさし絵の たぐ
いで あったが 兄のノオトや紙切れには
こうした絵が すみずみに鉛筆や
ペンでよく らくがきされていた、
そうしたことの感化!!で 私にも
絵に対する。興味がしらずしらず
のうちに のりうつっていたらしい

谷向

村の中央を沼田川と云う川が一本流れていたがその川をはさんで部落が温地《おんち》と日向《ひな》に別れていた。朝陽の当る一方が温地で西陽のあたる一方が日向であった。

朝陽が先ず温地を照らしてカバンをはすかいにかけた小学生徒が遊んで学校之ゆきはじめるころまた日向の方は朝霧の中にねむっていた。

そうして夕陽が温地の山の端に近づくともう暮色がたれこめてくるのだが　日向の方はその山の頂あたりにまだ　あか〱と夕陽を受けていた。　このようにして毎日毎日を送り迎える谷向の小さな村だった。

一年生

私は一年生になった。裏返すことによって赤にも白にもなる運動帽をかむって新しいカバンをかけ、新しい本やノオトをつめて学校へゆくことは、うれしいことでもあったが、いよ〳〵父や母からはなれて とにかく多勢の人の中に入って小さい自己をやはり主張しなければならぬ生活と云うものは実に大きな決意とでも云うかそう云ったものが必要であった。兄はもう九歳前だったが私は授業中帯が解けたときなどひとりで結ぶことが出来ないので兄のところへ結んでもらいに行ったものである。

学　校

村で一番立派な建物と云えば
それは何と云っても小学校であり
それに次ぐものは村役場で
学校は山の中腹を掘りくずして
建てられてあったが　私らにとっては
実に素晴らしい学校で　免も
れば　にゆとりもあり　同級生
は三十名足らず　だが　全校合
わせれば　四百名近い生徒がいた
先生は十名あまり　勿論そん
なだから　何の組も男女共学、
先生は　村上と云い　四十近い男の
ひとで　副校長であり　小学校の
先生と云うタイプが　躯からそのつめ
襟の洋服とかにしみ込んでいるよう
なひとであった

網走のひと屋は寒し
目ざむれば
床をめぐりて　霜の花咲く
ひろし・ぬやま

一九二八年二月には　才一回の普選が行われ　る時の内閣によって　無類の選挙干渉が行われ　政友会と民政党の二つのブルジョア政党の　シュウワイと暴力による　泥まみれの　斗いがされたが　無産政党は八つの議席をしめた.

日本共産党が　惨虐な弾圧をうけたのが　その年の三月十五日であり　翌年は　四、一六と称される　弾圧がなされ　民主的な政党、団体は　次々と解散させられた.

田中内閣が　軍国主義的な侵略を企図し　日本人民の負担において　恐慌を

のがれんと大陸に牙をむき出しはじめた、
治安維持法が死刑法に解悪され 田中上奏文と呼ばれる大陸侵略のプログラムが天皇にさし出された。
このような時代であり
このような時代に私は産れ育ち小学校え入学した。
そうして私が二年生の時迄に日本帝国主義は対支侵略を開始した。 だから 私らのうけた教育は いかに この農村の善良な息子たちを 天皇のために兵隊にして戦場に何の反抗もなく 出かけさせるか と云うことに 主眼がおかれ

忠良なる・いわゆる赤子《セキシ》と其の素地をつくることにあった.
バクダン三勇士なるものは歌に唄われ絵にかゝれ 私らの頭に叩き込まれた.

実際、新らしい吸取紙のような子供らは自由自在な色に染めあげることが出来たし 吸取紙は必要以上にそれを 吸いとっては育って行った.

ジュンぼく な子供らも人間でありそういう教育の中にも伸びてゆき大きくなった.

人間そして大きくなると云うことは それがどんな教育であり、社会であるとしても 生れながらにして持つヒューマニティーと云うか 人間て

コンスタンタン・ムーニエ の レリーフ より

しての貴さを反面にもって大
きくなった、

二年生、

先生は女の先生　美しい先生、
私は級長になる、
絵はだんだん好きになり伊藤と
云う若い先生が一所懸命になっ
て私に絵を教えてくれる、
水彩画もこのころから習いはじめ
る、　画仙紙に毛筆で描
くことも覚える、

山の歌

私はこのあたりで一年間の当時の私の生活のデッサンをしておこうと思う。


春はやはり梅の花ではじまる。

背戸の山のお墓のあたりの椿の花がぽっかりと真っ赤に咲いて、ポカリポカリと音をたてゝおちるころになると梅の花が咲く。

田のあぜに若い芽が萠え出す 茅花が芽を出す 私たちは友だちとこれをたずねてはつみとって食べる 甘ずっぱい緑の味。

やがて桜 学校では遠足がある。

野呂池（山の奥につくられた大きな用水池）の観音様のお祭りに

はべんとうを拵えてもらって 花見に
行く 田んぼの中に もり上っている
城山の 彼岸桜が咲く
五月ともなれば この小さな谷間のよう
な村は 深いみどり色に覆われ 文
字通り 風薫ると云う気候とな
る 鯉のぼり を泳がせる家は
村でも わづか 二三軒の 金もちの
家に限られるが どの家でも かしわ
餅は拵える
しょうぶ湯が たてられる
私は十年も前に 椋の実と題して
長い長い綴方をつくったことがある
それは一冊に綴られて一冊のノオトと
なって今も私の手元にあるが
その中から 文章をそのまま ひろ
って これに のせることにする

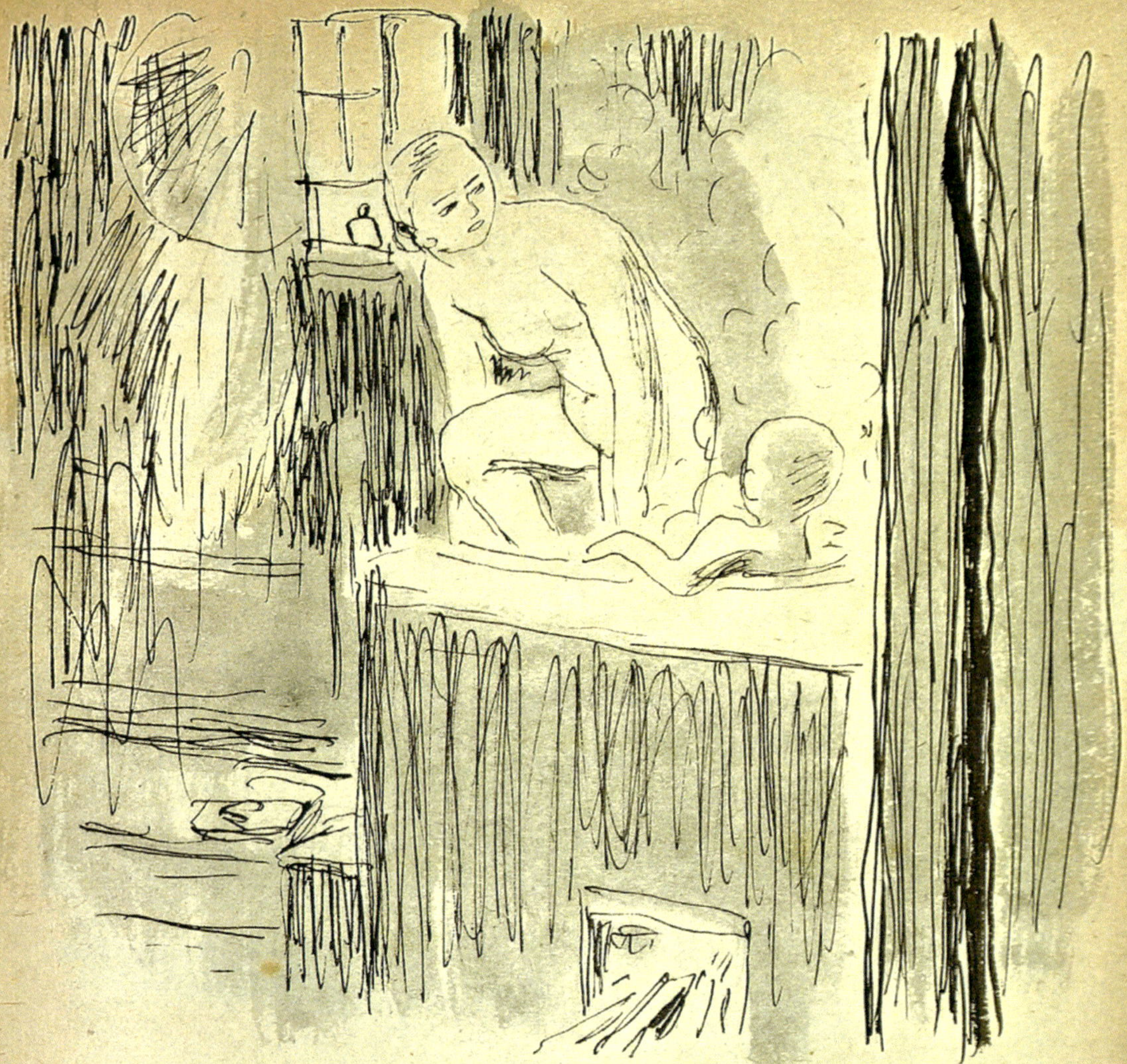

菖蒲湯をたてたときには風呂はひるま入る。
風呂は半野天とも云える土間を出たところにくっついていた。だから風呂に入ったまま庭をながめることも出来れば湯気をなびかせて五月の風に頬をなぶられるのだった、それは子供心にも非常に心地良いものであった。
俗に五エ門風呂と云い釜風呂で家の中で着物を脱いで裸体で下駄ばきで走ってくる
渋色にくすぶった行燈が風呂の湯気のか、るところにか、っておりその中にはくすんだカンテラがあった、
私は普通は母と一緒に入浴したが “さあ 温って出よう” と云っ

てすっぽりと首まで湯に漬っている
ときなぞ　私は母の胸にかぢりついて
乳房に唇をつけて甘えた。
母と一緒に風呂に入ることは楽しいこと
だったが父と入るときは　これは父は
乱暴だった。
狭い風呂の中――で
"石川五エ門は　こうしてたんだよ"
と言ってはその太くたくましい腕で
私を湯の上にさしあげたり顎の
こわい髭を私の頬にこすりつけて
みたり　私の生殖器を突っついて
クックッ　よろこんだりなどした。
裸になって風呂に入ると父は子供
のような気持になるらしかった。
眼をつむって浪花節――をうな

ってみたり、昔噺をしてみたり時には怪しい俳句をつくって大声で口ずさんでみたりした。祭りとか盆、正月にはきまってひるま風呂を湧すのだった。

やがて桑の実がみのる。

田植がはじまる。

田植がはじまると子供らは放っておかれる。海の底にいるようなあおい蚊帳の中で眼がさめると父や母は田ん甫に出ており、私と弟だけが広い家の中に残っていた。そうして台所にゆけば朝めしのためににぎりめしが黄な粉をくるまれて重箱の中に入れられてあった。

蛙がケロケロと鳴きだす
稲穂をそよがせて夏がくる、
夏はごうがら渕でもっぱら水泳、
子供の世界には小作人の息子
も地主の息子もなにもない
そばの花が咲くと赤とんぼがやっ
て来る。空は青く澄んで鳴子
がガラガラと鳴るころは　そろそろ
とり入れで　親たちは又いそがしくな
る、
秋は子らをよろこばせる。
栗がこぼれる　柿が熟れる。
いちじく、なつめ、も食べあきる。
そうして山には香りの高いきのこ
が出て毎日腰に小さなカゴをぶら
さげてはそれをとりに行き賣って
は一銭二銭とため　秋も深みそ

ろく　きのこも　了りとなるころには
五十米近い全高になる。
冬が近づくと何と言っても　いろり　は
楽しい。父は子供ずきだったので
自然　近所の児等がより集って来
たが　みんな　いろり　に　わをつくっ
て　父から　いろいろな　おとぎ噺を
きいた。　お噺話と　いっても　父のは
アンデルセン　でも　グリム　でも　勿
論　アラビアンナイト　でもなく
水戸黄門漫遊記　だったり
堀部安兵衛物語だった。
だが　もう　私ら紙芝居も　映画
もない　山の児には　なによりの
たのしみだった、
田んぼの　稲の切り　株が真っ白く
霜が　おりる　ころになると

鎮守の村祭りの大鼓がひゞいた。杜には白く幟が立ち 家々では 祭りの ごちそうに 蓮根を ほったり 百合根を洗ったりした。

何処の家にも 親類から ぞろぞろと泊りにやって来た。 霜枯れた田のあぜに はれ着の 色がみられる。

毎年のように どこからか おかんさん と云う女が 天秤で 乾魚とか竹輪いりこなぞをかついで 売りに来る。そうして 世間話をしては 家から家えと廻って 行く。

ぐつぐつ 煮られた甘酒をのんで 神楽を みに 一家そろって でかける。

親の身には 祭の寄付だとか 子供の着物のことなどで 頭の痛むことも多いが 子供は何も知らない
百年前と すこしもかわらぬ 封建的な進歩のなさを そのまゝにみせたかぐら なつかしものを よろこんで見
そうして 百連発のピストルだとか 飴を買ってもらって この上なく満足する。
正月はなにはともあれ 年を一つとって大きくなる と云うので なんとも云えぬうれしさで一杯である。
年の暮がせまると 山から松や梅、竹を切って来て 門松をこしらえるのは私の役目である。
尚うれしいのは広島から 兄が帰って来ることである。

後には次の兄も広島の印刷所へ働きに出ていたので　二人が連だって帰って来るので　父や母のよろこびは又格別であった
なにしろ年に一回か二回の藪入りなのである。
兄たちは土産をもって帰って来る　印刷所の香をぷンにおわせて　印刷のインクも鮮やかな土産の子供の雑誌が出る。　なけなしのお金をはたいて買った月おくれの雑誌ではあるが　こんなにうれしいことがあるであろうか
それから飴、　ビスケット、
父に煙管、　母に木綿針
それで一家そろって　世界中の幸福

を一つにまとめたような　正月を迎える
元旦の朝は父や兄は祝詣にお宮
え参る　母は妹って雑煮を　にる。
そうして　雑煮餅を　いくつ食べ
るかなど云うことが　親子　兄弟の
間で　競争になる。
正月は　本家と　丸井え
みんな出かけては　お互々　ごちそう
し　一緒に遊ぶ
今はいない　兄も　弟も　そうして
本家の　姉も　そのころは　みんないた
そうして　みんな若かった。
すご六に　みかん　つりに　冬の永い
夜を遊びあかしたのだった。

三年生、
こうした書き方は非常につまらないと
思う、
事実をたんねんに書くとしたらそん
なことをしなくても私の日記帳の数
十冊の中には実にくわしく記録に
残っているし　兵隊になる迄に書い
た詩集だとか　作文、椋の実
梨花咲くふる里、ったない記
録などに　実にねん入りに書いて
ある。
文章として面白いかと言うと
だいたいそんなものは私にはかけつ
こない、時局的な余裕も一寸ひねり
出せない　では　では、
リアリズムも　なにも　あったものでは

ない　かと云って　私の　そのころの　心理的
な描写は何ひとつ　かけていない
勿論　こんな　雑文でも　私が　よみかえす
場合には　それを糸口にして　実に華
麗な　なつかしい　絵巻をくりひろ
げることが　出来るが　第三者がこれ
をみたならば　実にくだらない　たい
くつなもので　あろう
しかしこうしたものでも　とにかく書く
と云うことが　今の私には　必要なのだ
だから　とにかく　書かねば　ならない

三年になると　伊藤先生と云う
若い　まだ兵隊前の　学生っぽい
イガグリ頭の　ひとに受持たれた、
この先生は　絵がすきで　たえず
スケッチブックを　かかえては　絵を

描いていたし 先生の自炊している家
トは 油絵の 道具だとか 雑誌
みづゑ などが 沢山あった
私は三年生になってから級長
になった そうして先生に可愛
がられた そのころ 私の絵は
とにかく 此る校中で人気のある
存在になっていた
伊藤先生は授業が了ると毎日
私に絵を描かせた
今から考えてみると 先生は私に絵を
描かせるだけで こんなに描け あん
なに描け なぞと 云った指導は
決してなかった だから
私は見よう見まねで 先生の絵を
真似たし 自習画帳の

絵しまぬて 自分の思うまゝに描いた
お祭、 盆おどり、 運動会と
云ったときにし先生は必ず私をつれて
スケッチをさせたし 放課後は 二人
で川辺りえゆき たえず写生した、
外に出ないときは 校舎の中一で
チューリップの花だとか リンゴだとか
云ったものを 写生した。
そうして先生はよく 私に菓子を買
って食べさせた、
二里ばかり はなれた 山陽本線の沿
線にある 駅もしつ町之 絵の講習
会があると云うので 私をつれて行った
こともあれば 図画の懸賞募集
などのあるときには きまって私の絵を
出品し 又きまって入選して 絵の具
だとか スケッチブックなどを 賞品

にもらった。
あるときは隣り村にえらい絵の講師
が来て先生たちの絵の講習会
があると云うときにも　私は先生と一緒
にでかけた。
講習は何日もつづいたので私は
先生と一緒に二日ばかり宿屋に
泊って絵を描いた。
生れてはじめて　私は家をはなれ
て外へ泊った。
山の中の小さな町だが　私にはなん
と灯がまばゆいばかりに美しかった。
二日目の宿屋では着物がなくて
大人の浴衣を　まるで　おいらんか
何かのように　たくしあげて　着せら
れた。宿の女中か娘が腹を

かへつて笑い 小さな画家のところへ来
て なにかと話しかけた、
講習では得意満面で絵筆を
うごかし 講師の大竹桂三、（栗師
み紀念学校の絵の先生）にほめられて
略画の手本を一冊もらった 私だ
つたが 宿屋ではチンとして おとな
しく 私の格好を笑う娘には真
つ赤な顔をしていた.

とよ島.

とよ島と云うのは 瀬戸内海の真
ん中にある 周囲を ひと廻りして
も 五里くらいしか あるまいと思われ
る小さな島である.
そうして その島が 伊原先生の郷

里だった、
ある夏休み／私は 先生につれられ
てこの島へ渡った、
これも生れて初めての汽車や船
に乗っての旅行である、
母にこしらえてもらった握りめしを
腰にさげ 糊の利いたゴワゴワし
た服を着て 先生と一緒に自
動車に乗る、
人通りの少い白い國道をバスは
砂けむりをわきあがらせて走る、
そのみちをガタガタと車体をきし
ませて走っても山陽本線の河
内と云う駅まで出るに二時間は
たっぷりかかる、 岩と岩とが左右
からのしかかっている 渓流にそってそ

の谷間をくゞりぬける　蝉の声はバスの車体の中までも滲みるように入ってくる。

汽車に乗る。

汽車をおりると三原である。私ははじめて海をみる。

稲荷ずし　をたべて　ひるめしにする

海水着と画板を先生に買ってもらう　だん平舟に乗り泳ぎたわむれている　赤や青の色の中を通って　港の入口に泊っている船に乗。　こゝでも私ははじめて船なるものに乗ってみる

白い水沫をのこして船は　絵のように美しい（まったく絵のような）海を走る　島が走る　鴎が流れる。　私は船よいで相当まいって

しまった。　三時間も走ると　海面
は西陽に　あか／＼と　光り
油をながしたような夕凪。
白く突き出ている防波堤にそっ
て豊島え上る。　ツンと鼻を
突く潮の香。
めずらしい島の生活。　海水浴。
貝殻拾い。　隣りの小さな島
え渡っての散歩。
島の小学校えも行ってみた。
伊藤先生を教えたと云う先
生にも會った。
伊藤先生のお父さんを寫生し
て真っ黒に描いて笑われた。
漁に出た舟の帰ったところえゆ
き舟底の金網ものぞいて
大きな鯛がヒラヒラと泳ぐの
もながめた。

夕方は先生の妹さんと花火を焚いて遊んだ そうしてその夜は厳島のお祭りなので 潮のみちて来る八時ころから名物の燈籠流しがはじまる
一尺四角くらいの とうろうを作り 紅白の紙をはったものに ろうそくを点じて私たちは海べりえ出た。 なんと云う沢山の灯
島の者は総出で てんでにとうろうをもって来ては 真っ黒い満潮の中に泳いで出ては 提灯を流すのである。 瀬戸の島で島のせまり合っている ところは流れが早い 無数に泛んだ とうろうは 赤に青に黄に さまざまな灯をともして 夢の様に海面をすべっては去る

妹さんの話によれば　あのとうろうは
一夜海面を流れ流れて明朝
は宮島の廻廊や鳥居のあ
り、之流れつくのだそうな・・・
その夜　これも私には　はじめての銭
湯に入り潮臭い湯をあびる。
何日かそうして島で遊んで帰りも
先生に送ってもらって帰る。
帰りに立よった三原のある町で
立よった家で出された　アイス・クリー
ムの味
ダリアのおまり
先生がいつまでも話し合った女の
人の白い顔　美しい人であったか
何うか今は記憶がない
だがその時先生に買ってもらった
画板は今も残っていて時折スケッチ
板の代りとなっている。

とんど
とんど
川原に ぱあッと 大きく燃え上る
火の花
餅《もち》を焼《や》いて たべる児等の 赤い
ほっぺた。
蒼くぬめぬめと濡れた 河原の石を
つたって
釣糸を垂れて
はや をつる。
なまずをつる。
瀬虫を 餌につけては
釣糸を垂れる
頭には フサフサと
ねむの花が 垂れている。

紙鳶あげ

北風のなる中を
チャンチャンコに首をちゞめて
はなみづをすゝりながら
稲かぶの残った田んぼを走っては
紙鳶をあげる。
やっこ だこ
三角だこ

ドドンコドドンコ
ブリキ缶をたゝいて
しょうぶのかつらをつけて
神楽のまねごと
のぼるさんも さつきさんも
ちっちゃな弟も一緒に
ドドンコ ドドンコ。

四年生.

桜の花が咲く 四年生になる
私はまた級長になる. 私が級長
になることを不思議に思うものは誰
もない.
広島の兄から 参考書を買って
もらう. 金二十銭 どんなにうれ
しかったことか. 私は べつに なまけ
もしなかったが たいして勉強もしな
かった. しかし 級では私が一番良
く出来る. ともかく私が 誰より
も一番よく出来る.
受持は久丸と云う女の先生.
私は十一. 初恋をする.
女の級長をしている同級生の子
おかっぱ頭の セーラー服の 村で
も指おりの金持の家の子.

たほへ
いろは
いろは
いるは
に
級長と級長なので 毎日ならんで
勉強をし ときには おそく迄残
って二人で 展覧会に出す習字
を書くこともあり そんな時は
私には 何とも云えぬ 幸福感で
たゞうれしかった
私は 大分早熟だったらしく 古い
雑誌を むさぼり よんだが 今で
も おぼえているのは 菊池寛かな
たかの小説で "赤い白鳥" の中に
出て来る ラン子 と云う バンプ
のこと。 恋と云う字の意味
を知ったのも その頃。 そうして
セーラー服の子と一緒のときの 楽し
い気持 も はゝあ これが恋と云
うものか と ひとりで 考える
十一才の 初恋

ひろしま

兄が二人 出て仂いている ひろしまに
行ってみたい と私は考えてみる こと
があった 雑誌や何かで 街の生活
とはどんなものかと 云うことは だいたい
知っていたが 実際 街に住んで
みたいと云う気持があった
父と母の会話の中に 広島え出る
とか 広島え来いと 兄から云って来た
とか そんな ことを 洩れ てきくこと
が私はあった、
そして 街えゆきたいと云う 好奇の心の
ようなものが私には強くなった、
そうして それは その年の暮もお
しせまって 実現したのだった、
都市プロレタリアートの 供給源
は農村である、

しかし 農村の貧農 小作農
である
軍事的半封建的資本主義
日本は農民を極度に貧困化
した、遅れた資本主義国家
である日本が急速に国際社会
に乗り出すには 天皇制権力で
資本主義を育成する必要
があった 巨大な企業、軍需
工場を国家で創設して 二足三
文で資本家に払下げた その創
設は農民からの税・封建的な
土地所有関係からする農民の
搾取 これが日本資本主義を
急速に育成するための手品
のネタであった
こうして急速に人民の犠牲の上に

片輪のように帝国主義の野獣となった日本は大陸之侵略の牙を むき出したが それに比例して 農民の生活はますます苦しくなって来た 守れ生命線だとか 日本は人口が多いからどうしても満洲をとって移民しなければならぬ と云うようなスローガンが さけばれ だった、

小作をしている私の家など早晩農村プロレタリアートから都市プロレタリアートに転化しなければならぬ運命にあったのだが それがいよいよ現実となって来た、 広島に出ている兄は充分すぎるくらい 小作人の奴隷的な地主に対する屈従を知って居り とにかく親を やしなえるだけの金が手に入れば なんとかして みんな街之

きようと　思っていたのである。
私は学校で　みんなに　わかれた
悲しいけれども　反面　わくわくとした
期待もあると　云った気持だった。
家ではガラクタは　みんな賣って
金に代えてしまった。
家の中はガランとして　何もなくなっ
た。今迄一所懸命　育てゝ来
た牛を賣るときは　さすがに父は
悲しそうだった。
縄をとって　庭を何度もぐるぐ
る走かせてみたり　もなみを羽毛
でコスってやったり　私らにも、まぐさ
を持たせて　何度もそれを喰わせ
た。　そうして　ようやく　父は牛を

曳いて十二月の霜のおりた　あぜみち
を　霧の中へ消えて行った
その牛も金になったのである

学校で　先生とも　友達とも　よく
さいごの別れをした
初恋のひと　とも　別れた　校舎を
出るときは　弟と二人で　思わず
泪ぐんだ　廊下の板には　私の
描いた雪景色の絵が貼られ
てある　その横に　弟の描いた
伊藤先生の肖像画が　ブギッ
チヨにゆがんで　空を見上げ
ている
その絵とも別れて

いよいよ広島へ去る日どりがきまると父は植木を堀りおこしては それも広島へもってゆくために むしろにくるんだ
沢山の荷物がトラックにはこばれ それと一緒に父は広島へ発った、母と私と弟は丸井へ行って一晩とまることになった、
母がしばらく どこに行ってしまったのか居なくなったが しばらくすると眼を真っ赤に泣きはらして帰って来た、お墓に参っていたのである、
その夜おそく父は帰って来た、何でもねむっていて汽車をのりこしてしまったとか 父が帰って来るとにぎやかになった、父はなかなかユーモラスなところがあって こんなに家をたへん

で街えあると云う時に於ても よくいろんな ユーモアを飛ばした。

十二月二十八日、(一九三四)

"ついでに正月を田舎でしてからにしては" と みんな止めるのを ふり切るようにして 父と母と 幼い二人は 山をこえて 河内の駅迄出る。

新らしい服を買ってもらったのを着て首巻を巻き お祭りの時一度はいたきりの ゴム靴をはいて 私と 弟は 父と母のあとについて 二里のみちを歩いて 駅まで来た。

駅にはストーブが燃えており 六七人の人が つかれたように汽車を待っていた。

母が店から アンパンも買って来て 私らの手に にぎらせた。

私は父や母から　はなれては　ならない
と思って　一寸でも油断をすると
汽車は父と母だけをのせて　スーッ
と行ってしまいそうな気がした。
私は父にしっかり　つかまって汽車に乗
った。汽車の中は湯気と煙でど
んよりと　あたゝかゝった。
汽笛をなが〜と谷間にふるわ
せて汽車はうごきだした。
父は"広島へゆけば　電車もあれば
エレベーターもみせてやる。それに兄
さんもいるんだから　心配はない
うん心配はない"と　あとは自分に
言いきかせるように　言った。
私の顔はすこしくし弟はまったくうれ
し気にすぐ窓にかぢりついて外をながめ
たが私の顔はすこし　くもっていた
と云うのは　さっきから腹がすこし痛
かったからである。

石をもて 送ゆるるごとく
ふる里を 行でし かなしみ
忘るる ときなし

啄木に こんな歌がある
石もて 送ゆれるように 私らは ふる里を出たゆけではなかったが 資本主義の法則は 永年 いそしみたがやして来た 土地から 父と母を ひきめくる ように ひきはがして ひろしまえ 都市労働者えと つれて来たのである
農民のくるしみを 何とかして ぬけようと街え出たのだけれども やはり仂く者は搾取の対照として 街でも生活しなければ なら なかった。
子供心にも感じた ふる里をはなれるときの 甘いかなしみは 大人にな

ってからも　ふと　心のすみにち
がったかたちで現れて来ること
がある、
別にあの山の中の生活を恋ふる
わけでも　ふる里の美しさを
慕っているわけでも　なんでもな
いが　たゞわけのないノスタル
ヂアが　ふと　心のすみに頭をも
たげることがある。
子供のとき感じた　あのときの気
持に　そんな　ばくぜんとした　悲し
いと云えば　悲しみであった。
椋の実の中の文章をそのまゝ　ここに
抄出しておく
私は夢のような気持で三等車

の片すみに座っていた。
あんなに永い間遊び育って来たふる里か
らこんなにも簡単に離れ去ってしまうことが
出来るものだろうか?　今はこうして汽
車に乗っているが　ふと眼がさめると　やはり
あの　こたもとやしきの奥の間で　ねむって
いるんぢゃないか?　とそんなにおもえて
ならない

汽缶車のけむりが窓ガラスをかすめて
流れた。　私はまた腹がしくしくと痛
みだした。　冷い窓の外に細く呼笛が
鳴ると　臂をガクンとひとつ引っぱるよう
にゆすって　窓ガラスごしに外のものがゆる
やかに動きだした。　ながいながい汽笛
をふるわせて　十一年間の疎開の生活
から汽車は　私をだんだん引はなして
走りだした。

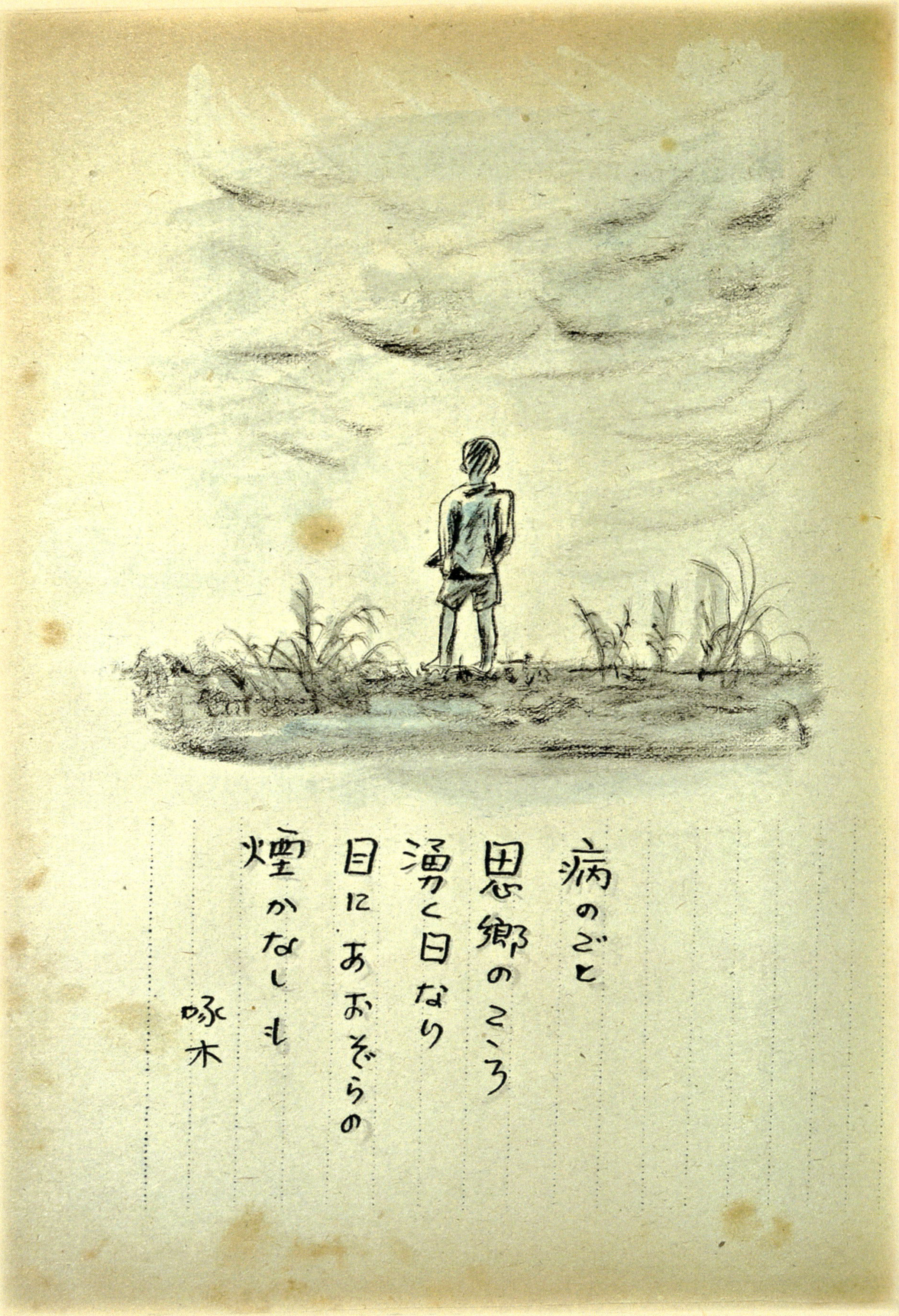
病のごと
思郷のこゝろ
湧く日なり
目にあおぞらの
煙かなしも
啄木

人いきれと湯気と
葱のけむりと　かるい疲れと
頬をおしあてた
汽車の窓ガラスは　冷たく
灯が走る。
石炭の黒い山
汽缶車
煙
汽缶車
灯
灯灯
灯灯　灯
墓のように　私は座っている。

雨にぬれて
自動車の窓をネオンサインが
くるくるとまわった
〝あゝ出汐町　電信隊のところ
を左に曲って…〟
運転手はなれた手つきで自
動車を走らせた
はじめてみる街の夜の雨の
景色は何度も回転しながら
どこまでもつゞいた
三十分も走ってギーッと止る
雨をよけて軒下を小走り
に露路を入ったところが　これから
私の生活する家であった
〝おう!!　来た　来た〟
兄が飛んで出て来た

出汐町六一五番地、
田舎のだゞっぴろい家に育った私には　長家の小さな家は　とてもせせこましい感じであった、
二畳の元関、六畳の間　四畳半茶の間　炊事場、庭はせまく家からはこばれた植木がそのまゝ、こもをかぶってなげ出してあった
このせまい庭にはまったく豪華すぎる植木であった、
長男は電鉄に　次男は印刷所に働いていたが　家具と云っては何一つなかったところへ　どっさり持ち込んだのだから兄たちはすっかりよろこんだ
私と弟とは　これから通う街の学校のことを考えて　不安な気持でいっぱいだった

まち

父につれられて私は 街之出をみた。
父が音戸島にいたころ なじみだった
家なども あって そんなところでは父
はひっぱり あげられて 半日くらい
も話し合うことがあった
私はその日 金四銭の すずり箱
を買ってもらった。
正月を前にして 家々にはどこも
しめのざり や松が 飾りつけてあ
った。 親せきの家を二軒ばかり
尋ずねて 挨拶をしてまわった。
Mと云う家では 私と同じ年くらいの
の男の子が二人いて 私は母から名
前はきかされていたけれども はじめて
会見した。
松雄と正雄と云う二人は うさんくさ

そうに私らを一寸みたがすぐまた友達とせんべいを賭けてトランプかなにかをはじめた。

〃やはり 街え出た方が よかっただろう 田舎は 苦しいからね。

〃うん 出たには出たが さてこれから何うやって 喰ってゆくか それを考えとらんのだから はハハ。

〃なあに心配はないよ 男の子ばかり二人はもう立派に働いとるんだあから。

そんな話を父とMのおぢさんとはくりかえした。

私と弟とは 街の児の遊んでいるのをものめづらし気に そばでながめていた。

暮色がせまったころ その足で私らは○と云う家え行った。
この家は親せきではないが 田舎で極く親しくしていた家だった。
家に入ると パッと咲き出たように 若い娘が二人座って 正月も近いので着物を着ていたが それが非常に美しかった。
"さあ ゴオスウ ト ナオスウ 挨拶をせんか…" と父は私ら二人を前え出した。"ゴオスウ"云々と云うのは 父が弟と私をよぶ愛称であった。
娘の児二人はそれをおかしがって声をあげて笑ったが 私はまったく てれ てしまった。
○のおぢさんは 父が酒をのめなく

なったことを非常に残念がったが（父は三年ばかり前から酒は一滴も飲まなかった、体がのめなくなっていたのだった）私らをまじえてトランプ遊びをすることになった、私と弟とはトランプ遊びをするのははじめてでルールもなにもさっぱりわからなかったが二人の姉妹はいろいろと教えてくれやり方がまずいと札をキッてくれたりなどした、その度にプウンとなにか良い香りが私の鼻をついた．

大河小学校

私は十二になった
餅だけは田舎から　どっさりもって来てあったので　実に豪華だった
田舎から来ている親るいの青年や
かずしとや呉服店の番頭をしている　いとこや　沢山きてにぎやかであった。

父につれられて私と弟とは学校えはじめて行ったが　山高帽子や大礼服をつけて馬に乗った軍人をみるのはめづらしかった。
ガソリン・カー　のレールをふみ切ってすこし行ったところに学校はあり　田舎の学校と比べて実に素晴らしいものに私の目にはうつった。　"今日は式だけだから　学期はじめから来るように"　と父に会った先生は　丸坊主だったが　それは平賀と云う先生だった。

第三学期が始ると私と弟とは又父に連られて学校え行った.
運動場に列をつくって朝校長先生のお話をきくのも 田舎の学校とすっかり同じであった. 父と別れて これが四年生だと教えてもらった列の最后に くっついたが 私の前には これでも 四年生か?、と思うほどの デカイ生徒が立ってゐて みんな私の方をヂロヂロとながめた.
”これはしっかりしなければならぬ” と心の中で真険になった.
やがて ぞろ〴〵と歩きながら教室え入ったが ふりかえって見ると水飲場のところで 父は弟の手を曳いてヂッと私を見守っていた.

〝これから　みんなの新らしい友達になる
四国君を紹介します　四国君
は勉強もよく出来る生徒だから
みんなもまけないようにしっかりべんきょう
して仲よくするように〟と受持の
川口と云うノッポの先生が言った
山から出て来て最初にへんなことを
して皆に笑われてはならないと　私
は悲惨な顔をして立っていた。
授業が了るとみんな私のそばへやっ
て来て
〝どこの学校え行っていたのか〟と聞く
ので、くゆなしと云う学校だ〟と答える
と　くわねし　クワナシ　と　みんな云ふな
がら　〟　きいたことがないが　どこか
遠くの方らしい　東京の方ぢあない
のか〟　と云った。

この学校はあまりよい家の子はやらない と云うような 学校で 生徒の言葉もらんぼうで 行儀がよくなかった きいていると友達同志で 本名をよぶ者は ほとんどなく

ニセ とか アミ、ヤス と云ったのから カオル なぞの 名前をよびすてだった. 級長の古谷は色が黒いので ゴリ 仁井が ごいんきよ. 久保が大久保彦ザエ門 上野がデビ 横田がブツ ブツと云うのは横田が佛壇屋の子だからである. 中沢がシッポ. 見勢井の双児は エニセイ の一号 二号と云った調子だった.

親切な生徒の一人が 先生のニックネー
ムを紙に書いておしえてくれた。
校長が たぬき、 伊藤と云う首席
訓導がテング 平賀先生がカボチャ
阿部と云う体操の先生が ラッキョ
宮協と云う剣道の先生が タンカイ
これは ひたいが はげあがっていて光
るのが タンカイ燈のようだから
と云うのである。 受持の川口先生が
センメンタル と二十人あまりの先生がズラリ
とそろって居り あとで その 数え歌
も教えてやると 云った。
伊藤先生(田舎の)から手紙が来て
川口先生は私の教えてもらった先生だから
しっかりやって街の奴を おどろかすようにと
とあった。 久丸先生から も友達
からも ひっきりなしに 葉書が来た。

はじめて 級長でない 普通の生徒として私は授業をうけることになった、別れおどろく程の頭のよい 生徒もいなかった、

ただ善良な田舎出の私は どうしても孤独になり ひとりで プラタナスの 樹の下に立って ぼんやり みんなの遊ぶ姿をながめている と云った ことが多かった. 私はそんなとき よく弟をさがしたが 弟も やはりぼんやりと 時には涙ぐんで 一人である ことがあった.

そんなありさまなので なかなか友達は出来なかった、

図画の授業が来るたびに　私の絵
は　ひょうばんになった
みんな描くことを止めて　わい〳〵
私の絵をのぞきに来た.
そうして学校中で　私の絵がひょう
ばんになって来た.

やがて友達が二人出来た.　二人とも
頭の悪い児だが　絵が上手で
頭がよいと云うので　私に対してばか
に親切にしてくれ遠足のときには
五銭しか持って来ない私にグリコ
だとか　モリナガキャラメルをわけて
くれた.　そんなにして　だん
だんと友達が多く出来て来た

椋の実の一節も又ここに抄出する

冬も去って嗜眠病のカラタチの垣が芽を吹
電信隊のヒロッパのクローバが萌えはじ
めたころには私に街の生活になれて来ていた。
私の家の並びには川口と云う靴下屋があり
弟より一つ斗下のアキチャンと云う男の子が
いた。右どなりは久保田と云う やさしいおば
あさん。そのとなりが空家で藤田・堀川
と云う家がありその前に永谷と云う男
の子のいる家があった。左となりに二階の家
があって貸し家になっていたが そのうち米屋
がひっこして来た。露路を出ると嗜眠病の
ドブがあり その横にトタン屋根の樹を
揃える工場があって朝から そうぞ
うしい音をたてていた。

二人の兄の給料では 六人家族のくらしは決して楽ではなかった。父はいろいろ考えたあげく 手押車を買って来て 昆布屋をはじめた。朝から身支度をして出かけ 遠くの町迄売りに行くのだが その収入はわずかなものだった。楽天家の父も儲けの少ないときはぐったりと疲れて帰って来た。それに古道具屋から買って来た手押し車は ともすれば パンクをしその度に父は器用に修理するのだったが タイヤは つぎはぎだらけになってしまった。あつし と云うラシヤのどてらのようなものを着て帯を締め道楽の莨入をぶらさげ 不かっこうな帽子をかぶっては毎日父は出かけた。

そのうち父は昆布を売ることをやめて
旧い友達の伊藤と云う人にきいて イカケ
屋をはじめた 金槌ややすりを買い
フイゴも自分でこしらえて 車にのせ 鍋
や釜の修理をはじめたのだった、
毎日毎日歩きまわるので 父は脚気に
なり足を腫らして そばの粉を食べな
がら それでも仕事に出かけた
母は ねずみ取りの金網つくりなどか
麻裏草履の内職をもって帰って
は働いた 私や弟も手助之は仕
事から帰って兄も手助った、
次男は残業で 夜おそく迄働いて
は時折今川焼か やきいもを
ぽけっとに入れて帰って来た、

テンポをすこし早くすることにする。
新聞社主催で学童図画競技会
と云うものが毎年行われたが　私はそれ
に出て見事一等一席で入選し
た。早速伊藤先生から
ニウシヨウオシユクス　イトウ　と云う電
報が来るし　村上先生からも一等一席入
賞を祝すと云う毛筆のはがきが
来た。
絵は人物が多いので自信たっぷり　かきあげ
たのだったが　それでも非常にうれしかっ
た　やがて　賞状と賞品の時計
とメダルが学校えとどけられ　一躍私
は学校中に知れわたった。そうして
翌年も私の絵は入賞した。

末の弟が生れた、
一九三五年　五月三日
名前は　克之とつける
大衆小説（三上於菟吉）に出て来る
主人公　画家の名前である
隣りに　松田と云う　六人の子をつれた一家
が　ひっこして来たので　大へんにぎやかになり
友達が沢山出来た

活動映画を見につれられて見に行っ
たのが最初で　こっそりと　ひとりで．
観に行くようになった、トーキーの映
画と　カツベンと　半分半分くらい上映
されているような　時代である．

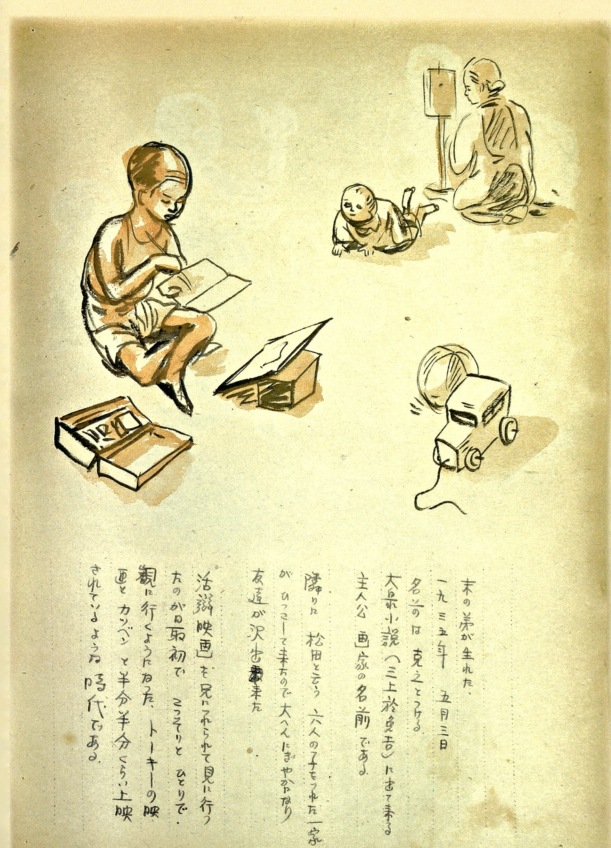

比治山と云う 街の中に一つ島のよう
な山があり その公園こそ うってつけ
の私らの遊び場だった
学校から帰ると毎日の様にそこに
出かけては 飛び回って遊んだ
ターザンの真似も出来れば 野
球も蹴球も出来る
公園をうろうろ歩くとキャラメルの
空函が沢山おちており それを
ひろって 四つ組み合わせると 又新
らしいキャラメルが一つもらえるのだっ
た、 グリコの切手を集めたり
猿を木切れで突ついてみたり
猿の子のように山で遊んだ

ついでに子供心にみた スケッチをしよう

比治山

春となれは 全山さくらと云ってしまい程
花でうずもれた、
紅白のまん幕がはられ ぼんぼりは
一面にともされる その灯の夜桜の
下に 三味が鳴り レコードが鳴り
酔いしれた男や女の歌やさざめき
で一杯だった、
恐慌は軍需生産をやることによって
いくらか切りぬけられたかも知れないが しか
し生活は いたって苦しく不安定であ
るけれ共 花となれば とにかく
ない金をはたいて みんな 花の下に
すべてをわすれて 馬鹿のように歌った、

招魂祭と云うのは兵隊を祭ってある
お宮の祭りなのだが 祭りよりも練兵
場にかけられた サーカス だとか 化
物屋敷 のぞき、バナヽ屋
いろいろな露店と云ったもので
ゴッタかえすくらいにぎやかだった
その日になると私らは十銭くらいづつ
小使をもらって 野良犬のように人
と人の間をくぐりぬけ サーカスの呼こみ
たり ヒヤシアメを 飲んだり 歩き
まわった。
鼻の頭だけ白くぬったサーカスの女が
雨の日も 風の日も
泣いてくらす
私や泪の流り鳥●
とジンタのばんそうで歌っていた。

しょうこんさいの夜.
兄と弟と三人で
自転車競走の柵の上に
むしろも敷って坐り
さむさにふるえながら
花火をみる
花火
うずまき
しかけ花火
ぱッと散り
ぱっと散る
そのかえりみち
甘酒をのんで　舌をやいた
寒い夜の
花火もみた　相出

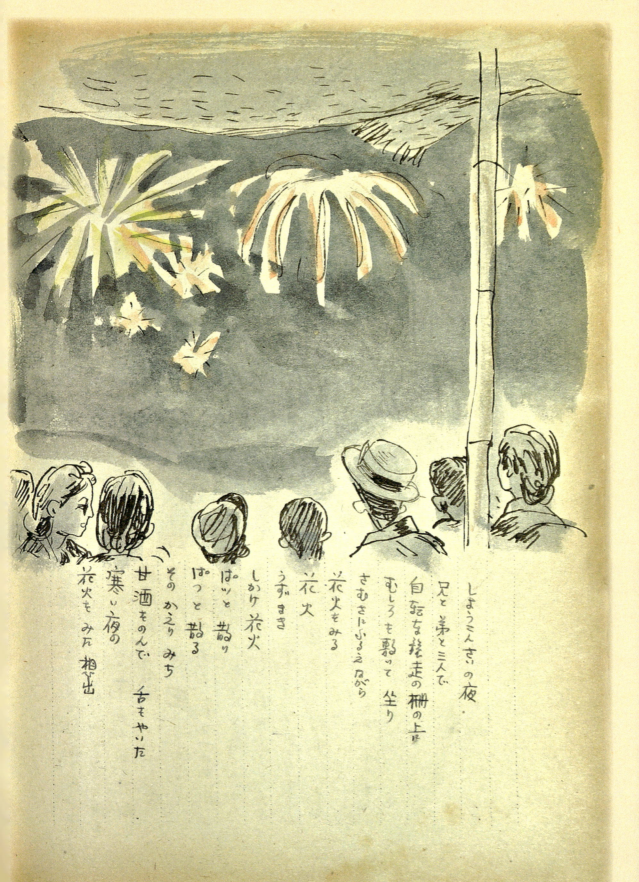

新聞配達。

上野と云う友達と二人で 新聞配達も。やることにした。母の反対を押し切って 二月の寒い朝を 雨の日も 雪の日も 新聞を配った。新聞屋の おやぢは 一月一円三十銭くらいで 素直な子供等を 猿まわしのように使って 働かせた。配達先の家を忘れないために 私の手帖は 絵入りの・準香帖が揃えられていた。朝四時半から 六時頃まで 二ヶ月 向あまり つづけたのだが 配達の途中 夜明があまりにも 美しいので 画板をもって行って写生をしていたら おやぢにみつかり 怒られてしまったので その日から これ幸いと 配達は中止する

頭は良くても悪くても金持の息子は上級学校え進み 私は 高等科えゆくことにした。私は このころから 金持に対する不平 世の中に対するばくぜんとした 不満が 心の中に根をはった。

横浜と云う剣道五段の先生が受持になったが 非常にやさしい先生だった

剣道と云えば 私は 非常にきらいだった。 小説をよむことがすきで 雑誌のさし絵の まね書きをしたり センチメンタルな詩を一人でつくったりしていた 私は竹刀で叩き合う剣道は大きらいだった。

寒稽古納めの試合などに出ても そんなにひけは とらなかったが 腕力の強い生徒には けいこのときにさんざんはなぐられて 剣道のときには口実をつけては休んだ

今迄男女分れていたのが 又一緒にな
る、女はもうそろそろ生理的にも変
化がおこり 男の生徒も声がわりが
して来る年頃である。
私はその頃 どうして子供は生れるの
かと云う秘密を誰から きくともなく
知ってしまった。
生徒同志でも 誰と誰は 怪しい
とか そう云った ことも 話し合っ
たり 又そう云ったことを人から云わ
れると 一種の優越感をもったり
したものだ なかにはもう にきびの
出はじめた者もあった、

北支芦溝橋附近に事件をデッチ
あげた日本軍閥はぞく／＼と
北支に軍隊を派遣し支那侵略
の戦争を開始した
ドブの水は湧き暑い日のつゞく
一九三七年の夏のことである
そうして一方では不拡大方針な
どと新聞やラヂオで報道したが
戦争はどん／＼押しひろめられ
召集令状があちこちに来出した
そうして七月末になると昌男の
ところえも召集が来た
そうして貧しい家の中心になって
働いていた兄は私の家から姿を消
してしまった。
そうして兄はすぐ北支の戦線に送られ
てしまった。

兄を送りに来た田舎のおぢさん
について私と弟の二人は夏休みを
利用して田舎へ泊りに行った
一ヵ月あまりを　なつかしいふる里の
ふところに抱かれて日を送った
学校にも　お寺にも　お宮に
も行ってみたし　伊藤先生とも會
って一緒に絵を描いたりなどした
私は田舎の風物（それはもう私に
はなんとも云えぬなつかしい）をスケ
ッチして持って帰った
そうして街に帰って驚いたのは
灰色にくすぶった暑くるしい
かんじであった

宇品港に通じているガソリンカーの鉄路の上は毎日のように一杯の兵器や兵隊をつんだ車が　たえず運行した

田舎から帰ると私は隣りの信ちやんと一緒に　さかり場の裏にある缶詰工場に働らきに行った。一週間あまりではあったが缶詰を箱につめたり　搬んだり　手をまめだらけにして働いた。若い衆！若い衆とよばれて働くことは非常に苦しいことであった。一番こまったのは　私は自転車に乗れないのだが　三輪なたので缶詰を人通りの多い通りを搬ぶときであった。

生徒の中には、完全に不良少年になる者がでて来た。クラスは二つに別れてけんかをはじめた。不良の頭目山本カオルは気に入らぬ生徒を裏え引っぱり出しては下駄やメリケンで引っぱたきあした。不穏な空気がみなぎり暴力は横行し恐怖にみちた毎日であった。酒をのんで登校するもの良その者。先生に面とむかって不貞くされた言葉をはいて教室からどんどん帰ったりなどした。少女雑誌の口絵をうつしたり詩をつくったりしている少年には学校へ行くことは苦痛になってきた。

戦地から兄の便りが来た。
老いて来た父や母は 何とも出来ない
不可抗力な息子との別離に心配
にみちた毎日がつゞく
末っ児の克之は 四つになり、言葉もわ
かるようになる。

蹴球をはじめ 試合にも出る
誰の利益のための侵略、
血を流し 人民の血を流し中国人民
の血を流し 誰の利益のために、
善良な人々の血を流し
やれどこが陥落したと云っては旗行列
があり 提灯行列が行われ 私もわ
けのない昂奮に ひき込まれるのだった。

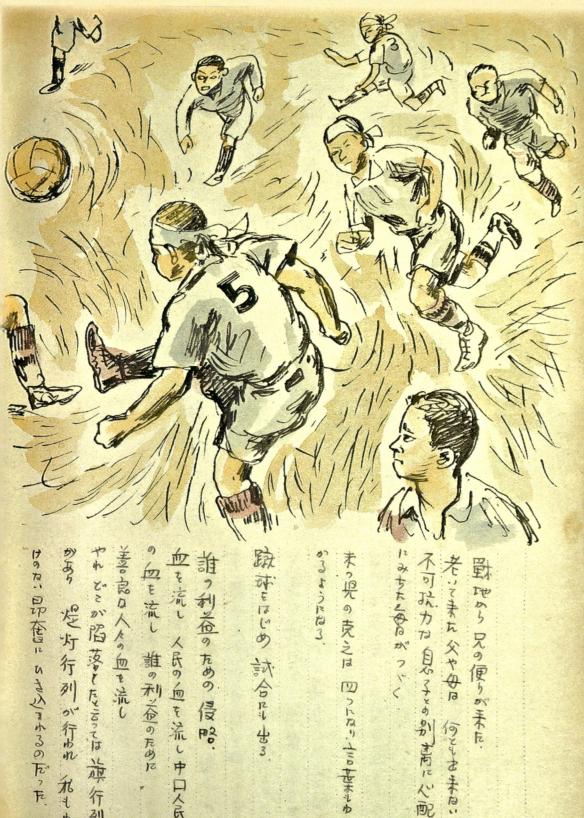

ГУРАЗА
НОБАЯ ЧИОРНИЙ

にきびが出来て　それが一つであっても心配でならなかった。誰しにきびを性的な解釈を下して　いろ〳〵と好奇心にみちた　ことばを語り合った。そのころ私はふと一下部條から　オナニズムの悪癖にとらわれ　未だそれが何を意味するものか　又それが何為るのか　なにもわからなかったが　たゞ何となく胸ぐるしい頭の遠くなるような毎日だった。　ガソリンカーの乗らねの床下にもぐり込み　すき間から獣のように上をのぞき　目の上におちかかって来る女の太股をながめたり　いろ〳〵な疑問を　それが実際有得るものか　何うか　いろ〳〵なものからその実証を引だそうと　夢中だった。

學校の裏に　蜜柑の缶詰工場が
できて　冬休みには　友達と　アルバイ
トルまかりた.　そうして　大人の世界に
入って一緒に　働くことによって　二円なにが
しのお金を得たが　それ以外に　女
學校を中途で　廃めさせられた
不良少女や　三十近い　はつかの　兄《アン》チャン
さと云うことをたたれた　女.
と云った者から　淫らな事を覚え
たり　ヒワイな歌を　おぼえたりした.
それらすべて　未知の世界なので　軽
蔑する気にはなれなかった.
正円を前にして　すこしでも　金がほしい
時なので　給料にはその金が少いこと
を不平をこぼす男や女もあったが
それを　全体の意見として　要求する
と云うことは　その方法さえ　知らず

まして組合などと云うものを つくれない
時代なので みんな自己の不平を
会話をかっぱらうと云う高尚な方
法で 解決していた。

ふたゝび初恋。

はっきりと異性としての意識をもって
女に魅かれたのは あるいはこれが最
初かも知れないが とにかく感情
の面で おそろしく早熟だった私
は T子と云う二つ年下の少女。
（それは級長をしており、私も級長
なのである機会に知ったのだが）
に恋を覚えた
登校すれば 多い生徒の中から
T子をみつけ出すために 私の目は
血走ったように うごき みつけだす
と ただ遠くの一方から それを[illegible]り

つくように眺めているだけ。　級長同志などで　出征軍人の家庭などへ　見舞に廻るときなど　一緒になるときがよくあったが　そんな時も別に話しかけるでもなく　ただわくわくと悩ましい毎日であった。

超プラトニック　ラブと云うものがあるとしたら　私の恋なぞ　正にそれであった。

私は家に帰ると　T子の像を何枚も何枚も絵に描きあげ　それを机の奥に納めては　たのしんだ

その頃又新聞配達を一寸やったが　その途中彼女の家へ入れる時新聞の中に　昨日彼女が読本　朗読したときの　まちがい　を　書きしるした紙を一緒に入れて　みたり　　ならいたてのハーモニカを吹いて　夜彼女の家

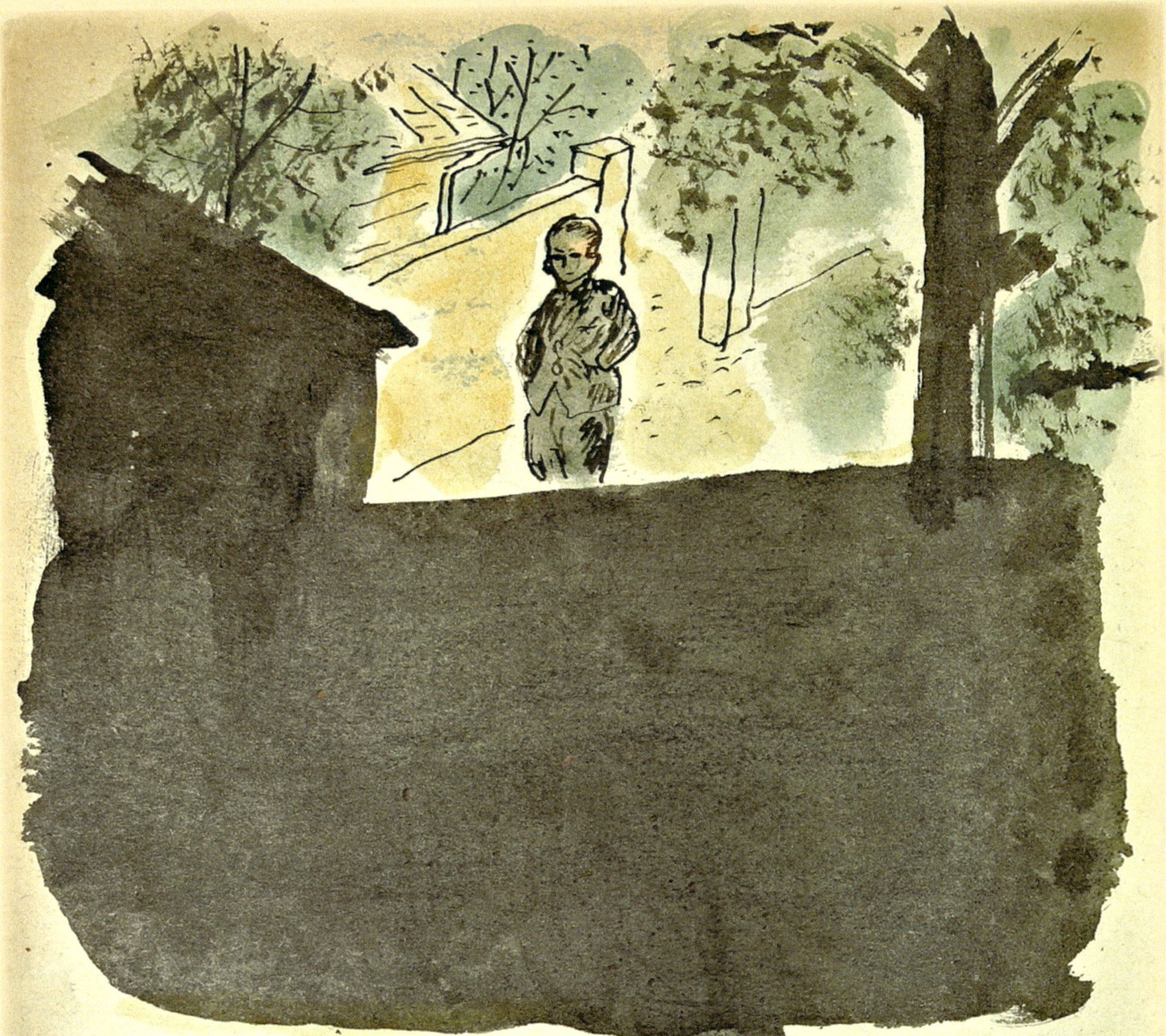

の周囲をぐる〱廻って偉らし彼女の姿をみとめればただそれだけで満足して帰って来たり　実に他愛のない恋愛？であったが　しかし私としては、勉強も何もうわの空のような毎日であった。

さいわい私は勉強をすこしもしなくても成績の方は常に一番か二番を下らなかったので　毎日のように絵を描いたり　少女小説のようなものを作ってみたり　手あたり次第に大人のよむ小説類をよみふけった。

又通信美術学校とかいう　一寸インチキじみたところへ入学して絵を描って送っては採点したりデッサンの修正をしてもらい　批評してもらったりしたのもそのころであった。

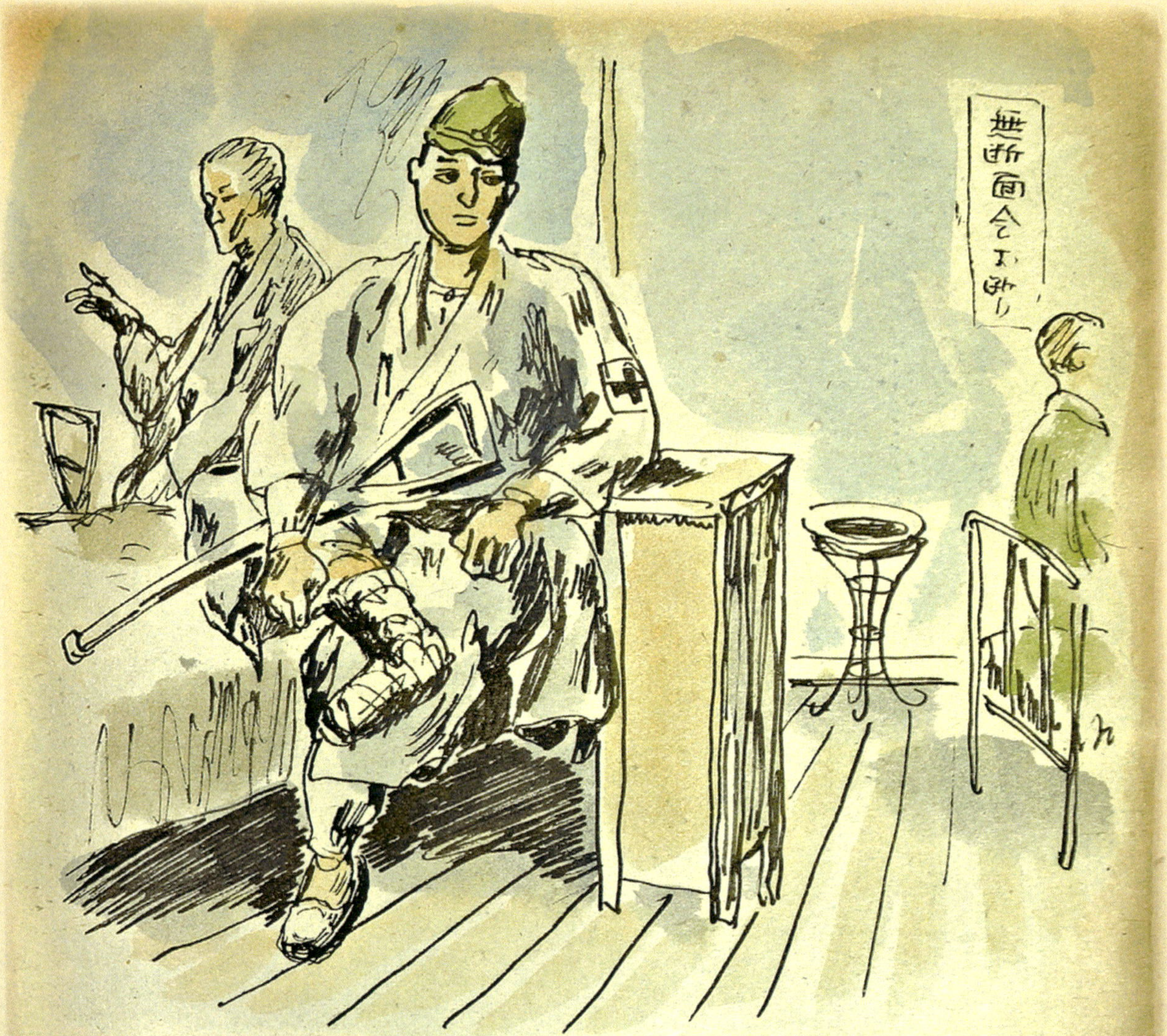

兄は徐州の附近で負傷し青島の病院に入院し 内地病院に送りかえされて来た。脚の悪くなっていた父は兄之の手を引いて面会に行った。私も兄のところ之度々行った。兄は広島から 東京 山口と病院を転々と変った。

私が新聞を取っているころ号外が出て私もそれを配った。その号外は 共産党員が一千五百名も 検束されたと云うのである。共産主義は アカ、とよばれ とにかくおそろしいものと 校長先生 あたりから教育をうけているので ばくぜんとおそろしい者と感じていた。アカがつかまった、人々は口々にこう云った。アカなるものが 何であるか

共産党と只なるものと我々人民とはどのような関係があるのか、自分達をくるしめ更に決定的な破滅戦争へとかりたてるモノに対し不屈に死をかけて斗ってくれる人々が検束されたのをみんな（ほとんど大部分の者が）あゝアカがつかまったらしいと他所ごとのように或は何か快心事のようにつぶやいた、侵略戦争を遂行するためにまづ障害となるのは中國の抗争ではなく日本の共産主義者である。赤魔をほうむれと云ったスローガンで現実に対し正しい批判の目を下すものは リベラリストであれコムニストであれ片っぱしから監獄に叩き込んだのである。

先生と
仲良しの友達五六人で
ピクニックにゆく
秋空は晴れて
五沙々宇の山は　紅葉している
小溝で蟹をとり
山村の持って来たさつまいもを　ふかし
飯盒のふたで
肉を切り
さあそっちでは　めしは炊けたかと
箸を揃えている　友がよびかける
流れは　澄んで
空気も　澄んで
人びとの　心もすみ切った
少年の日の
忘れられない一日

兄は全快して退院し 軍の被服
廠に勤めることになった.
次田力は 近く入隊と云うので 躰を
きたえるために私と一緒に毎朝二千
米のマラソンをする 弟もときには
一緒になって走る.
自転車のけいこをして上手に乗れる
ようになる.
私も卒業は近いので 就職先をき
めるために 二ヶ所受験にゆき その
どちらも合格. 近いからと云うので
被服廠の方えゆくことにする.
次兄は騎兵隊に入隊する
卒業式用の服を新調するために働
いてためたお金で紺のつめえりの
服を一着つくる.

学藝会の時私は 二級下の牛尾と
云う子と二人で 観衆の前で大き
な絵を描く
毛筆に墨をたっぷり ふくませて
誰もが私の絵は上手だと云う
私も私自身の絵は誰にもひけはと
らない 立派なものだと思う
幼い自信は大膽である、沢山
の人の前で 墨黒々と大きな
絵を一枚描きあげる みている父兄
はやんやと かっさいする
描きあげて説明をして 幕の裏に
入れば 次の劇に出る支度の出来
上っている丁子の私に対する尊敬
にみちた まなざしがある
幸福感と有頂天のひとゝき。

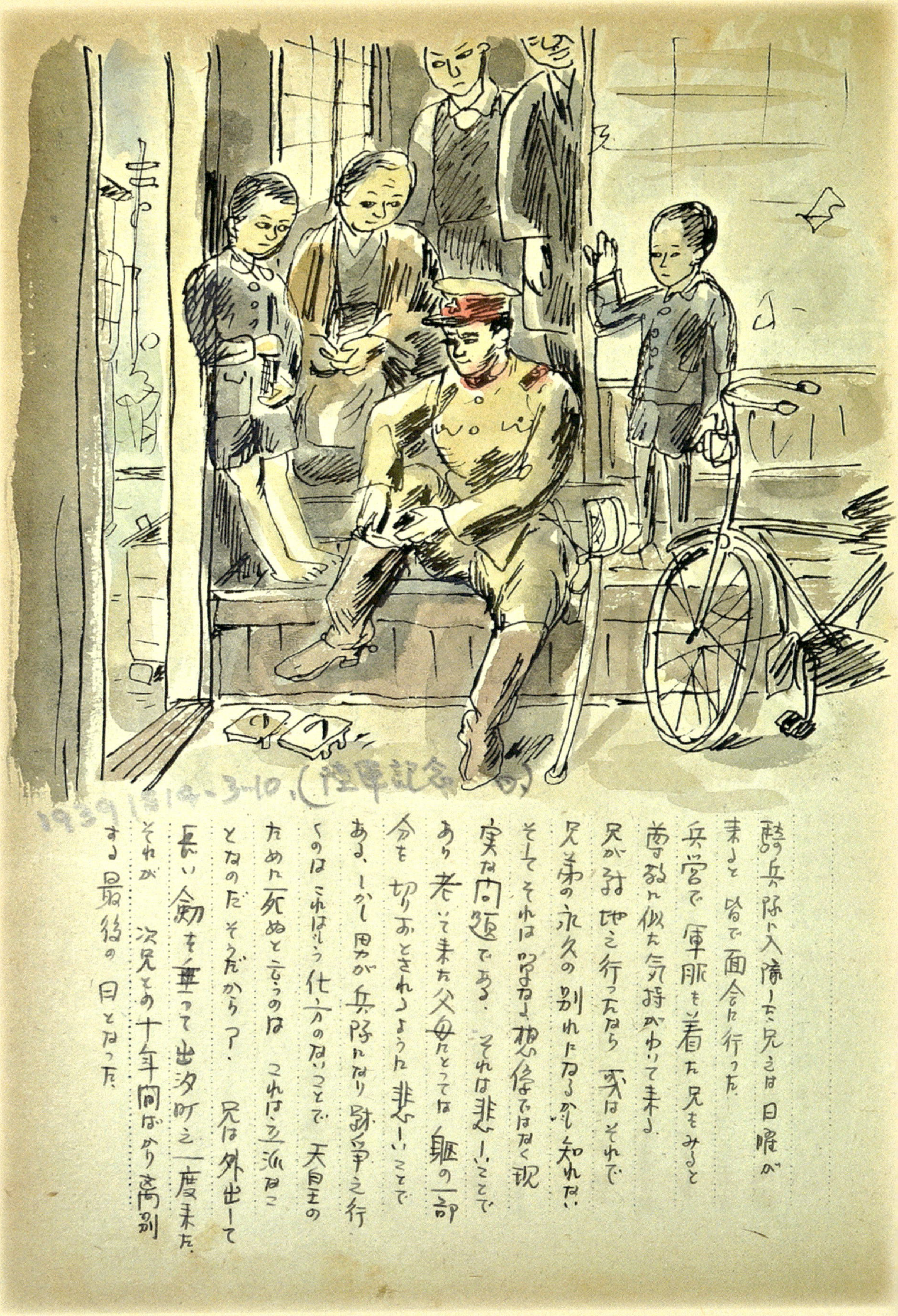
1939 昭14-3-10.(陸軍記念日)
騎兵隊に入隊した兄さんは日曜が
来ると皆で面会に行った
兵営で軍服を着た兄をみると
尊敬に似た気持がわいて来る
兄が戦地に行ったなら或はそれで
兄弟の永久の別れになるかも知れない
そしてそれは明瞭な想像ではなく現
実な問題である。それは悲しいことで
あり老いて来た父母にとっては躯の一部
分を切りおとされるような悲しいことで
ある、しかし男が兵隊になり戦争に行
くのはこれはもう仕方のないことで天皇の
ために死ぬと云うのはこれは立派なこ
となのだそうだから了、兄は外出して
長い剣を垂って出汐町に一度来た。
それが次兄との十年間ばかり離別
する最後の日となった。

比治山の南側に一本彼岸桜の樹があり
それが今年も花の季節をむかえて松林の
中に咲いた　いよいよ卒業式
私は新調のシャチコバッタ服を着けて式
に出る。そうして迎ゲば尊しのピアノの
音は　ばくぜんとした　センチメンタルの　フンイキ
を作りだす。
心の弱々しい　多血質で感傷癖な　この少
年は　八年間の小学校の生活を　これで　おわ
ると思うと　理由のない　涙が目にしみてくる。
学校での生活は　どちらかと云えば　私に
は楽しい　ことより　いやなことの方が多かった。
しかし　それが事実でも　私のセンチメンタ
リズム・女学生のようなり・シズムの方
が何倍も強く　この一六才の子供期
このピリオドに涙をしばたゝく

そうしてその日一日は　私のリリシズムを
充分満足させるだけ●少女小説の
ストーリーは　ほとんだ
卒業證書　優等證書　皆勤
證書と云ったものから記念品のすゞり
箱やそろばんが二つ　菓子だとか
まだいくつも　もらって（卒業する
者の中で　私が一番沢山證書や
いろんなものをもらった）帰り　母や
父をよろこばせて　この一日を充分
自己の感傷癖を満足させたものと
比治山にのぼり　松の梢を渡る
春の風の音をきいていたら　私の夢
はふる里の第一の母校の卒業式
にはしり　私の同級生の一人一人の
顔まではっきりと泛んで来るのだった。

その私の前に山からとん〳〵とおりて来た
女の児四人と それにつゞいて降りて来た
男の生徒は 椋梨の西川 と石山で
あった。彼等は修学旅行として ひろし
まに来たと云うのである。
私は顔を知らぬ先生に挨拶する 先生
は私の名前を知っており みんなと一緒
になって街を歩いた。
この奇異なる邂逅。 私の 夢み
がちな 少女のような性格は 美し
いものがたりの 一コマが 私の 生活の
しかも卒業式と云う日に 倖せたり
やって来てくれたことを 心からよろこん
だ。 それは 実際 よろこびに
みちた 気持だった。
転校してから 五年近く 別れていて
久しぶりに會った ふる里の同級

生と私は街をぐる〱歩き ニュース映画館に入って そこで ふるさとの母校の卆業生全員と遇うことが出来た。
映画館の中は暗く ニュース映画のめまぐるしくうつる中を 席から席へと移って 石山とも宮永とも上田とも 田矢とも みんなと話した。女生徒の中には K子もいた。私は そのつぶらな眸を さがすことも忘れなかった。

街にはすっかり灯が ともって その中に消えて行く同級生の顔を 人ごみの中にたちつくして私自身 少女小説の中の一人となって見送った。

一九三九年 三月二十九日、
これは 別に 記念すべき日でも何でもない
試験なので修学旅行は まかりならぬと
云うので （勿論 遠くへ行くとしたら
貧しい 私の家では それに参加は 出来
ないが ） 厳島で一日を遊ぶことに
した。
その日なのである。
厳島には何度もゆくので どこの家の
となりに どんな家があり どんな路がある
と云うこと までですっかり知っている みんなの
ことで ただ同級生と一緒だと云うこと
キャラメル など 沢山持って来ていると云う
ことだけで 楽しい一日もある。 いよいよ
これで先生と 別れると云うとき 私ただ
け特に言われたのは
"躯を大切に……" と云うことだった。

あかしやの葉かげ

大人の世界へ一歩をふみ出した十六才
の少年が受けたのは幻滅と労働の
苦痛だった。
一九三九年
日本は新らしい侵略準備の最中
であり 工場は軍需品生産のために
昼夜をとわず運動しつづけていた。
そこは プロレタリアートを いかに盲目的に
軍隊的に組織的訓練する道場
であった。
小学校卒業する時の生活を かき
しるしたノートの断片が僅い手
元に残っているので それを そのまゝ、
こゝに 記録として 残すことにする。

就職

小学校を卒業すると 私の家の貧困は中学校へ入ると云うのぞみを当然断念させて 陸軍の被服廠に就職させた。

私は小学校に通う毎を被服廠の脇での傍を通っていた。

ちょうど そこが 皮鞣工場の裏に当っていて 土管の丸い孔から たえず ドブの中へ腐敗した毒々しい色の毛皮や鞣剤の それらしい悪臭を帯びた 熱病患者の小便のようにどろりとした汚水をはき出していた。 又靴を造ったり 梱包をトロッコに載せて搬んでいる工員などを かいま 見ているので 被服廠と云うところから 受ける 私の

印刷屋は あまりよいものではなかった
こんなところでは働きたくないものだ と
日頃よく思っていたものだが
とにかく私はそこで働くことになった
機械養成工になるつもりで就職した
のだが…… 私は別に機械をいぢる
ことが好きなために希望したのではな
く あの油まみれの機械からうけるもの
は文学少年じみた私には不快だった
それにしても 被服廠の中では 機械
工になることが一番よいだろうと思はれた、

製靴所第二班、

私は機械工になることを 志望していたのだ
が 何十人の志望者を片方から一人
二人と数えて行き 運悪く あとに残

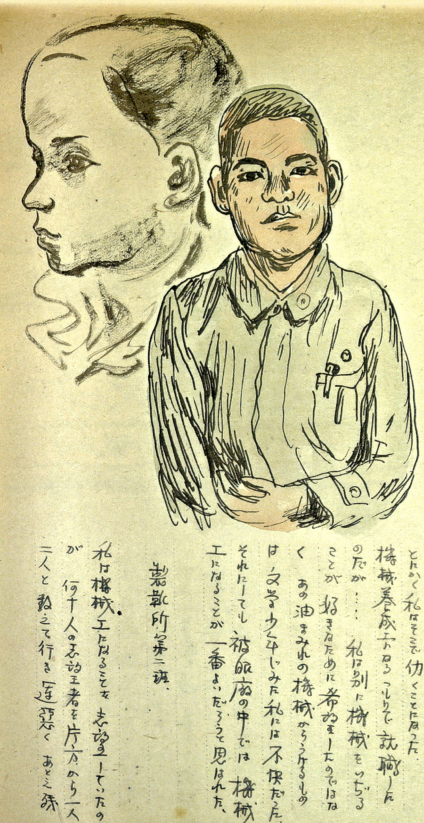

った　私ら七八人を採用係の男は靴を
拵える工場之入れてしまった.
牛の革の臭いと　鼻孔の奥の奥に
なる摩擦の中で　私はたえきれない
頭痛に悩んだ
なんとか口実を　もうけて　補職願を
廃めてしまはねば　ならないと考えているうち
私の躯にも　服にも　革の臭ひが　沁み込み
いつの間にか　私の　タイムレコーダーの
カードの　四国五郎　と云う名前の上に
は　製靴工　なる名称が　記入されていた.
製靴所第三班と云うのが　私の所属だ
ったが　班長は　技手で　宮本武蔵を
愛読している男で　私はそれから製
靴教育なるものを受けた.
嫌いな　仕事を強要されても　私はどうせ
「一ヶ月」つとめるつもりでいなかったから工場
になじまぬことを心の隅で誇りにして働いた.

弐 作業服、

八ヶ年間着なれた紺木綿の学生服を脱ぎすてヽ、カーキ色のダブついた作業服を着たときは 私はしみじみ現実の私の立場を自覚した。

仕事そのものには全然興味もなく したがって働くことによろこびなど全然なかった。機械工になった者は 名前だけでもイトをかゝえ 務課書をもって通勤しているのに ただ就職した時試験官が右からかぞえて所要人員を選んだと言うだけで 私がけだもの、臭いにみちた工場で働くことになったのは口惜しくてならなかった。

すべて敬礼をつかい軍隊式な毎日

謝当、

工場には炊事場があり 金十銭せで一寸四角の切符を買って 朝申込んでおくと アルミニウムの丸い食器に入った 昼飯 をもらうことができた.
工員らはこのひるめし のこともカンカン飯とか一杯めしと称していた.
ずらりと並んだ六尺机に四人づつ向い合ってすわり せかせかとかきこむと空になった食器へ お茶を注ぎがぶーと飲み干して 了りだったが発育盛りの体であり くたくたになる迄の労力のおかげで それは非常に美味いものだった.
購買部には 五銭と十銭の袋入りの菓子があり 六十五銭の日給で仂く私にはそれを買って喰うのが唯一のたのしみだったが それも そうやたらに

買うことは出来なかった。

十五分の休憩に仕事から解放されて工場の傍に呆けたように立っているとき兄からもらったキャラメルの味は涙ぐむほど美味かった。

兄は退院すると被服廠に入って働いていたのである。

夜勤

二週間もすると私は夜勤をさせられた。夜勤と云うのは午后八時から翌朝の六時迄 途中一時から三十分間夜食の休みがあるだけで ぶっつづけで働くのだった。

苦痛はなんと云っても ねむいことで 朝三時から 四時頃までのねむさと云ったら とてもたえられないものだった。

私に与えられた仕事と云うのは釘抜で靴底の仮止の釘を抜きとることで狂的な機械の騒音のなかで一晩中はたらくと頭がガンガン鳴って自分の躯の存在すら忘れるほどだった.

たゞ時間のたつのがたのしみで釘をぬきながら小学校でならった唄から流行歌でたらめな浪花節までもその騒音のなかえ欠伸がわりになげつけた.

エンゲルスの文字の中だったと思うが労働者は自己を酷使する機械に本能的な怒りを感じしばしば発作的にこれを破壊してしまう..と云うようなことを書いていたと思うがその頃の私はハンマーをふりあげて思いきり機械にうちおろしたたきこわして

しまいたい盲想にかられたこともあった、
そんなにしているうちに 五時近くなり 東側の窓が白々としてきたときの うれしさは格別で そのときは 工場の外え抜け出して思いきり ゆっくりと小便をすまし冷い水で顔を洗いほっと人心地にかえるのだった
夜食は よく二銭のうどんですませたが 夕方出勤するとき 兄とてんぷらを二三枚買ってゆき うどんの中え浮かせては喰った、
家え帰り朝めしをすますと 投げだされた生きの悪い魚の様に ぐったりねむった、

夜学

私と一緒に九十年一五ソは　私と一緒に夜学に入ることにきめて　ある日受験に行き．．．．　それは中中学と云う夜学だったが．．．　入学試験は合格し　コドモ堂書店で教課書やノオト　などを一通りもとめ　初めてみる英語や漢文の教課書に胸をふくらませ　在学証明書を　班長に通学許可を願い出たところ

そりゃ駄目だ　以前は夜学へ行くことを許可していたが　今は駄目だ！　もっとも規則には通学出来るように　なってはいるが　とても許可にはなるまい

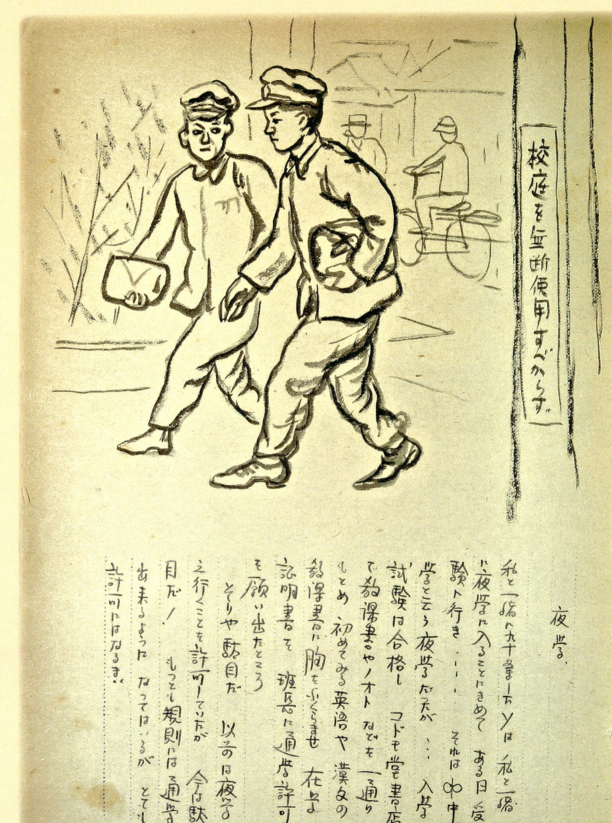

かりに部長のところへ願いに行って
もとりあげてはもらえまい 焼石に水
だ、 だって入学したいなら、、を
やめたらどうだ!!・・・ とあっさり
はねられてしまった、

勉強したいと思えば 夜学へ通って
ひるま労働をしても出来る、と云う
ことが 云われるけれ共 私はあっさりと
それを ことわられてしまった。
しかし 部長に願い出たならば
それはゆるしてくれるに違いない。
純真な少年のねがいを きいてくれな
いと云うことはない、 ましてや就業規
則には 夜学へ行ってもよいようになっ
ているんだから、、、 私は部長
のところへ行こうと決心した。

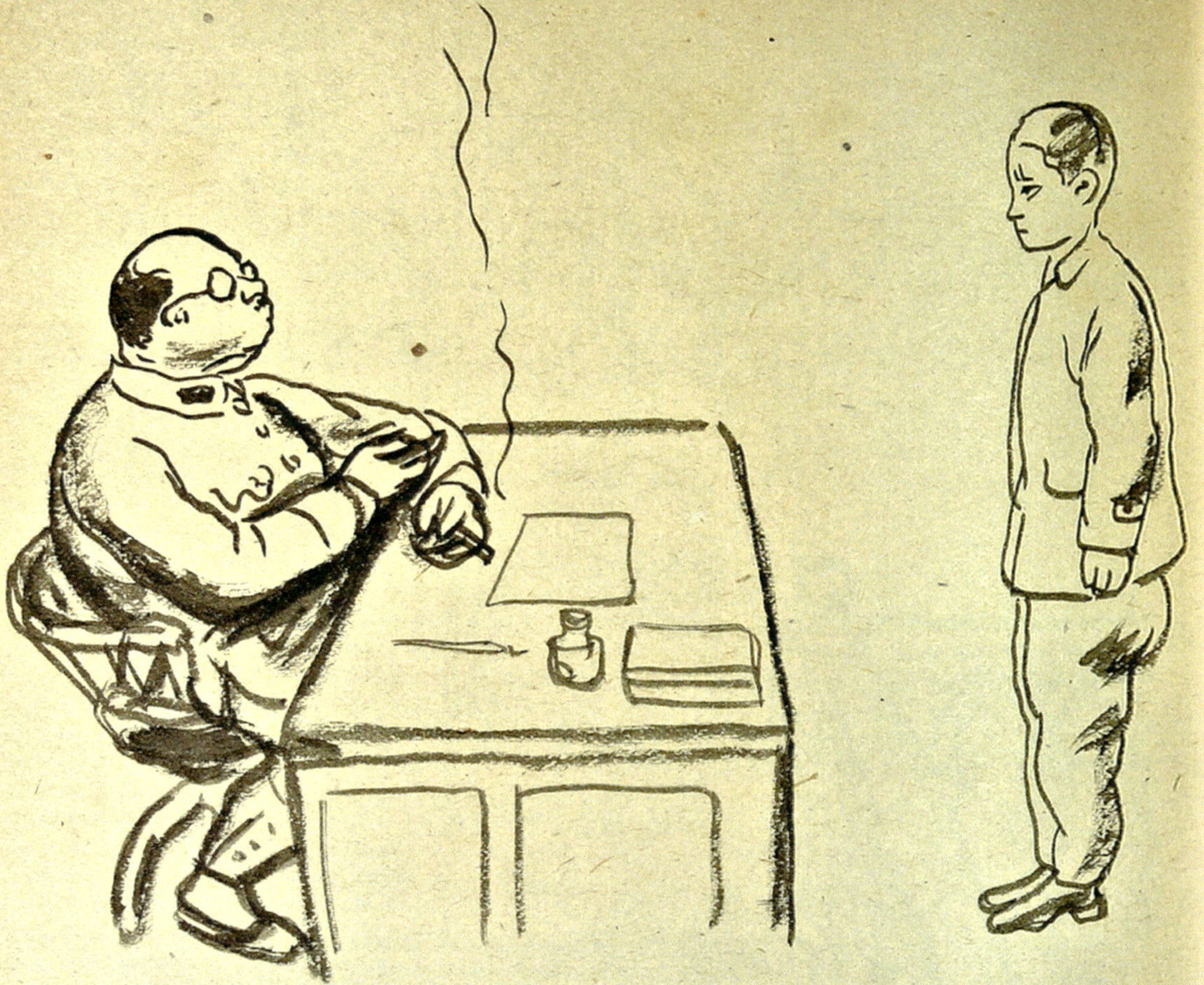

部長と云うのは　主計少佐で村田と云う　でっぷりと太って　目つきのイヤな男であった。
私はひとり　部長室へ入って行きデップリと太った部長の前にチョコンと立ち　一所懸命に通学許可を申込んだ　しかし　そこでも　私の子供っぽい　期待であるところの　それは感心だ　君たちの年のときこそ充分勉強しておけ　と云う言葉とは　まるきり反対の　班長よりも　もっと冷たいそっけなさで　ポンと蹴られてしまい　そればかりか　一工員のくせに部長に直々　要求を持って来た生意気な奴!!　とばかりに　いかにも腹だたしい目つきで　私をねめつけた。

私はそれでも夜学へ行くこともやめなかった。夕方六時迄仕事をしてすぐ出かけたとしても学校へつくのは七時半であり どうしても授業は二時間ばかり遅刻であった。

どうしても許可を得て残業をしないで帰れるようにしてもらわねばならぬ。

よしッ!! と私は最後の手段として廠長のところへ出かけて行った。ゆれながら可憐な悲壮な面もちで廠長室の階段を上り扉の前に立った。扉には木札がかかっており"叩くにおよばす"とかいてあった

私は扉をあけて入った

しかし部屋は空っぽで 絨毯の上に大きなテーブルがどっかりと坐っているだけであった。

そこで私のおぼろげながら知ったことは
この軍隊のような巨大な軍需工場
は将校が　その階級によって　あみの
目のように工員をにらみすえており
彼等は　工員の人間としての　のぞみや
幸福　そういったものは　爪の先ほども
考えてはいない　ただ　一分の休みもな
く　働かせさえすればよいのだ．
と云うことであった．
私は病室のある建物から誰にもみ
つからないで　裏の築山のほとりに降
り立った．　春爛漫．　桜の花が
池の中に　散っていた．
私は在学証明書を　小さく　いくつに
も千切ると　はらはらと　池の中へ散
らした．　学校へゆくことを断念した
私はだれに訴えてよいかわからぬ口惜しさ
にほろほろと涙を流した．

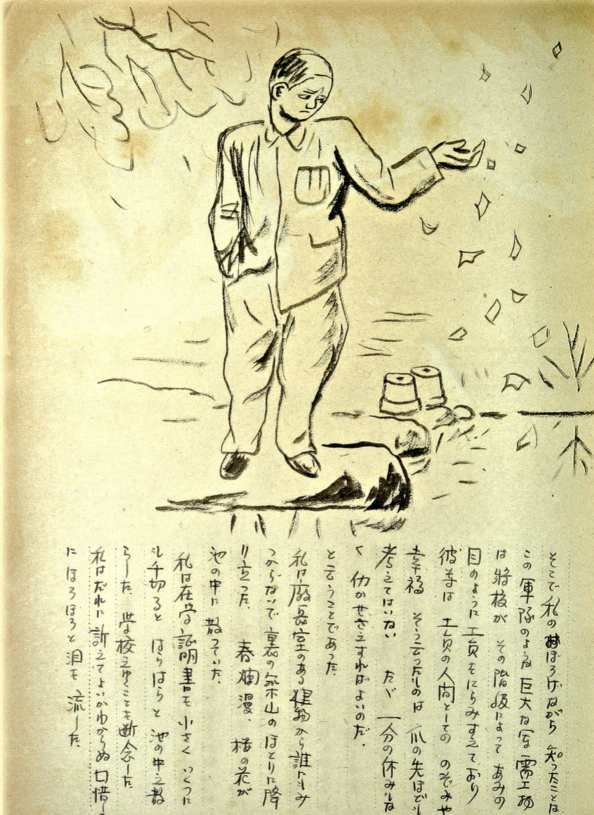

青年学校、

仕事をして夜中学なぞへ通はなくても青年学校へゆけばよいではないか青年学校でも中学なんかより高度の教育がうけられる！」と云った村田少佐（配属将校）の言葉通り私は青年学校へ入らなければならなかった、それは絶対強制であった。学校と云っても青年学校は完全に軍隊教練教育をするところであり教練の外に学科と云えば国粋主義と日本民族の優越性いわゆる天皇は萬世一系であり萬国に冠絶した国からの日本臣民として生れた我々は八紘一宇の大理想？の実現にマイシン

せねばならないと云ったしろものであった.
被服廠の中広場のかたすみに掘立小屋然とした講堂があり それが教室である. 同級生は四五十名. 仕事が了ると此処に集合しては授業をうけた. 六時から一時間半の授業なので 仕事の疲れて空腹でみんなよく居眠りをした.
夜の一般教練は照明のつけられたひろ場で うごく度に地上に大きな影法師を引ずりながら 行進したり敬礼したり銃をもって走りまわった.
教官と云うのは将校か戦地帰りの下士官でこれらの者は階級で絶対権力を持つ軍隊生活を再現してくれた.

踵圧機

製靴所第二班で最初働いたのは中底付の工程で これは木型のかむさった靴の甲部と打抜かれた靴の中底を木釘で仮止する仕事である。盤石脚を付けて 先づ爪先芯革 踵芯革 不踏芯革を貼付け その上を錐で孔を穿っては 木釘をうち込むのだが 木釘を打ち折らないで叩くことは餘程な技巧を要した。

間もなく私はその中底付から 靴底の釘抜に変ったのだが そのうち 榎木工員割長と云っておそろしく背の高い 顔の長い男のもとで 踵圧機をすることとなった。

踵圧機の仕事にはともかく一台の機械を操作するのだから 焼芋屋の手袋みたいな手を繊して 釘抜を握る仕事から思えば かなり出世したものである。

それにしても この工場で生産する靴のすべて は この圧搾機の工程を通過しなければ ならなかったし 折悪くその工場には 圧搾 機はこれ一台しかなかったものだから 私の仕事と 云うものは 甚だしく忙しかった.

踵の形の鉄の棒の尖に靴を嵌めてクラッチ を踏むと 二度ばかりドスン ドスンと落下 して踵を圧搾するのだったが 時として縫 糸の松脂《チャン》で滑ってともすれば 私の みぞおちを狙ってぽんと飛びかかって 来た.

私はすくなからず 神経を消耗した.

化粧釘打付踵廻削、

踵に蹄鉄型の金が打付られて 化 粧革なるものが仮止されると 化粧釘 打機で化粧釘がうちこまれるのだった.

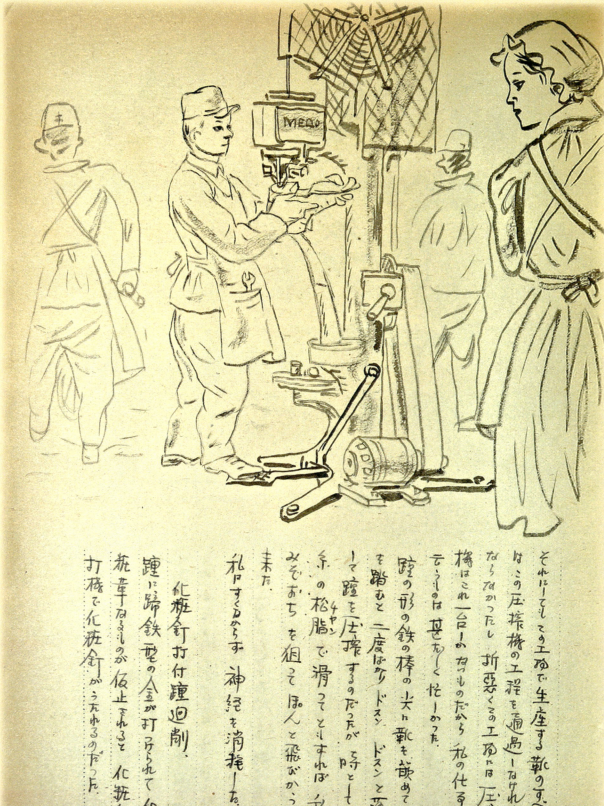

私はその機械を廻転することになったのだが厚さ一粍巾二粍くらいの鉄線がこの機械を廻転することによって一糎くらいの長さに截断されて踵え叩き込まれるのだがその一本一本を打込む速さは すくなくし時計のセコンドの音くらい の速力なので ともすれば一ヶ所え二本打込んだり 疎らになったり 危く脱れて靴を支える手え打ち込みかけたり 最初のうちは失敗を多くくりかえした。

機械は三台あり 本田と云う スマートな 背の高い男がいて 私に親切に教えてくれた。

もう一人稲葉と云う大柄な美しい顔に似合ぬ乱暴な言葉の女しい方が 私には親切にしてくれた。

踵廻削と云うのは サンドペーパーのベルトで踵を磨くのだが これは化る

が簡単なかわりに まるで砂漠で暴
風に遇ったように眼や鼻え えんりよな
く革の粉末が吹きつけてきた.
製靴所第一班と云われる工場で革
を截断し この工場で 甲部の縫合
せから底付 仕上まで 流れて来て毎
日何百足かの編上靴や長靴,
航空靴などが出来上った.
私はこゝで働いているうちに吉沢重造
と云う友達を得た

吉沢重造

吉沢重造は 滋賀縣の生れである.
私が彼をはじめて知ったのは鏇廻削の
仕事に変って かつをぶしに目鼻を付
た榎木工員副長から紹介されたと
きである.

彼は白ぶちの眼鏡をかけて 色が白く 眼は
細く濁った光りをもっており 言葉は上方
のアクセントをもっていた.
最初は私より少くも二つくらい年上だろう
と思ったが 語り合ってみると同い年の十六
ということだった.
親友と云った形の友を持ったことのなかった
私も彼と一緒に働いているうち だんだん親
しくなり いろいろなことを話し合った.
彼は小学校の一年生からずっと級長を
していたと云うことで 私は彼と一層親
しくなった. 彼はとても十六の子供が
書くとも思えぬ 流調な文字を書い
た. 島の生れと云う 浜田亘之松
と三人で歩くと 亘之松、重造、五郎
とその名ののおもしろさにみんながよく
笑った.

同性愛

吉沢童貞の下宿している家にある日
遊びに行ったことがあったが 大人の着物
をくっつけて着ているところなぞ どうしても十
八九にはみられた 彼は私に劣らぬ
早熟で 現代日本文学全集 や長谷
川四迷の一平凡なぞと読んで結婚読
本なぞと書かれた本も 本立にたててあった
ふる里には 加納しな子 と云う恋人が
あって 夜勤のときなぞ 二人で ひそびそ
と一たせ芝の上にねころび 星の下で 彼
の口から 一つ一つ大切な宝物でもと
り出すように語られる 恋人のことは
実にロマンチックな 少年の世界であった
毎日二人は一緒に働き一緒に語り一緒に
歩くので同性愛だろうと みんなから
よく云われた。

裁縫所 第一班、

垢にまみれた肌にべっとりと汗の浸み出るころ
私は巻縫の仕事に廻らされ 第一日目に六足
第二日に九足縫い この仕事はまったく面白く
ない仕事だなと思った翌日は命令で 裁
縫所第一班之転属させられた。

この工務は服地の裁断班で三十米もある
長い反延台に電車でガラガラと地質
を引き延べ 裁断するのだったが 新参
の私や吉沢・安井・田中川口と云った連
中は 故障の電車を押して走る仕事
や反延、梱包かつぎと云ったことをくり返
した、

夜勤~~[illegible]~~になると 私は森井と
云う工員副長につれられて 倉庫(13
番倉庫)之毛布をかつぎに行った。
巨大なコンクリートの 地下室の様な部屋

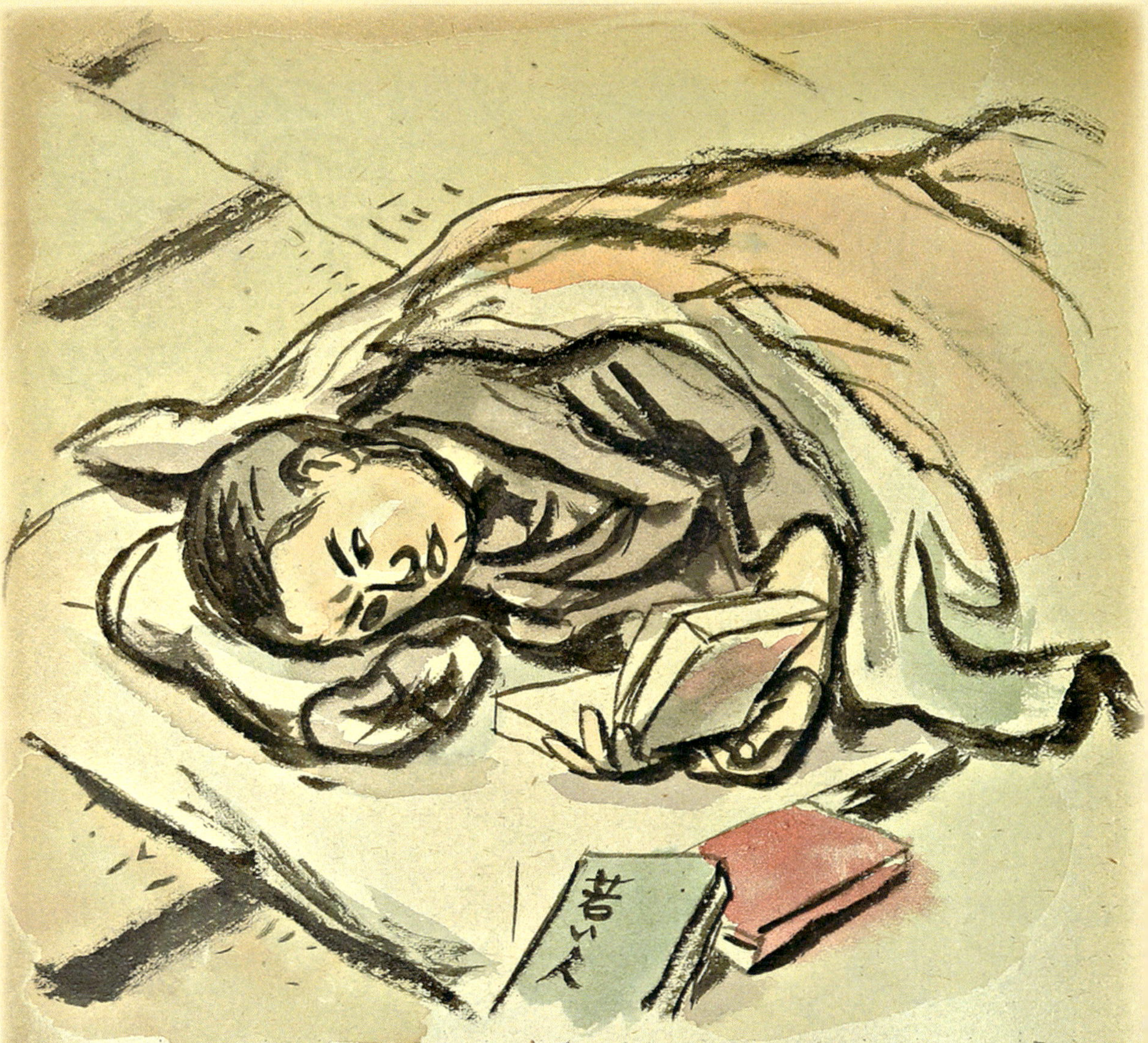

では毎日毎夜毛布を縫っており　私
は二十枚づつ梱包になった毛布を裁断
所から縫い場へ搬ぶ役目をするのだった。
真夏の夜を　真裸になって　はたらき
多量なり搬び了ると　汗をふき　毛布
の山へ躯をなげ出して　てんでにねむり
頭の方へ帰るのだった。
そのうち吉沢は被服廠をやめて郷里
へ帰った。　私はこの仕事はやめたい
と思いながら　毎日騒音に頭をコンラン
させ・鼻孔をまっ黒にして働いた。

読書、

毎日の労働と工場の班長から工長
工員長　工員副長　職長　平工員と
軍隊式に　ケンゼンとあ来上っている
階級による規律　階級による道徳
と労働の量に　私は　まったく　いや

ね生活をくりかえしていた、
現実は苦しく みじめで 哀れな自分である
しかし夢はすてられない。 そこで 私の
考えたのは この現実の苦しみ みじめさ
というのは これは 何うすることも出来ない
私が金持の息子にでも 生れて来ていた
なら これは問題は別であるが この現実
は致しかたない。 これは金を儲ける為 やむ
を得ない 私の一面である。
だから もう一つの 私の面をつくりあげ そこ
に幸福を。 ささやかな幸福を み出
さねばならない。 と考えて 私は
毎日読書をし 絵を描いた。
貸本屋から 一日五拾くらいで 古本を
かりて帰っては 夜おそく迄、 夜勤の
時は比治山のふもとの アカシアのかげに
ねころんで 真っ赤な眼を充血させて

片っぱしから古本をよみふけった。
絵は これはもし絵の引うつし みたいなもの
を工場から拾って来た紙切れに描いて
描きためて 何冊かのノオトになった。
そうして このような不健康な生活は伸
びざかりの私の躯を ひきゆがめてしまったし
(スポーツでもやればよいのだが毎日の肉体
労働の疲労はとてもスポーツ之の関心は
奪ってしまうし その時間とてなかった)
それに加えて盲想から来るオナニズムは
すっかり私の頭を しびれさせてしまった。

断片

ガソリンカーの 鉄路を汽車が走り
毎日のように出征する兵士をのせてぞく々
と宇品之向った。
兵士、馬 動車、覆いをかけら
れて外から ちょっと わけの わからない

もの、 またこれは何に使用されるかわか
らぬ牛の群 までが町々をどよめかせて
宇品え向った。
父は毎日のように 内臓におとろえをみせ
脚気で腐蝕しかけた大根のような脚を
ひきずって出征兵を見送りに行った。
長男が帰還すると引かえにつれてゆか
れた次男。 父は出征する兵士を見送
ることによって息子えの心配を忘れ何かが
息子の安全をこうすることによって守って
くれるとでも思っていたのか・・・
背の高くない四角なような父の躯は若い日
はたくましさにみちていたが 今は張り糸
の切れた紙鳶の弱々しいあぶなっけさで末っ子
の衰えの手を曳いてトコトコと兵士を見
送りにゆく姿は哀れだった。
生活の苦しさは 母を毎日のように

兵器廠に日傭で働きに出かけさせた
その仕事も 決して年寄った女の労働に
適するものではなかった.

肥厚性鼻炎・結膜《まく》炎、
十六才、私は鼻と眼を患った.
毎日の不潔な工場がさせたのは別に
不思議ではない
私の鼻は俗に云えば だんご鼻と云う
べき形態であったのに それが肥厚性
となったのだから これは まったく大変
なことだった. 眼の方は読書の耽溺と
オナニズムがさせたとしても 鼻の方はとにかく
どちらも困る. 私は早速医ム室で治
療をうけた. 治療は相当痛く その
度に私は シラノ・ド・ベルヂャックの話や
芥川竜之介の 鼻に出る アング禅師
のことをおもい出し 泪をながして こらえた…

〃ノオトの断片はこゝまで書きしるしてあってあとは私の手元にない。おそらくは破ってすてられたのか或は当時こゝまで書いてもう書かなかったに違いない。そしてそれは倖である　こんなにその当時の生活をこまぐと記録する必要はなさそうである。そこで私は日記を読みかえしながら当時の私の成長過程を極く大ざっぱに拾ってみることにする〃

獨逸ファシスト共はポーランド國境を侵して進撃し歐州に新に動乱がおこった。英国が参戦し佛蘭西が宣戦を布告した。

日獨伊防共協定で東西のファシストは手をにぎり　ブルジョア民主々義

國は ソヴエト之の反抗を心まちして
ほくそ笑んだのもつかの間 いまや飼犬に
手をかまれてしまつた、
防共に名をかりて弱少民族を侵略し
市场を獲得することは これはもつとも かし
こいやり方であつた
労働組合は産業報國会となり議会
はファシスト専政の翼賛会と名を
かえた、 二・二六事件で知られる軍
閥のクーデターから ファッショ之のみち
をばく進した日本は この防共協定か
ら三國(伊独)同盟之と発展した
小学校は国民学校となり侵略鼓吹
教育となり ゴールデンバットは金鵄
となり 聖戦で肥之太り太りつゝ この肥大
症患者は身うごきのとれない自己の侵略
の血にし舌なめづりをしながらつきることを知ら
ぬ狂暴 やがては破めつ之の道をまつしぐら
に進みはじめた、 そのような時代である。

ラボート

水筒組切り

一日・(一夜)約三千組、

掌にはマメができ 血がにじむ

湯のし、 大きな機械に 絨布をかけて

蒸気の中を巻きとり 皺を伸ばす仕事、

その巻取った 四十キロあまりの 絨布を

かつぐのが主として 私の仕事。

おくり、

第一班 裁断場から 裁縫所第二、

三班、裁縫班の縫工所にトロッコに

梱包をつみ 運搬するのが仕事。

ボーナス：二十二円七十銭 工場の風呂に

入浴して帰るのが唯一のたのしみ

夜店、

何曜日と何曜日はどこ、何曜日は
どこと毎日のように どこかに夜店がひら
かれた、アーク燈や 裸電球の下に
露天に 八百屋とか つくだに屋、古本
屋がならび それに出かけて 何か買って
帰るのが 貧しい中の楽しみ、
兄と毎日のように出かける。
夏は浴衣がけ 金魚屋などのすずしい
色彩の中をぶらり〱と歩く、
冬はオーバーに首をちぢめながら古本を
買って大切にかゝえ ポケットに 三ケ五銭
の今川焼をしのばせ それで 手をあ
たゝめながら 店々をのぞいては歩く
段原中町、宝町、千田町、的場町
流川通りに日毎夜、

生けとし生きるもの
炭がらでうめたて、建てられた長屋にも
正月が来れば 松飾りを飾る.
子供のように正月はうれしい、比治山から
松を採って来て玄関につけ 十三銭ばかり
の飾りとだいだいを表札の上につける.
ひる前は荒神町の方へ母と買物 まず
しい買物ではあるがこれが大晦日の 正月
のごちそうとなる. 銭湯へゆき 一年の
あかを流し 夜はまた母と一緒に神社、
(比治山) へ戦争に行っている兄の無事
を祈りにゆく あ、今年の正月から肉
親の一人が欠けている 誰のために?.
帰りみちは 夜店にまわり 母は三十匁の牛肉
私は二冊の古雑誌. 母は四人の息子への
私は私自身への 正月を迎える おくりもの
として...

正月

若水で顔を洗えば 共同水道の水ではあるが
何かいつもとは違った新々しい気持である。
そうして例年のように初詣として御便殿
に参る。少年のころは 天皇の国に生れて
来たことを このうえない よろこびと感じる。
帰って来て母のこしらえた雑煮をこれはまた
男の兄弟が競争で食べくらをする。
「一九四〇年 一月一日 私の日記には
十一の餅を喰い去年よりは成績悪
しと記入されている
兄は二十六 次兄は二十三、私は十七、弟
は十四、末弟は六つ
父の躯はめっきり おとろえたけれ共 子供
らと一緒にトランプをやる。
母は貧しい材料で 子供等をよろこばすた
めに ごちそうの支度に頭をひねる。

海軍大将 米内光政が内閣をつくる

私は 絵がみとめられて 工場内の安全装置の絵だとか 発明考案募集のポスター など描かされる。

すこしでも自分の才能に近い仕事をさせられることは愉快なものだ 私は一所懸命に描く そうして それからうれしいのは その時間だけでも 十七才の少年には過重な肉体労働をしないですむことである。

丸井の兄が召集された

ここでも又一つ新婚間もない 温い家庭が無残にも うちこわされる。

毎月一日は興亜奉公日と云って 梅干を入昼喰い 戦争への熱意を示すとある。

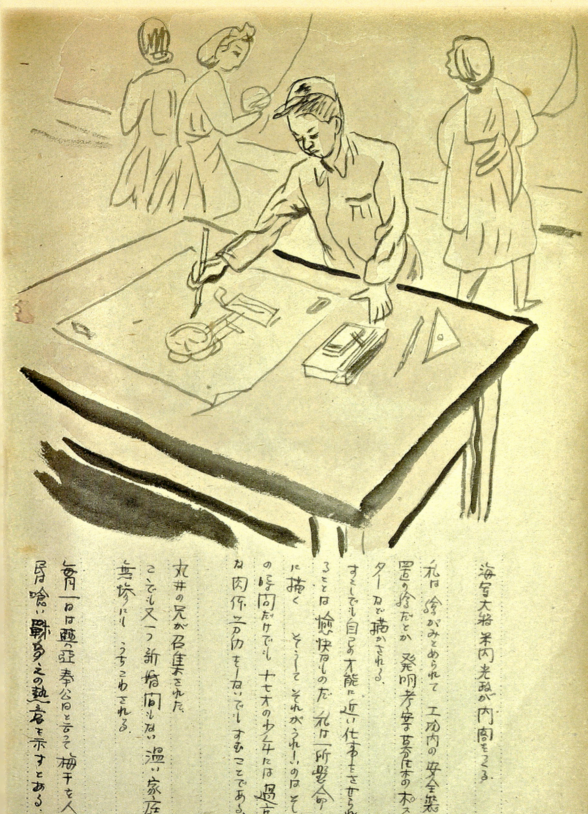

帝国毛芸の一つの牙
毛皮工場でまゆされる、
兎毛皮 羊毛皮 人絹シールは
それを形にはめては裁断するのである
毛皮の埃は昼でもくらいほど立こ
めそこに働く私らを交えて十六七
才から六十才までの婦たちは髪を
まっ白にして働いている。
これで病気にならないのが不思議で
ある、この人たちの中からやがては何名
かの患者が出るに違いない 肉体の力
の何%かはこの埃で苦められるに
違いない、戦争の犠牲者は前線
だけではなく ここにもある。
愛国心のためみんな一所懸命に毛
皮に鼻をこすりつけて働く、役付
工員の目の光りで 毛皮の中を泳ぐよう
にして働く。

イタリアのファシストが機を見て参戦する、パリーがナチスの泥靴に荒され
それはトレーズなどを先頭とする人民戦線結成の力を増すために力となる
一九四〇年六月十三日、
米内が近衛に変る。新体制準備
父の病はいよいよ悪くなる 夏とともに、
反英国民大会なるものが方々にひらかれる。西のファシストに呼応し この際漁夫の利を占めようと‥ そのためには先づ国民の輿論を起さねば それがこの反英国民大会となって押しつけられる。
兄は筆生の試験をうけてパスする。

私もそうだ この方へ向おうと試験の準
備をはじめる。

クラス会、みんなそれぞれアンチャンになって
いる。すこしもなつかしさ親しさがない

打破岩運動の仕事をする。

青年学校教練科の目的
青年学校教練科の目的は軍事的基
素訓を施し至誠尽忠の精神培養
を根本として心身一体の実践鍛練を行
い以てその資質を向上し国防能力の
増進に資するにある。

この暗記、敬礼　ピンタもある。

教育班、

教育班と云うものがあって そこには三百名あまりの小学校を九十五年〜九ての主として寄宿舎から通ってる娘たちを入れて軍隊の襦袢を縫わせているところがあった。そこに私は転属させられた。そこで材料の受領から娘たちのために梱包つみなどをさせられた。ミシンに近づくことが出来るので何時の間にか動力ミシンを使うこともおぼえてマスクや襟布を縫っていたが布をみつけては倉庫にいる兄のところへ行って半ズボンなど拵えた。ぼつぼつ 筆生（事ム員）の試験をうけては事ム所へゆく者が出て来たので 私も近く受けようと算術の四則の問題なども ぼつぼつやりはじめた。

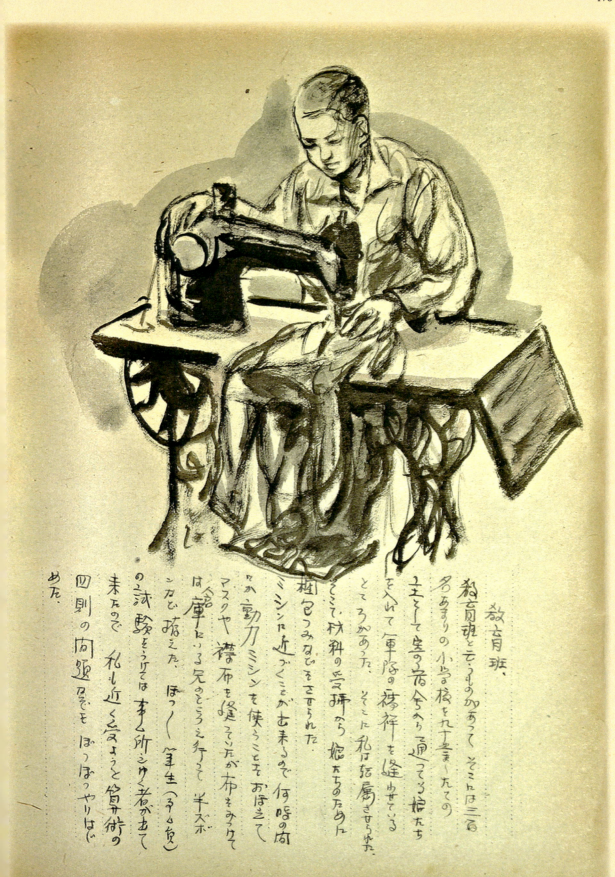

一九四〇年十月三日、
病気で臥っていた父はとうとう死んでしまった。
その翌年私は鉛筆をなめなめ"父の死"と題して日記をもとにして文章をつくり戦地にいる兄のためにとノオトに記録しておった。
それをこれから引き写すことにする。

父の死

降るみ降らずみといった天気が続いた
そうして父の病気はだんだん重くなった
若い頃仂きづめだったその疲れが一時に出て来たように脚気も心臓も腹も一度に悪くなった。
春頃までは一番末っ子の真之で比治

山の方之ブラリブラリと散歩をしていたのであるが夏になり八月になるともう駄目だった。

六畳の向ふ床をのべ、蚊帳を垂ってその中で一日中寝たきりである 動くことは わずかに小用を足す時だけである。食事も床の中でとった。そうしているうちに小用に立つことも苦しくなり尿瓶《シビン》と呼ぶ容器を買って来た。

夜店などから遊んで帰ってみると たヾ一人蚊帳の中に父が半身を起して坐っているのを見ることは たまらなく苦しかった。

脚気のため脚ははれて全然感覚を失った蝋細工のように青白い光沢のないものとなった。 父の蒲団とか寝間着は間断なく母の手でとり変えられたが すぐ病人の持つあの悪臭が鼻をつくようになり

克之らは六畳に近づくことを嫌うようになった．
父の頭髪もヒゲも長く灰色にのびて
被服廠の医者にみてもらう度に起き
あがろうとするのだが躯の自由はすっかり
きかなかった．
"この夏さえ越したら" と母は云った．
そのころ、のことである．母の主張で
故障のため止っている時計を息を
吹きかけて動くようにしたと云う 猫のよう
な顔の山下某と云う 怪しいばあさんを
つれて来て患部に息を 吹き込ん
でもらったり げんのしょうこ やどくだみ
をのませたり とにかく夏の暑さに 私の
家の者の頭さえ すこしどうかすると 害になり
はせぬかと思われた．
躯はだんだんはれて来て それと同時に
脚のはれはすっかり 引いてしまったが その

腫みの引いた足はみる目も痛しいこほろぎのようであった。

夏の絶頂とともに父の頭もすこし狂って来てあらぬことも云ったりしはじめたが夏がすぎると共に父のうわごともなくなりだん〱すゞしくなりカナカナが鳴くようになった。

兄は果汁などを買って来ては父にのました。

私や弟はたゞおろ〱とした毎日をすごした。

貧しいために立派な医者にもかゝれず、薬も充分買えず、まして入院など出来ず、せまい長屋の六畳で父の病状はやはり悪化して行った。

金！ それはもうどうにもならないはらだたしい 悲しいことであった

九月も終った。

十月に入って父の躯の腫れはすーっと

引いてしまい 父は夜も母も苦しみだした
父はねむったまま うはごとを云った
"あゝ重い 重い…… 六百貫目から
ある……" それはなんのことかわからなかっ
た 蒲団が重かったのかも知れないし
かし何うすることも出来なかった 父は一枚しか
蒲団はかけていなかったのである
不吉な帽子で目かくしでもされたような
気持で毎日私と兄は仕事に出かけ
たが 十月二日の午前十一時ころ電話
がかゝって来た
"父が危篤だ…… すぐ帰るように……"
それは兄からだった ちょうどその日は
空の陰い《なにか》覆いかぶさって来るような暗い
日和で時折こまかい霧のような肌を刺
す雨が降った
私は走って家え帰った

ちょうど私と前後して医者の自転車
が私の家え入った
近所の人が五六人つめかけており その向うに
母が泣き腫らした赤い ショボ ショボした
目で 父をみまもっていた。
父の苦しいうめき声が部屋一杯にのたくって
おり兄は沈うつな顔で綿をぬらしては
父の唇をしめしていた。
医者はやはりだまって 父の手をとり脈をか
ぞえていた、そして その手で 父の胸を押しひら
くと青白い胸に聴心器をうごかせた
父のうめきは私の腹の中の何かを ねぢまわ
しているようだった。
"駄目でしょうか……" と母。
医者はそれには こたえないで注射器を
片手でとりだすと 父の胸に そのやさく光る針
を刺しとおした。注射液が皮膚の下に小さく

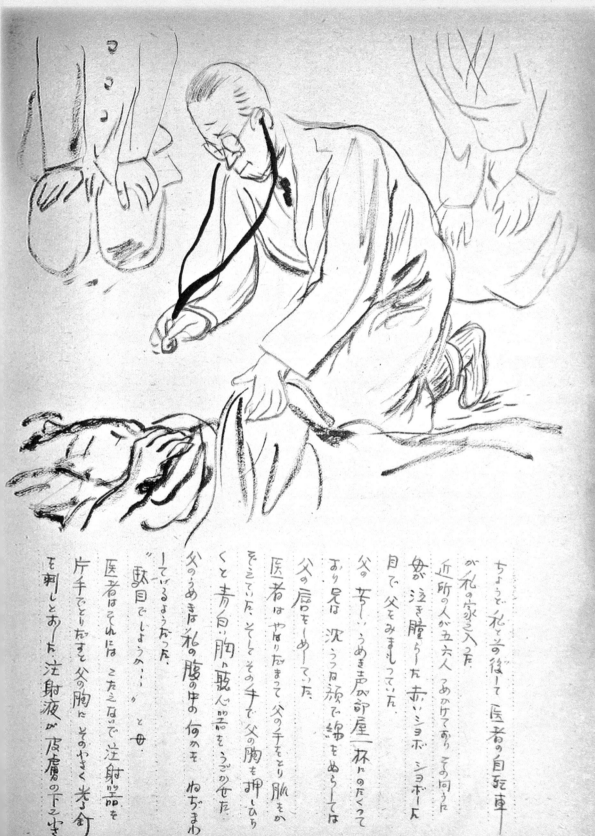

もり上ってふくれて行き父はうごく方の左手
でそれをはらいのける様にうごかした　がそれ
もたゞわずかに動くだけで　しかしそれも止
って父は瞼をみひらいたまゝ、ねむったように
なった。
しばらくの安静……
親類え、電報、私は　また被服廠
え走った。
サイキチキトク　マサイチ。
その足で工場の食堂に入り大根と豆腐
のお菜のついたひるめしを喰った。
ちょうど　そのころ防空演習のさい中で
誰も　誰も黒っぽいモンペを穿いて
私の家え出入りした。
私は自転車で　親類のMとD
え走り。　その途中も　私が帰
って来るまでに父が死んでくれなければ

よいがと心配した。
奪られ行っている兄のことがチラと頭をかす
めた 支那で兄はどうしているだろう?
父の胸はやはりかすかにかすかにうごき
"死んだのではないか?" と度々ヒヤヒ
ヤした。
"こんな状態が二三日くらい続くだろう"
と云っていくらもしないうち
不規則だった胸の呼吸がぴたりと止まっ
て 頸動脈のあたりがヒクヒクとうごき
次いで瞼がぴりぴりと軽く小さく痙攣して
止った 目は閉ぢていた。
死 思はずみんなにじりよって父の胸に
手をやったが その温かみは だん／＼
消えるように去って行った。
それが父の死だった。
だんだんと色のかわってゆく父の躯を母は

まっすぐに なおし 手を合掌させて蒲団を胸までかけ顔には真白い布がかけられて． それをみているときうに〝ワッ〟と悲しくなってきた．

どんよりと曇っていた空から 雨が裏庭の八つ手の上にぱら〱 と おちた、

両腕で力一杯押していた壁が、音をたて、くずれてしまったような がっくりとした虚脱状態がみんなを 襲った．

私は弟の直登をよんで 父のなくなったこと父なし子になったのだから 元気をだして死んだ父に 心配させない 母を大事にする子にならねばならぬ と 話した

弟は黙ってきいていた．

末の弟の克之にも そのことを 話して おこうと おもったが 克之は顔をゆがめたまま 走ってにげてしまった．

夜になると 雨の中を田舎の おばさんや
おじさんが 駆けつけて来て 交る交る父
に 覆ってある白布を はぐっては大声を
あげて泣いた
私は父の死体の横に床をのべてねむったが
となりの蒲団から 何うしても ほのぼのとした
温かみが伝って来るように思えてならず
涙をとめどなく流しながら ねむった

隣りの露路にある読経所で翌日葬
式をすませ
街のはずれの向西館(火葬場)で父の
身は焼かれた 秋の空に 父をやく煙は
まっすぐに 立ちのぼり あたりに咲きみ
だれている 野蘭の花が香った
父の骨は 白い小さな壺の中に納められ

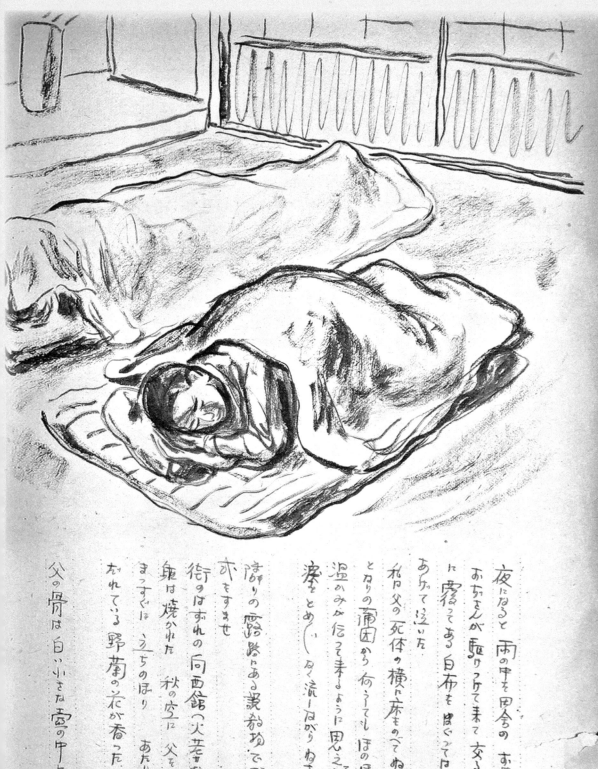

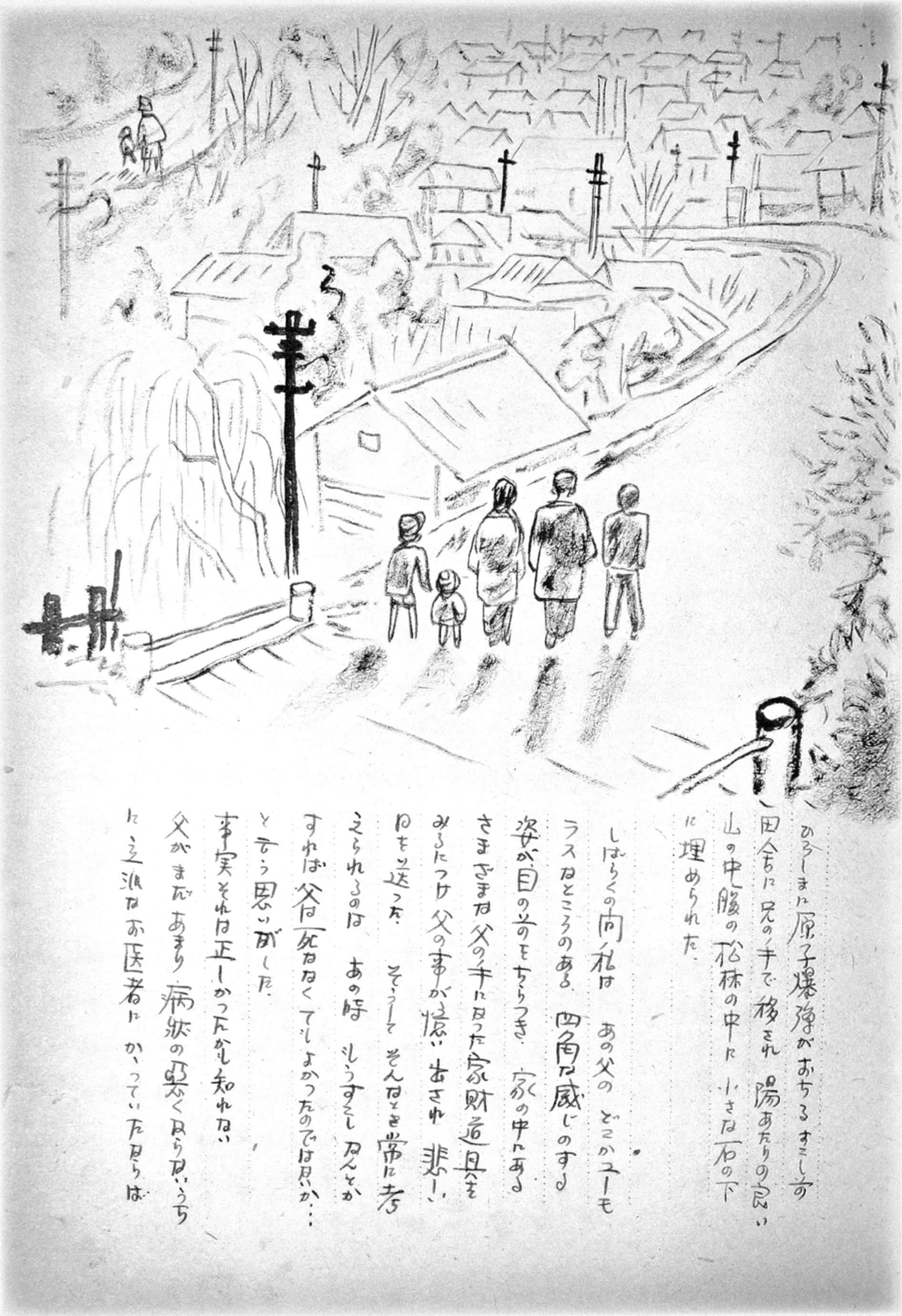

ひろしまに原子爆弾がおちるすこし前
田舎に兄の手で移され　陽あたりの良い
山の中腹の松林の中に　小さな石の下
に埋められた。

しばらくの間　私は　あの父の　どこかユーモ
ラスなところのある　四角な感じのする
姿が目の前をちらつき　家の中にある
さまざまな父の手になった家財道具を
みるにつけ　父の事が懐い出され　悲しい
日を送った。　そうして　そんなとき常に考
えられるのは　あの時　もうすこし何んとか
すれば父は死ななくてもよかったのでは無いか…
と云う思いがした。
事実それは正しかったかも知れない
父がまだあまり病状の悪くならないうち
に立派なお医者にかかっていたならば

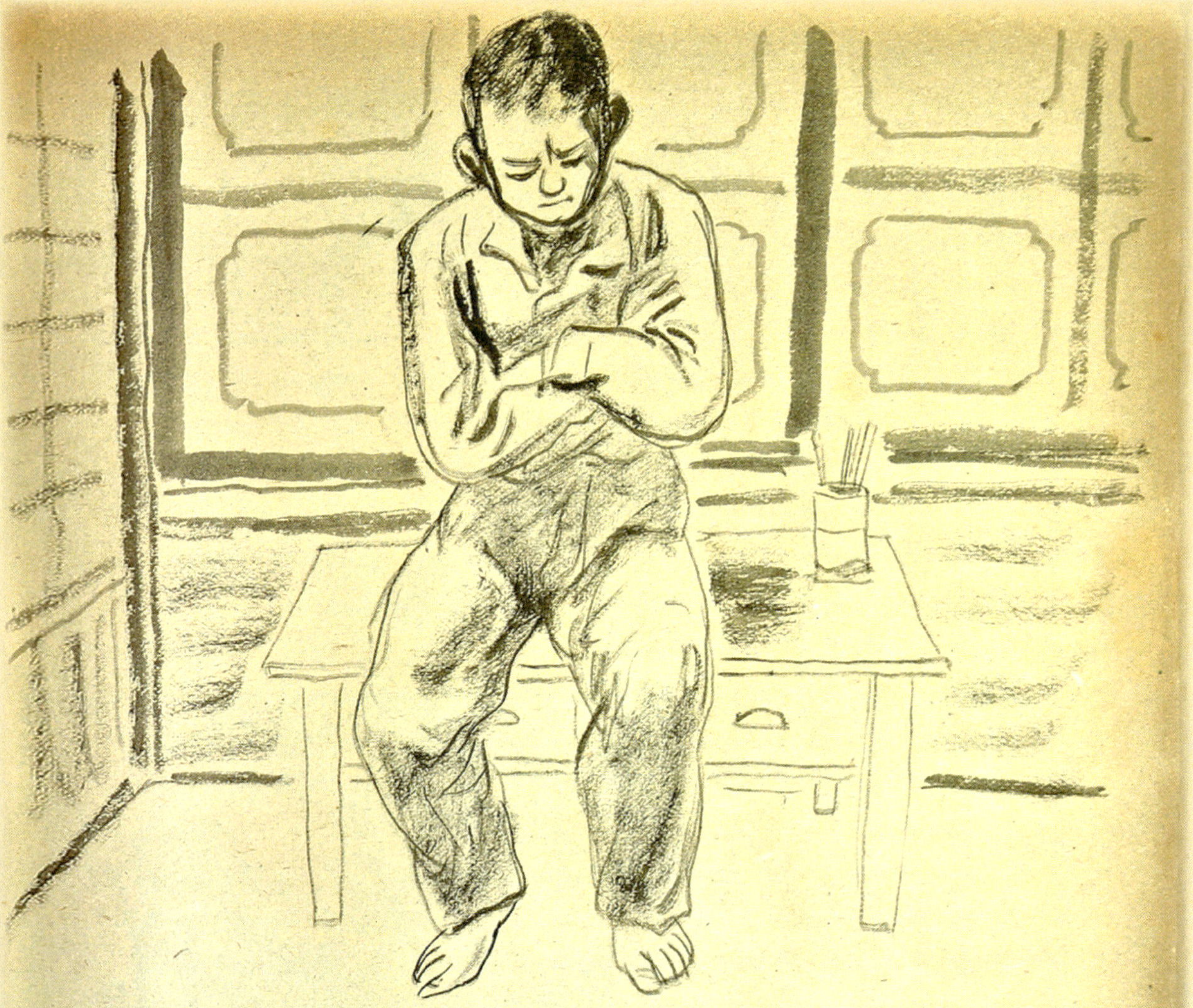

つまり私の家に　お金が　あったならば
列之ば　ブルジョアが便所自動車代の
せめて一ヶ月分でも私の家にあったなら
ば　私の父は　死ななくてもよかったか
も知れない、　わずかなパンを得す為
めに生命をすりへらして　働きさまじ
な社会の富もつくり出しながら　結局働
く者は一生貧困に　苦しめながら死ん
でゆき　働く者の労働によって　一部の資
本家は　肥え太ると云うような社会で
なかったならば　父は死ななくてもすんだ
かも知れない。

次男は侵略戦争にかり出されて　いて　とう
〱父の死に目に遇えなかったのである。

慰安会.
ひろ場に舞台をつくり女工員や男工員がその上へ上って歌ったりレコードをかけてやくざ踊りをおどったりする、みんなはキャラメルと辨当か何かもらってあーろを剥いてそれをながめる.
金を出さないで工員を軍需産業にしばりつけておくための手段.
毎日書くミシンの絵、
安全装置の絵.
図案文字 仕様書なるもの…

二千六百年。

厂史は御用学者のつくるものであり人民大衆はそれに踊らされるものである。?

しかり 踊らされるものである。

紀元二千六百年奉祝日なるものに一九四〇年十一月十日が割り出され二千六百年頌歌なるものを歌わされ人々は提灯行列をし 昼間を太鼓をたたいて踊る。

何も知らない少年の私も何か生けるしるしのある気持がしばくぜんと 沢山の生命をすてゝ 支那を侵略し 支那の民衆を殺戮することを 聖戦だと思う。

天皇陛下万才をさけんで… とにかく仕事が休みなのはうれしく 丹下左膳の映画をみる。

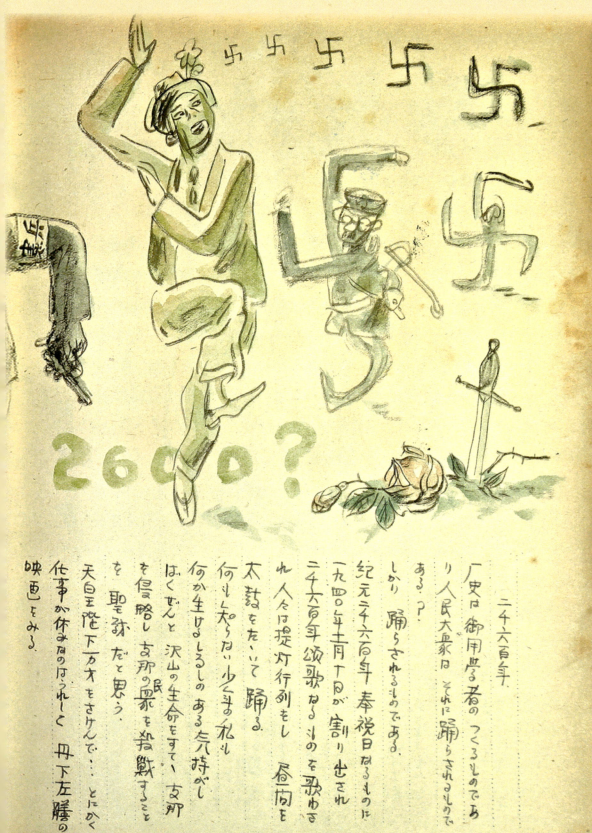

感傷癖

筆生試験

十七才の年令で大人なみの肉体労働をすることの苦しさからぬけ出すために私は事務員の試験をうける準備をしていたが十二月に入っていよく その試験を受けた.
第一回は予備試験で 倉岩百名あまりの男女が集合して 算術と國語・常識問題 の三課目をやる. 毎日仕事から帰っては兄んおしえてもらい勉強しておったのでだいたい自信のある答案が出来た.
二三日して 発表があり 算術が一〇〇点 國語が九十四点 常識が七十二点で 平均点は 一位か二位であったので内心やゝ自信を得た. しかし受験者はすべて

二十才以上で中等学校卒業
し軍隊から帰って来た程度の
者が大部分だったので私の場合
年令とか執務経験などでも
おとされる心配は充分にある。

それで一そう勉強をはじめた。
とにかく これに合格すれば ほこりと
汗にまみれた苦痛からぬけ出せる。
たゞそれだけの希望で 十七才の私は
一所懸命だった
珠算の練習もしなければならない
これが大変であった。

十二月十八日、本試験がある。
午前中 数学、國語、午後
常識問題、作文 書記能
力 珠算
この試験では 数学が一つ書けず 國語
常識を 各一つづつ まちがえた。

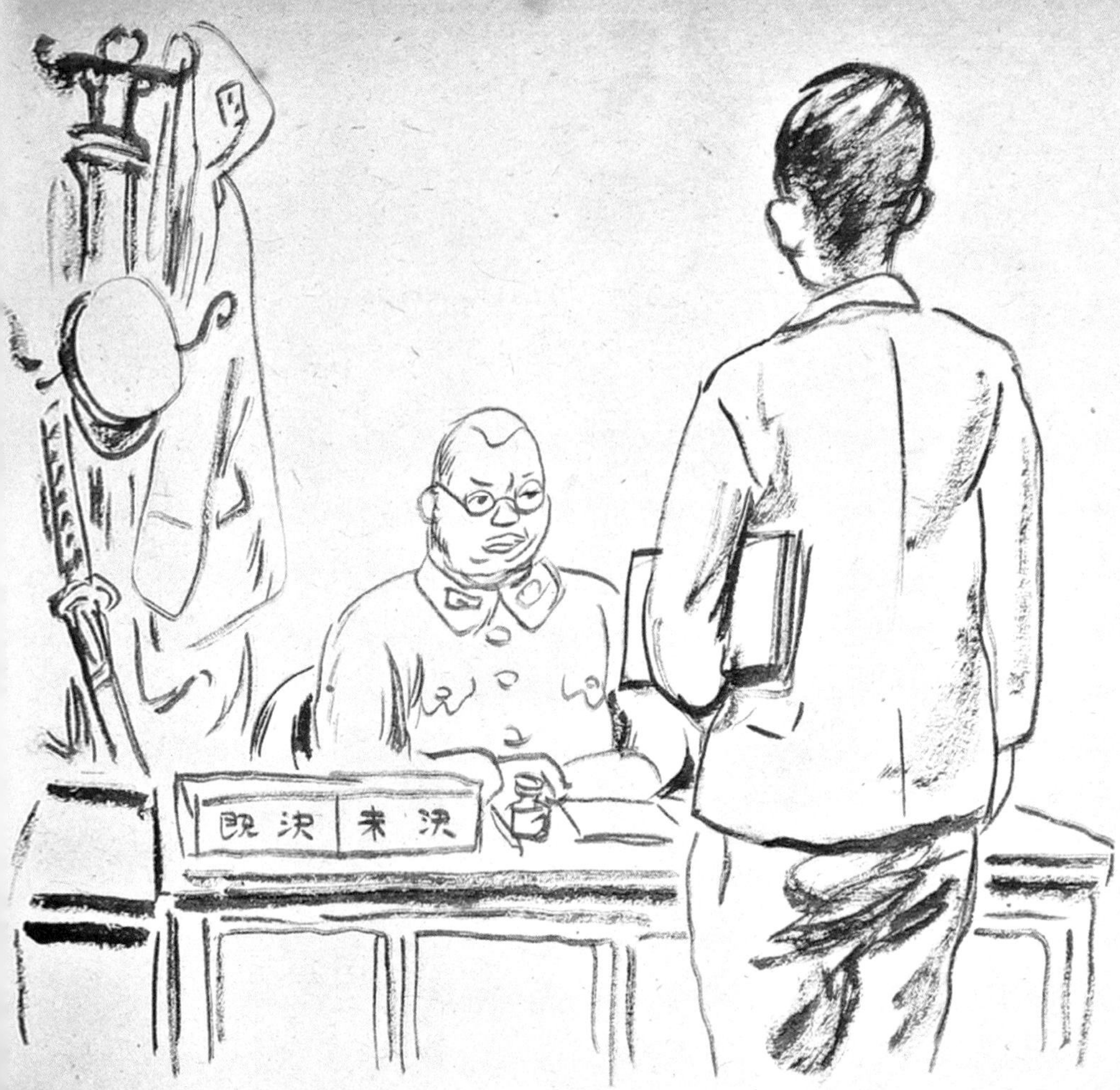

作文 珠算ハ大して自信はして
なかったが とにかく了ってほっとした
しばらく不安なような期待するよう
な日がつづいて 正月をむかえ
一月のなかごろ 裁縫一班のるーム所
に坐ることになった、
部長から房官のところを挨拶して
まわる これでだいたい学生の命
令がきまるであろうことは確実と
なり安心したが部長の村田少佐は
私が夜学に行かせてくれと云って行
ったときのことも覚えていって主計将
校の持つ意悪さでハンコをもらいに
書類をもって行ったときなど姿勢
が悪いとか敬礼のやり方がよくない
とか云っては よくいぢめた、
それですっかり十八才になったばかりの私

のころはいぢけてしまった。
部長が交代になって　飯森と云う主計大尉が部長になったが　これは又ヒステリカルな男で　属官も雇員もヘキエキしたが　われわれ事ム員はすっかりまいってしまった
結局仕事の内容をなにも知らぬところを軍隊の階級でもって無理やりに人をうごかし　意張り散らし自己の権力を示そうと云うに外ならなかった。

オフィス。
オフィスと云うと　近代的なる事ム所の感じで　机の上にはカーネーションの花でも飾そえあろうと　思われるが
私の座ったる事ム室と云うのは　工場

の片すみで 仕切りもなく 机が 六つ なら
べてあるだけだったが とにかく私は一日中
筆をにぎれる 仕事にはなったことがうれしく
被服廠にゆくことが そんなに苦痛で
はなくなった。
方々から 図面や ちょっとした絵を描いて
くれと 班長の 和泉技手のところえ
たのみに来る。 班長は私を手はな
さないで 自分の絵を描かせようとする。
そのあたり私は得意の図であった。
仕事もだいたいわかって来ると 私は
製用紙を綴じて ノオトをつくり
センチメンタルな 詩や散文を 書
き出した。
事務員は 他に 女学校を 卒業した
ばかりの（と云っても 誰も私よりは
年上だったが） 娘がいて 文学書
など 読んでいたが それをかりて読ん

だり　それにならって　私も書いてみた、
それは殆ど　少年と少女の恋愛する
と云ったものや
或は感傷にみちた風景のスケッチ
であり　舌足らずの詩であった、
過古堂と云う表具屋が比治山
のふもとにあり　そこで　日本画家が
三名　即座キゴウをするのを一日中
みてから（その画家は　田中頼彰
のデシだとか云っていた）日本画を
やろうと思いたち　何枚も　何枚も
描いてみた、
以前から　私は　浮世絵の複
製を　集めて　それの　摸写な
どをしていたが　そう云ったものを一所
懸命に描いたのもそのころのことである。

デパートに挿絵の原画の展覧会が
ひらかれ（岩田専太郎などの）そ
れをみてからは このさしゑのまねごと
を又一所懸命にやったものである
ポスターカラーのBブラックも買っ
て来て描いてみたり 名作挿絵全
集本を古本屋でさがしもとめたり
石井鶴三の大菩薩峠の画集
を買って来て毎夜ひきうつしをし
たりした
そのころは仕事をしていないときは
詩を描いているか 家でもねむってる
時以外は絵を描いた.

筆生

三月の中ごろ 筆生を命ずと云う
命令が出て 私を合せて 工務部
で四人申告をして 廻り 各班に
挨拶をしてまわった。
筆生は全部合せて 男女三四十名
で交友会なるものが 出来ていた。
勿論その中で私が一番年若だ
った。
ある休みの日、 沈丁花の花の香る
ころ交友会は ハイキングで上野
ガーデンに行き 梅が散り桃
の咲いた郊外をテクテクで 瀬戸
の海を一望に出来る海岸の崖
の上に すわって ひるめしを喰った。
こうしてだんだん私は大人の世界に
入りはじめる。
筆生の印として 青地に黄の 星のマー
クをつける。 得意の時代

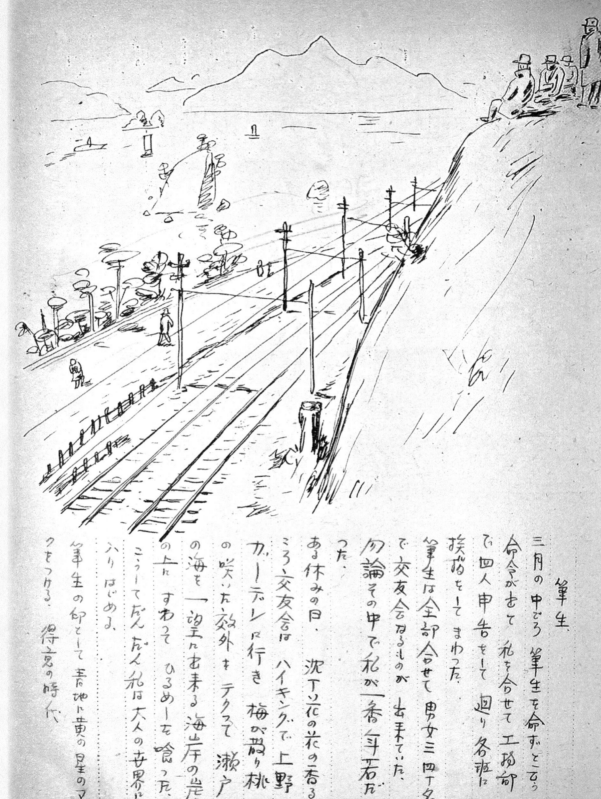

本廠（東京）赤羽

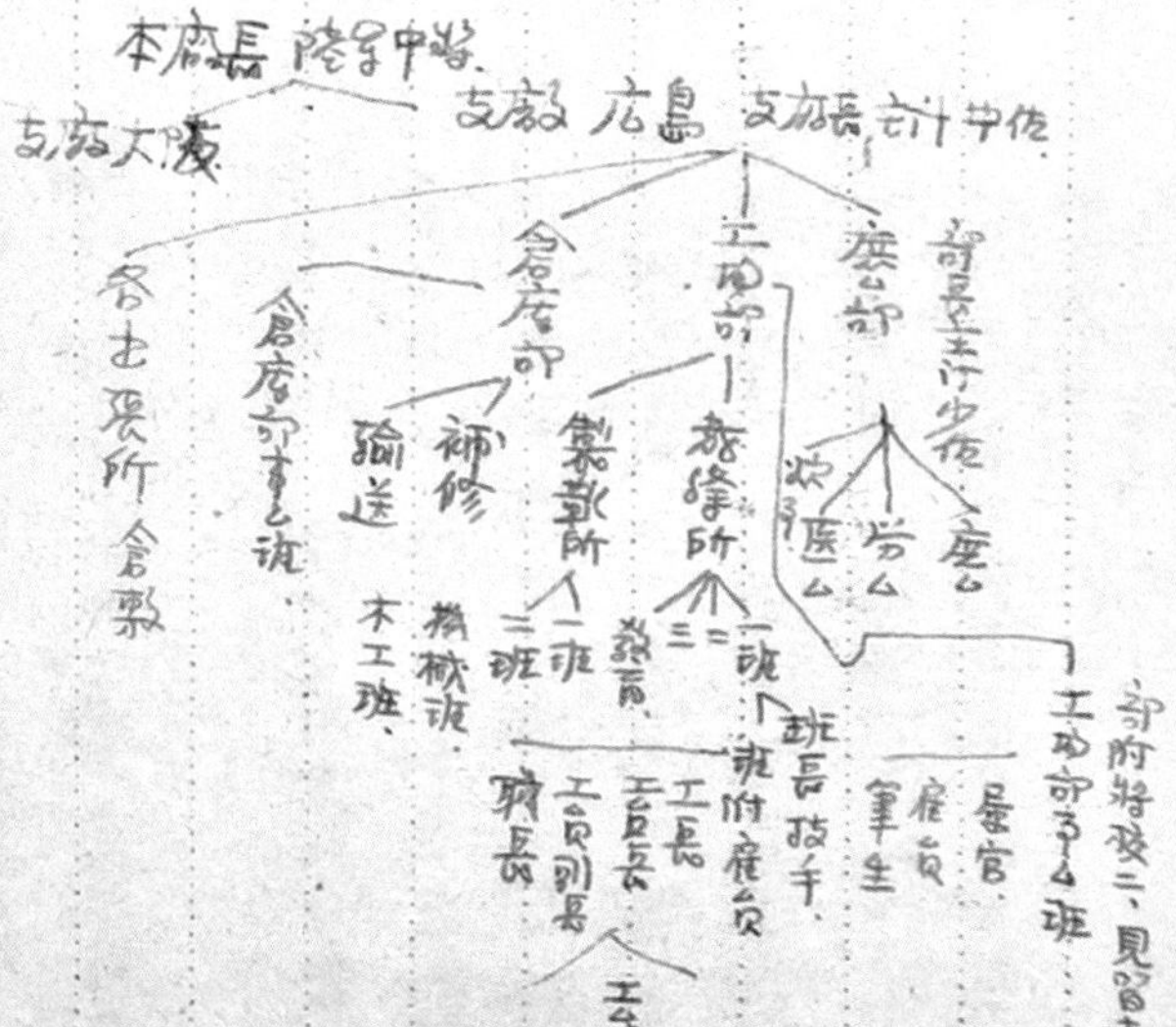

天皇制軍隊の被服の補給を一手にひきうけ 数万人の人間を仂かせて これの製造にあたっていた 被服廠の組織を 参考のために記しておく。

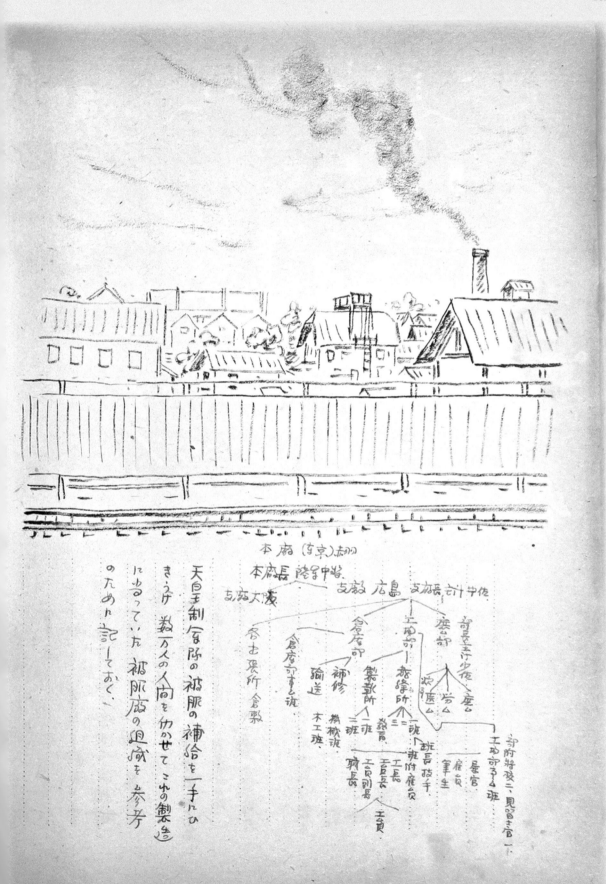

年生　翁盲と通々　全る頁にみ
して　そろばんと習字の翁盲が
あり　それに毎日出かける、
兄も年生なので　このときは一緒になる
習字はともかくも　珠算は困手
中の苦手で　器用に速くうごく
女の指をぽかんとして　ながめているね
が一ヶ月もつづいたが　そのうちだ
んだんと　とにかくみんなにまけな
くらい出来るようになる。
だが兄はそろばんは　遂に最后
まで上手にならずじまいだった、
習字は安田満々と云うノッポの
主計中尉が　先生、

キノウ.

これはつまらないことだが 一応、そのころの
私のデッサンの意味で記録しておく、
私が十八才の一年間にみた映画の題.
ほとんどが アメリカ映画、映画館
は きまって場末の二流洋画館で
世界館だとか 高千穂館とかそうの
があり 二十系あまりで みられた.
。フランケンシュタインの復活. 。四人の
復讐 。オクラホマ・キッド 。翼の人々、
。真珠のくび飾. 。舞姫ザザ. 。ペリで逢っ
た彼. 。カッスル夫妻 。サスダボルド. 。[illegible]血
旋風も。 。流線形超特急 。マルコポーロの
冒険 。テキサス人。 アメリカの恐怖.
。恐喝 。ターザンの猛襲. 。一の旨い
アーカチャン 。サブマリン爆撃隊. 。米口の
椿密室. 。口境提身隊。熱血三銃士、

○平原児。○ハリケーン ○コンドル ○気違
時代。○宿命の家。○ 上から下まで
○幽霊西へ行く ○悪漢の町 ○北京
の嵐 ○突貫三羽烏 ○若く宝冠
○大陸間諜跡 ○十字軍 ○最后
の駐屯兵 ○大平原 ○コブラタンゴ ○踊る
ホノル、 ○砂漠の花園 ○黄昏の並木路
○テキサス決死隊 ○キートンの顔役 ○七つ擲る
○祖国に告ぐ ○死の探険 ○ ブァリエテの女
○目撃者 ○天国二人道中 ○モンテイーの風
雲児 ○三十九夜 ○ノートルダムのせむし男 ○ロイド
の天口地獄 ○モンパルナスの夜 ○大都会の歓
呼 ○怪人ブリーム博士 ○巨人ゴーレム

この註解はなにも必要がないようである
芸術を愛する少年は芸術とは
なんであるかを知っていない。これは私だけ
ではなく芸術家の上から下まで そのよう
な盲目 そのような時代

一九四一年　六月廿二日、
ドイツ、ファシスト共は　ソヴエトえ進撃
をはじめた。当然ファシストの噛みつかねば
ならぬ　宿命的な存在　プロレタリアート
の勝利した人民の國え　牙をむいたのだ
ヨーロッパをかけめぐって　血のりをあびた
ドイツ軍は虚を衝いて　戦線を押しひ
ろけ　ギュッテルは　一ケ月でモスクワ
を占領すると豪語した
しかし　この國は　カピタリズムではなく
人民のソシアリズムの國である。ファシズム
を憎むこと　炎のごとき　プロレタリアート
の勝利した　ボリシェヴイキの指導
する國である。　このことによって　地球
上にまきおこされた戦争は　ファシズム
対　デモクラチズムの勢力の　斗争と
なり　解放戦争と　なったのである。

ソヴエトの勢力不利とみるや日本の
軍国主義者共はソヴエトに宣戦
することをとなえ 関東軍特別大
演習と称して大挙召集した軍
隊百万を満洲に送りこみ ドイツ
ファシストの味方としてソヴエトの
背後に恐威を与えた
近衛内閣は総辞職し 再び近衛
内閣が出来上った
憲兵へ 東條が陸軍大臣として
新しい戦争を準備したのだった。

ますこ姉さんの死.

七月四日.

母が裏内えたずねて来たので 行ってみると田舎から電報が来て 本家の ますこ姉さんが死んだと 云うのである.

母は克之をつれて 田舎え出かける.

あとに兄弟三人で 夕食をたべる.

田舎の午后. 子供をおんぶした姉さんと私は ゴムマリを投げ合ってゐる

腐服廠の女工員となって毎日私の家から通ったころ

寄宿舎に入り… 兄と婚約の話があったが そのまゝとり止めとなった /私には 幼くてまだ何も わからなかったが

胸を病んで 田舎に帰り ずっと病
床にあり そして今日 生命を了る
私より 五つばかり 年上
薄幸 だった姉、 ますこ姉さん、

工場部事ム班 。
和泉班長に 召集が 来て 出てゆくと
すかさず 私は 事ム班の 錦織係官
に引っぱられ 計画係なる 仕事をする
ことになる。
係官の秘書と云った形である
外には 藤沢と云う おばあさんじみた
娘さんが一人いて たった三人の 係だっ
たが 被服の軍需動員の計
画はこゝでつくられ それぞれ製造
の割当がきまるのであった。
だから こゝで 数字を一寸注意して

なおと像

それは日本軍隊どれだけ被服の補給をしているとか こんどは何んな被服を造り それで どんな作戦が行われるかと云うことが すっかりわかった

だから この仕事はすべて 軍事機密の赤い印が捺されて あった.

落下傘部隊の被服も特種部隊用被服と云う名でつくられその数は六千着くらいだったから後にスマトラに飛んだ落下傘部隊の数もだいたいこのときにわかっていたのである.

ア号作戦と名づけられた被服は大平洋戦争のための南方被服ロ号作戦とよばれるのは 明きらかにソヴエトを対照とした極寒地用の被服であった.

錦織属官と云う男は 神経質でコマヤクて 口やかまし、形の田力であった
そうして 言葉は九州ベンではっきりわからず 特に電話のときなど本当に困った。 ことごとに 私につらく当ってくるような気持がして 事ム室では うっとうしい気持だった
ため 属官が出張で 留守の時など まったく 天国のようなものであった。

板テニス

ベビーテニスのことで 板のラケットで ネットもひくく、小さく やはり四人で 軟球でやるのだが これがなかなか面白いものだった。 部内でトーナメントで 各班対抗でやったり 或はならんで 順番を まちながら やる

のだが それが 至るところで 一寸した
ひろ場があると そこには 必ず 板テニ
スのラインが ひかれてあった。
女も男も入りまじって 休憩ともなれば
どっと そこに押しかけて はじめるのだが
私には とにかく唯一のスポーツであり
たのしみだった。

十月になると 内閣がかわり いわゆる
東條内閣ができ上った。
新聞やラヂオは 息も切らして ABC
D包囲陣だとか やれ アメリカがヒリッ
ピンに軍隊を増派したとか イギリス
がシンガポールに戦艦を廻航したとか
わめき出した。 そうしてそのような一つの目的
をもったニュースと云うものは くりかえし
くりかえし報道されると そこには やは

りそうした雰囲気をつくりだすものであった。

ヒットラーの"我が斗争"の中にある"人間はたとい嘘でもそれが本当だ本当だと何回もくりかえされていると正しくそれが真実であるかのように思い込むものである"と云うことを日本はこのころ行っていたのであった。

被服廠の生活はすべてが軍隊式であった。

朝は戦陣訓か軍人勅諭を訓読して仕事にとりかかるのだった。

このころ工員全部が軍属の宣誓を行って軍属にさせられてしまった。そうして憲兵隊の目の光るところで生きることになった。

大平洋戦争。

一、日米交渉における米国の原則は架空の理念にして多辺的不可侵条約のごとき旧態依然たる構想で東亜の実情と遊離している。

二 米英の経済圧迫は武力にもまして卑劣極まるものである。

三 米英の帝国主義的搾取が東亜の禍根であって仏印の共同保障案またその野望のばくろに過ぎぬ

四 援蒋行為の依然たる継続は断じて黙視し得ず

五 英米が敵性諸国家群と通謀日支相剋はしめんとする策動を排す

この様な対米最后通牒五ヶ条なる

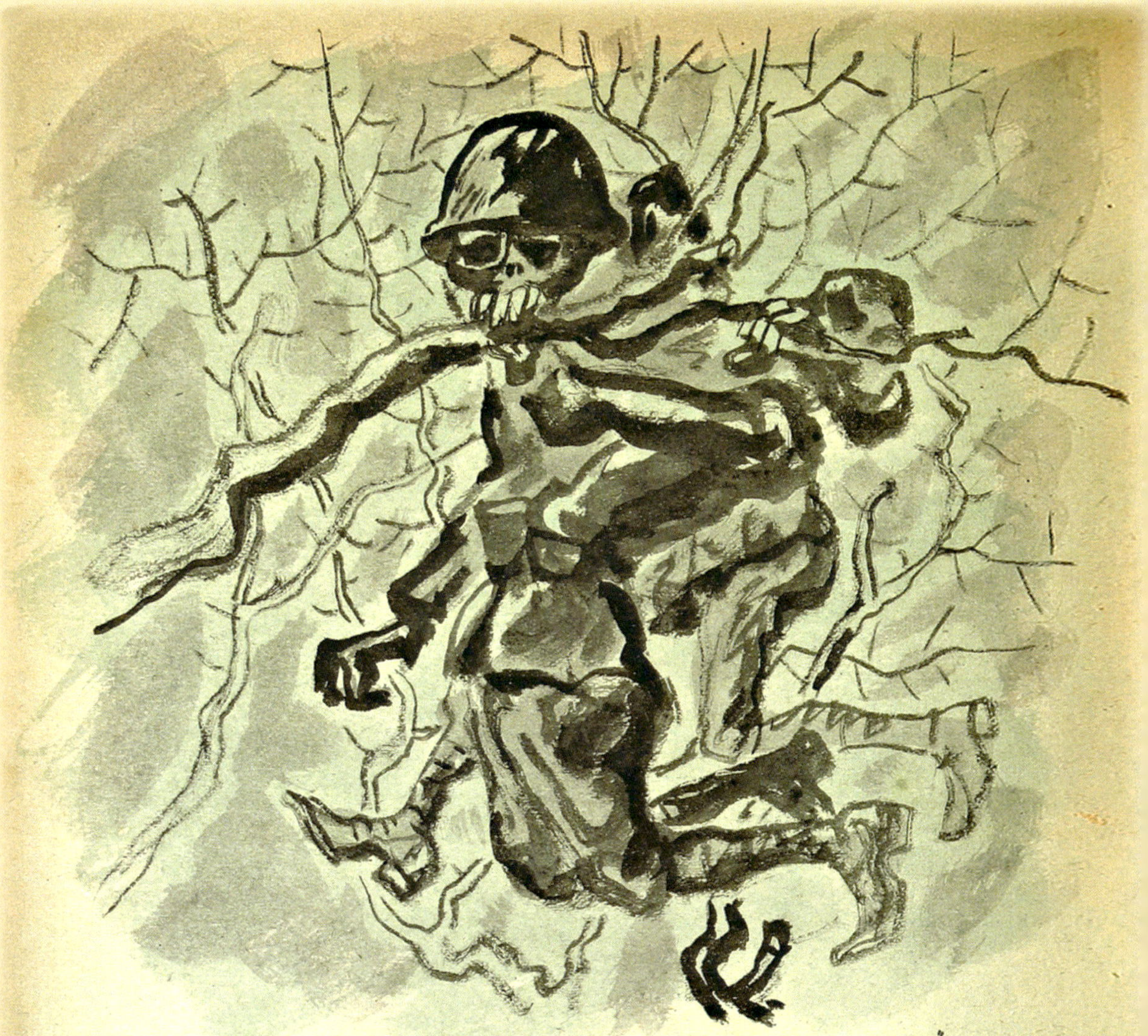

ものを　送った.
一九四一年十二月八日に　内閣告示として
"帝国は今八日米国及英国と国交断絶し
て交戦状態に入れり"　と発表した.
その時は　日本の艦艇は　千島の方を
遠く迴って　ハワイに迫り　ぬきうち的
に　パールハーバー　を空襲していたのである.
対米交渉と称して　栗栖大使を送り
その　反討の手で日本は　ハワイを攻
撃し南諸地域に進撃をはじめた
のである
ソヴエトの新聞プラウダかに書かれて
あったように　日本帝国主義者は
日露戦争その他でやったと同じく
奇襲をもって敵戦斗力に打撃を
与え　しかる後に　宣戦すると云う　常
套の手段をこゝでも　とったのである.

その日 私は 月曜日 なので 出勤の支度をしていると ラヂオが 突然臨時ニュースの ピアノを鳴らし 晴天のヘキレキのように 開戦を 報じたのである.

十八才迄 軍国主義的な 教育をうけそのような社会に育ち 押しつけられることをうのみにして 知識をしていた 青年は大和民族?の血をわかせて 興奮したのである.

ラヂオはくり返しくり返し 軍歌を放送した. その日は 寒い曇り空であったが その日から日本は 最后的なファシストの自滅のみちであり 日本人民と西南アジア人民を 死と殺りくの みちへと進みはじめたのだった.

充分侵略準備を整えていた日本の

陸・海軍は西南アジヤの各地に上陸を開始し進撃をはじめた
次兄はマレー半島に上陸しこれを縦断してシンガポールえと戦車をうごかしてこれに加わっていたのである

その日から宣戦詔書なるものをみんなに暗記することが強制された
そうしてこの戦争の性格があくまでも東洋民族を解放し八紘一宇の精神を具現するものであることを押しつけたのである
戦争はなぜおこるのか…
米英に代ってなぜ日本がその植民地に軍隊を進めねばならぬのか…
世界永遠平和とは米英に日本が代ることなのか…
自存自衛の行為とは遠く赤

道をこえて軍隊を送ることなのか・
米英の帝国主義とはなにか・・・
大和民族の使命とは・・・・
それらのことはなにもわからなくてもよいのである。
たゞ天皇のために日本人民は死ねばよいのである。
天皇とは？・それは口にすることさえおそれおおいことであり それはすぐ憲兵隊に拷問をうけることであり 国賊とよばれることなのである。
元来日本人は ことあげせぬ国民であり
たゞ黙々と命ぜられるまゝに よろこんで死ねばよいのである。
日本の民主的自由がその最后の根まで切りとられて十五年 この間に育ち青年となった者は それで充分やってく
がゆくのであり なってくはゆかなくても

命ぜられた通りにしか行動することを
知らないのである。
私もその一人であり　大本営から発表
される　カガヤカシイ戦果に興奮し
ベースボールのスコアブックでも書くよう
に轟沈したと報ぜられる　アメリカの軍艦
の名前をノオトにしるしたのである。
ドイツ・イタリアのファシストに足をそ
ろえて米英に宣戦をした
そうして世界は遂にデモクラシー
勢力とファシストとの戦争とな
ったのである
三口協定（日独伊の向ん結はる）
ボーナス　五九円二〇銭
昇給十銭（一日一円七十三銭）

戦争に昂奮し 感激する
これは私である.
しかしもう一つの私である.
それは人間としての私であり 眼かくしされ
押しつけられ、軍と警察的天皇制
の闇の目の中に育ちながらも 人間として
の本能的な私である.
私の文学書をよむことは そのころから
一そう耽るものになった.
自己の思想も人生観も 何もない
ただ文学的なもの 人間本能の
感覚に直接ひびくもの これをひた
ぶるに求めたのである、 盲目的に…

いろ青き魚は なにを悲しみ
ひねもすそらを仰ぐや
そらは水の上にかがやき亘りて

魚の のぞみ とドかず
あわれ そらと みづとは遠くへだたり
魚はかたみに 空をうかドク。
麦の穂は衣へだて、お人肌を
刺すくさ伸びぬ いざや別れむ
陽は紅し ひとにはひとの 悲しみの
厳なるに 泪は おつれ
（性にめざめる頃 室尾犀星より）
石坂洋次郎の "若い人" だとか 横
光利一のものを 熱心によみ
自分も詩を書くことをする。
"棕の実" と題して 私の十六才近の
自殺をたんねんに書きはじめる
相よる魂。
生田春月

日記.

十二月二十九日 日 晴.

皆・河口さんと共同でもち搗をする.
午前中絵を二三枚描く
二時ごろ餅搗がすみ兄と買物にゆき
靴二十三円 帽子十四円十四銭を買って
帰る.

十二月卅日 火 晴

午前中部長の精神訓話があった
プリントを刷り 業務処理のしめくゝり
をしたので眼が廻るようだった.
午后大掃除.

十二月卅一日 水 晴.

大みそか. 九時登廠し大祓 歳末
の式があった.
雑誌まことの印刷ができた. 自分の
表紙はかなり鮮明にでているしマンガ挿絵も

かなりよくむてつる（P）三十二頁
午后 家の整理をし 門松を飾りに
久治山へゆき 紅い実のついた 美しい
木も二本ぬいてかえり庭に植えておいた
風呂へゆく 年末の風呂は 松飾
蜜柑など飾りつけてあるのだが
今年は なにもなく 唯 うす暗く湯
気の立ちこめた中でゴミゴミと躯を洗
って帰る。
夜そばを食す。母のたんせいのごちそう
と寿しとを胸をつのごみできないほど
食べる。
夕食後母と克之は風呂へ行く。（略）

まこと（雑誌）

補給廠では二三頁の文芸作品などその他
太、まこと と題する御用新聞を出し
ていたが これを 三十頁あまりの雑誌
にすることになり 植野雇員と云う男
と庶務の平田中尉がやっていたがそれ
に私が加はり 表紙からカット挿
絵・マンガ 全部を書くことになった
とにかく私の絵が印刷されたのはこれが
はじめてであり 一所懸命に描いた
植野雇員に航空服を着けて立
ってもらって それをモデルにしてデッサ
ンをとったり 毎日 夜宅へ帰っては
小さなカットや挿絵を描いては
平田中尉のところへ持って行き編
集した。

繊維製品配給統制切符制令（一九四二・一・二〇）がしかれる．

森田そう平のものをよむ

慢性結膜炎になってしまう

雇員登用のための教育がはじまるが私は年令が若いと云うのでオミットされくさる．

召集に次ぐ召集．私らの家の近くの民家にも出征する兵隊が何名も宿泊これの接待に忙しい．

戦争の初った八日を大詔奉戴日と名づけられ　七時出勤．ひるめしはうめぼし　とある．

錦織属官が台湾え出張する。平常なときであれば遠方えの出張はみな将校が行き、なか〱お鉢はまわらないのだが、潜水艦がこわくなると、文官の方にいくらでも出張のお鉢がまわり旅費かせぎもかねて少しはあぶない道でも通ろうと文官が出かけるようになる

マニラを占領し 香港を占領し シンガポールも陥したと云うので戦勝祝賀日が二月十八日にきめられ 子供は日の丸の旗で行列をさせられる。空は飛行機が飛んでみせ、気勢をあげる。

四月

末っ子の克之は国民学校の一年生として入学し　直登は　卒業して　日本製鋼所に入る。
産業戦士　と言う言葉がしきりにつかわれて　弟もその豆戦士　とやらになったのである
豆戦士とは　給料を出して　最し児のまゝに働かせ　しかしそれを　教育と称し　それで　三日間　休めば　逃亡罪として　憲兵隊え引っぱり　竹刀で引っぱたくのである。
〝戦争を勝つために　兵隊のことを考えろ!!〟とは　実によい　実に労働者の自由を徹底的にふみつぶすに　役立つことばであったか・・・

空襲

戰勝初賀日なるものが第一次へ第二次と行なわれ 東條は馬であるきまわりカミソリ東條の人間的ゼスチュアを見せラヂオや新聞は無敵皇軍なるものをたゝえ そうして南に北に拡大された戦場では無音 息子や夫や父親が息をひきとった、

一九四二年四月十八日 アメリカの航空母艦から飛ばしたノース・アメリカンは東京附近を空襲した、

星の印の飛行機が頭上に来てからサイレンは鳴って 五〇〇粁の速力には射撃機はなすすべしなかった

東部軍司令部午后二時 次のように発表した

〃本日午后零時三十分頃

敵機數方面より京浜地方に来襲せるも　我が空地防空部隊の反撃をうけ　逐次退散中なり　現在までに判明せる敵機撃墜數は九機にして　我が方の損害軽微なる模様．　皇室は御安泰にわたらせらる」

勝った勝ったとヤジ馬的な気持はこの時にガクンと実戦的な戦争？に対する恐怖て　海軍は何をしているんだろう……　防空の準備をしなければ　と複雑な気持で水桶に水を入れたり火叩きを準備したりしはじめた．　みんな戦争と云うものをラジオや新聞のニュースのみで理解していてこのとき　はじめて直接自分の身に直面しているものと考え出した．

五月 十二日

蚊が多くなったので蚊帳を垂ってねる

珊瑚海々戦の戦果をご嘉賞になり
本日大元帥陛下が優アクなる勅語を
連合艦隊司令長官にお下しになる。

満兄さんから便りが来る（シンガポールより）

部長が還送品の中から穴の明いた鉄
かぶとを事ム室に持って来る、小銃が一
発うちぬいていて裏には血が黒くこ
びりついている、

独軍は ハリコフ・ レニングラード・ケルチ
半島に至る線で ソ軍と死斗

六月.

ミッドウエー海戦.

また また大本営は 大戦果を報じ
軍艦マーチを かきならす
海外ニュース・を きくことを禁ぜられ
短波受信機も禁じられて おり
ただ ただ 大戦果が 報ぜられる
だがもう このころになると本能的な不
安に似たものが 誰の頭にも生れはじめ
る. 人の口から口え. 誰からきくと
はなしに 眞実が 少しづつもれて来る.

親友会の会合だと云えば ビールを
のむ.

アコデオンを買って来て 練習をはじ
める.

兄 雇員となる.

七月.

比治山のアカシアは散り 蓮田はゆさゆさと 緑の大きな葉で 覆ゆれる.

呉工廠の人からきいたと 日本海軍の.賀 賀.赤城は 沈み戦艦 なぞも やられた と云うことを兄からきく.

何うせ男は 近いうちに 死ななければ ならない躯だ と 誰の心の中にも それがある.

また親友会総会なりで 京橋すぢの 重ずみさん宅の二階で メチヤメチヤに飲んで ワイザツな歌を うたう.

仕事から帰り 比治山橋の たもとに泳ぎにゆく.

地御前。

"このごろまるで夢のような日が速ぎ去ってゆく
それがまた意味のない無り乾燥した日ばかり
詩も出来ねば絵も出来ない。睡眠不足の
不快な頭痛で一日がふさがる、
朝日は吉村さんらと地御前え泳ぎに行くことを
約束する。一日中太陽の下で潮風をあびたら
又どうにかなるだろう。" 七月十日の日記、
吉村氏と事ム所の娘さん二人ばかりと 地御
前え泳ぎに行く。二階の一间をかりて
シロップをぬく。一日中何回も泳ぐとすっ
かり疲れてしまう。 海は潮がひくと
海藻がざらざらと躯にふれて 不快
である。海岸のお宮のあたりは さす
が海らしい涼しい気持よさである
泳ぎから帰って二階では 汗ばんで畳の
上へごろ寝をしてる 女の裸体に近い躯を
みると 不潔な 性欲が 湧いてくる.

白鳥は
悲しからずや
空のあお
水のあおにも
そまで漂う

八月

ソロモン海戦　戦局は逆転して来る
いくら大本営が大戦果を報道しても
本能的に戦局の悪化が感じられる。

毎日汗ばんで仕事から帰ると弟や
隣りの松田君などと川へ泳ぎにゆく。
そうして真っくらになって水面に夜光
虫がキラキラと光るころになっても泳ぐ
川巾は三百米。川の流れの中を一往
復すると帰るときは膝がゆれるほど
つかれるが毎日毎日泳ぐことをやめ
ない。文学的な文学書の耽読と
泳ぐことによる疲れの毎日。
ともすれば神経衰弱になろうとする躯を
強烈な運動でせき止めようとする
こころのうごきが無意識のうちにある。

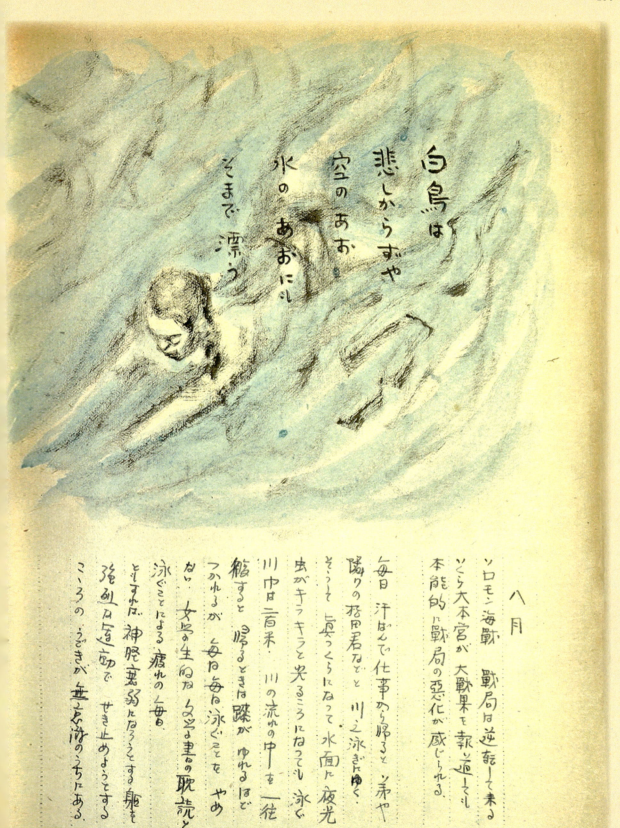

八月十三日 日 晴

休日、克之をつれて楽々園へ出かける。七時ころ田上のところでバスに乗り電車もコンザツなので海水浴なんてゆく。TUTO嬢やCAのEKい嬢も来ていた。先裸んなって克之を汽《ベビー》車に乗せてやる そうして次は浅いところで遊ばせておいて私は沖に近くおよぐ 数回クロールの練習もしたので大分上手になったがなかなか眞っすぐには泳げない ひるめしを喰べ入浴して帰ったのは二時ころ。デパートでクレオンとコンテーのチョークを一箱買って帰る。

体重 五一、〇　ツ反応陽転を知る。

身長 一五八、六

胸囲 八三、〇

視力 一、五

中等学校が四年制になり大学が二年制になる。

九月

食生活は　きりつめ　きりつめて　だんだんと悪くなり　自活の菜園がいたるところにつくられるようになる。

曾って曲りくねった松のうえられていた鉢にはカボチャがみのり　庭にはほりかえされて　ネギが　ならぶ。

代用食は本格的食料となり代用食の代用食が発見される。遂に私の家では　さつま芋のくきを野菜代りに　着てくらう。

何のために　苦しみ　何のために苦しむか。

KУBAБAPA嬢に詩の本を　かりたり貸したりしているうちに最も近しい感情が涌いて来る、そしてそれが異性として意識されてくると　より強烈となる私より一つ年上の　おさげにした少女。

十月。

趣味展覧会に絵を出す 客船の絵。少年ぶりを発揮。

K嬢と別れる。最後の手紙と詩を交換する。

東京と大阪の工員が来て 被服の縫製の競技会があり まるで狐つきのような目つきと躯の動作で 必死になって仕事をする。あゝ 女工哀史（宮口主義篇）

十一月。

大東亜省が設置される。

骸骨に絹をまとう 家族は暴力で でも だますことが出来る。しかし 家から外に出たら それは だめだ。

売口ブルジョア 以外は それは だめだ

雇員試験があるので受けてみろと云われ勉強する、そうして受験すると受かった
そうして一週間ばかりして採用試験があるので行くと 私の場合は実に簡単に名前と生年月日だけで 了ってしまったので ふしぎに思っていると 年の若いものは採用しないのだと云う
そうして 発表があったときは その通り若い者はみな落されており私もその中の一人
雇員は年令の制限の規定がないものだから わざわざ受験させて おとすとは ひれつなやり方だと 残念がる
毎夜頭が痛くなる迄勉強したのがあほくなる、

餅つき

田舎から出て来たので 正月に餅がなけ

れば正月の気持がしない　しかしそれが自
分の家で搗ったものでなければ何うも気分
が出ない　それは家の者全部の意見である
だから年の暮には貧しくても何んとかして
始末をしても餅をする
それに男の兄弟五人　一人は出征中だが
そろって餅好きと来ているから一升や二升
の餅は一回でなくなってしまう
だから必然的に量も要求される
露路に臼を置き勝手から湯気の
のぼるせいろを搬んではどんどんと
地ひびきをさせて搗く　兄と私と交代
しながら十数臼もつきあげる
そのつきたてのやわらかいのを千切って食べ
るのがこれが何ともいえぬ正月の味で
ある

一九四三年
謳歌の一年

"椋の実"と題して私が生れてから小学校卒業迄の記録を十八才ごろから書きはじめていたのだが ようやく仕上げる。ノオト 四〇〇頁くらい。

ОНАНИЗУМУの悪癖は実に私の精神的苦悩の最たるもの。

健民運動と称して かけ足をしたり みそぎをしたり 小学生たちは裸足で登校する。 マフラーをしてはいけない 背広は無論駄目。 戦争のための資源の節約ではなくて ファシスト共の本能を満足させるため.

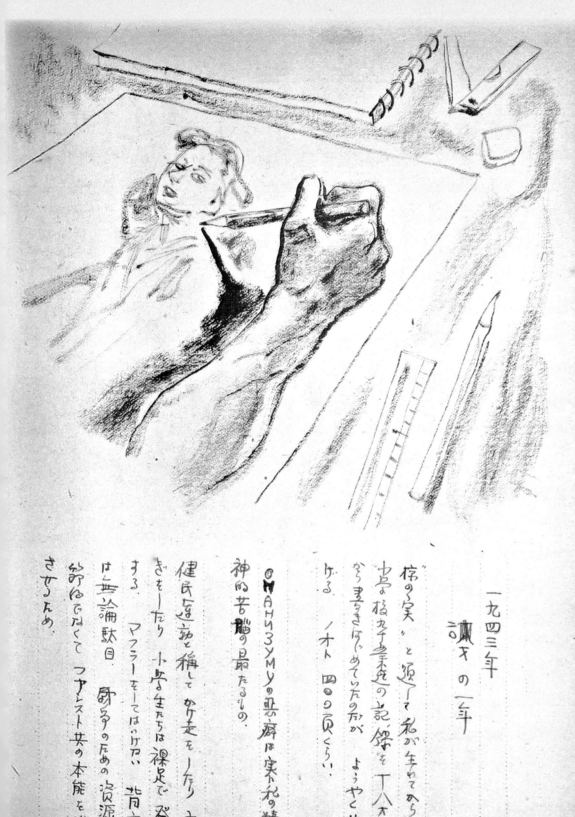

ガダルカナルはせんめつされ 南のはしから
連合軍は次第に北上しはじめる.

国民服をつくる.

筆生同志で 安の梅林にハイキング
十名あまりで 五升のみ ワイワイさわ
いで帰る.

同級生で志願して出た者は 次々と戦
死する、やがて自分の番が近づくことが常に頭にある
弟は少年飛行兵に志願して目が悪くて
おとされる. あゝよかつたと云う気持.

謄写印刷の講習会にゆき 私の絵
は描く度に特別入賞となる.
帰って製版兼ねるプリントもつくる.

シンガポールに居た兄はジャワえ移る．ジャワ派遣鷲五一七七部隊中本隊．（三月）

濠北派遣として兄から便りが来る．ニューギニアに渡ったらしい　兄弟として生れながらもうおそらく二度とあえないだろう（四月）

一寸用事があるので田舎え行く．二日の休日の利用．　ふるさとは梨の花が咲いていた．　私はスケッチブックをもって朝から晩舎ふる里の山や川べりを歩きまわった．　木の芽の香りにも空の青さにもその感傷癖にかかった青く年にはもうひたぶるに人恋しいせつない気持である．

そのときの詩

黄昏近い
やがて陽ざしもうすれ　淡い羅に霞われようとする
春のふる里の川辺に　私は立ってスケッチをしていた
瀬音は　私の遠い十年昔の　追憶を
よび醒ました
そうだ　ちょうど十年も昔
私はこの山と山に囲まれた　ひねもす瀬
音のひびく　草深いふるさとをはなれて
街え移りすんだ
十年のあいだ
私は　ふるさとを　よく想った
ふるさとの山を　川を　田を
その田の中にテンテンと並ぶ茅葺屋を
そうしてその家に住む人を　想った
たえまなきノスタルヂアは
心弱い私の性の一つとなった
私は育ち　二十才の私は漂然と
スケッチブックをふところに　ふるさとにやって来た

夕ぐれの時はよいとき
かぎりなく やさしい ひととき
それは すぎ去った
夢の 路町

そうして川辺りに立って何度目かの
春のたそがれの うらがなしい ふる里の風物をうつした
白い道は 追憶から追憶え 夢えて つながり
山の向うえ消えた.
ふるさとの春はおそく 梨の花 桜の花 つゝじ
がいちどきに咲いて
その川辺で私は ちょうどその時
その國道で はと見交ゆって去った グレイの
服の少女の 濃い眉と まどかな眸が
はっと ふり向いて見交した その瞬間に
十年廿年のかすかな 想い出とともに いちどきに
蘇って来た ひと恋しさが
私の眸に泪を泛べた.
十年昔のころに ふかく きざまれた かとの
まなざしと そつくりそのまゝの まなざしに
一瞬 消え去ろうとする 追憶の糸口を突き
出され 心はゆすぶられ 草を噛んで
泣きたい気持にさせた.

ちょうど　たそがれの感傷のひとゝき
十年まえの
曾ての昔
席をならべて勉強した同級生の　つぶらな眸
そのころの幼い私の行動のすべての説明はその人に
捧げられ　今もノスタルヂアの底に何時も
おぼろげに浮び上るつぶら眸を
私は強いて圧しつぶして町で育ったが
だが十とせへた今
はっきりと今目の前にみた
スケッチブックを持つ私にふり向いた眸を
私は　はっとし忘れ　おお呆然と
その姿から追憶のはてからはてえ
何時しか心を飛ばして
私はいつまでもそこに立ちつづけた。
翌日
私は
鉛筆の線にふるさとの暮を澄める　ばかり

つめ込んだスケッチブックを抱って
汽車の窓に 泪ぐむ頬をよせて ゆられた.
野も山も空も
ふるさとは また遠く はなれ去ってしまったが
私の心は いつまでも ふるさとの風につゝまれ 別れ
を惜しみ. 手を振り
かなしくも汽車のゆれ ゆれて すりはなされては
ゆりもなく にじむ泪の瞬で 追い葛かり
いつまでも汽車は走った. (以下略)

私はその時 スケッチブックに ぎっしりとふるさと
との風景をつめて帰った. そしてその表紙に
書いた文字は "梨花咲くふる里"

アッツ島の日本軍全滅
山本五十六の戦死　暗いかげ
東丸の武夫さんが 夜中の二時ごろ

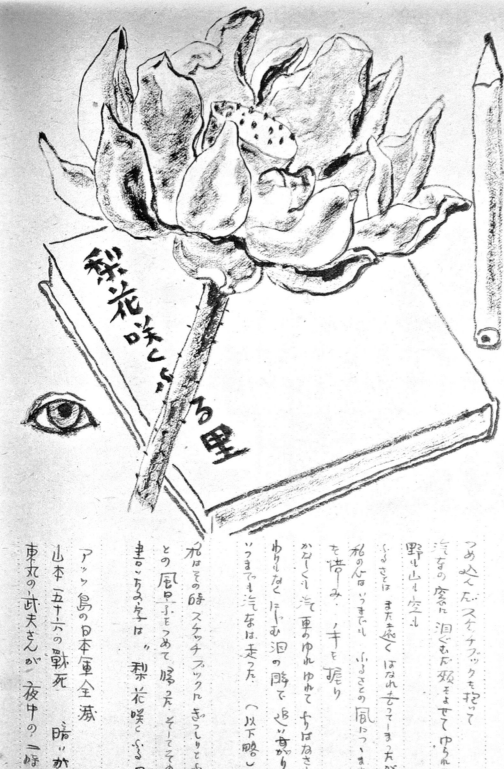

家えたちより 少年航空兵として 一人前の
になった姿をみせ 艦上戦斗機で やがて
戦場え行く その途中だと 夜明けまで
語って 又出発した。
その躯と 死を覚悟したぶっきら棒さに
私は少からず 尊敬の眼をそゝぎ、 そうして
自分はその立功たゝ立つことを 欲しないけれ共
ある羨望を感じ 駅で別れる。
"優秀なんだから ナニ 死にあーしないよ"と
笑っていたが それから 幾月した、ぬうち
ん彼は南の果 ブーゲンビル島の沖で、
海の中に 消えてしまった。
戦争は 純真で健康な青年を その
純真さと健康さを充分信じ充分利
用し 塵芥の様に 海の中に消えさせ
てしまった。

胃弱に 読書がたゝって 目と自分の躯
の全部がすっかり 悪くなってしまった、
そうして 肺結核になりは しなかったが その
危惧を持って毎日を送る
毎日 パンを少しづつ食べて 病み上りの
ようなフラフラした躯で事ム室に通
う。
共済組合の病院にも その頃から通う
食事をすれば 胃がただれるような 胃液が
こみ上げて来る
結核をおそれては 比治山麓で裸体
になって ねころぶ
毎日の注射に静脈手管は かたく黒ぶく
れあがる そのようにありながら 病院の
看護婦の白い帽子の下の 花のような顔
に心をひかれては 毎日の注射にある期待
をもって出かける。

よく働くので部内一番の昇給．三十四才
一日二円七十八銭
兄が元気であれ　元気で帰ってくれと
およそ期待出来ぬことを毎日のように日記
にしるす．

弟は旋盤工で真っ黒になり朝早くから
夜おそく迄　満員の汽車にゆられて通勤
する．個人の自由は睡眠だけ　しばられ
徹底的にしばられた生活を　これを人生だと
仕方なく受けて　弟は働く．
だが私の愛する弟は私の親友である．
疲れた躯を二人は　実に度々場末の
劇場にはこび　インチキレビューや　ヴァラエテー
のようなものを　観　古本屋をあさっては
帰って来た．　生活の自由のないくるしみ
からのがれるため　やけくそな気持と　天皇制
教育が手助って　若い者は　死をえらんで
飛行兵となる．

霞町八七ノ七.

1943.7.4.

いろいろ話がまとまって十年間すみなれた長屋をひきはらって新らしい家に転宅することになった.

その家と云うのは かなり大きく うれしいのは庭があり 芝生があり 池もあって 大きな樹木が沢山 あることである.

私のリリシズムを満足させてくれたのは 庭のすみれ 大きな夾竹桃の樹があり 今をさかりと 紅色の花を むれ咲かせていたことだった.

八畳に 六畳、と四畳、 二階が六畳風呂もあり長い廊下もあって 出汐町の家からくらべたら ずっと大きい感じであった.

朝早くから兄と二人で大八車を引っぱり貧しいに似合わぬ多いガラクタを 夕方

近かって搬ぶ　そうして早速自分の家
で風呂へ入りゆっくり漬れば　チラリと父の
ことが頭に泛ぶ。父がいたならどんなによろ
こぶことであろう……と
空き家だったためにすっかり夏草のしげ
っている庭を　弟と刈り　芝生を刈り
庭木を手入れし　庭の池には鯉を入れ
もとの家からもって来た　父親の愛情
の残った小さな植木をそれぞれ場
所をえらんで　植えつける。
部屋は明るい二階を私や弟の
勉強部屋兼アトリエにする。
水道や炊事の便がよいことは母を
よろこばし　毎日のように風呂をたて、
くれる。そうしてひる間は庭のすみ
や家のせまい空き地　垣根のほとり
道路のかたすみを　たがやしては野菜

を植えつけ ひっぱくーして来た食糧の足
しにと せいを出す。
先づ南の果にいる兄のところえ この家の
様子 なにより庭に木が多いからうれし
いと云うことを 書いて 便りを出す。
二階に上ると 左側に山の あおい松がみえ
赤い 掘り取った山の切口もみえる。
右手は遠く街がのぞまれ 裏は 二三
軒はなれて 女学校のグランドがあり
少女たちの サヾメキと合唱が 一日中
かすかに きこえて来る。 そーして 裏の家とそ
うのが 琴の師匠か なにかで 朝から晩
まで ピンピンと 琴の音が ひヾいてる。
初夏の風は 空気を吹きぬけ 蛙の聲が
傳えて来る。 健康な家
家賃二十八円。

左横隔膜右大天幕形成、
右上肺部索状陰影稍増強
右下肺部肺門部索状陰影増強
X線撮影の判定はこうである。
死と云うことが頭にあるのでヒステリカル気
持になる　そうして思想的な意味でなく
肉体的な本能的な気持から芥川竜之
介に傾倒して　よみふける。
このころ兄が曾て同じ職場にいた女と関
係してそれがついに　どろぬまのような　汚れた
つながりとなり家に入れようと　兄が云う。
私は反対する　兄と女とは愛情をもって
結ばれていると信じない故に私は反対する
そうして　その女と云うのは　美しくない
と云うより　はっきりとみにくいと云い切れる
女であったし　下卑たところがあり年令
も三十　すぎていると思われた

そーして女性と云うものに対して抱いている私の
少年じみた夢とこの女のおそろしくかけ
はなれていること　そうしたことが本能的な
反ぱつとなって　私は兄と正面から反対した。
兄は久保田さんと云う近所の人をかいして
私にいろいろと　なっとくさせようとした（当時の
私としては兄がそうさせたと云うことも全然知
らなかった）
兄から別れると云うと　その女は自殺をしか
ねないと云うのである。そんなことがあっては…
それに　女は躯は丈夫だしよく働くから
母に対してもよいのではないか
これが兄の私えの相談である。
私の考えは　プラトニックで　とにかく兄が
その女に対して愛情をもっていないらしい
こと。　それに　何も　あのみにくい女と結婚
しなくても　兄には充分立派な美しい女
が来てくれると云うこと　兄から別れる

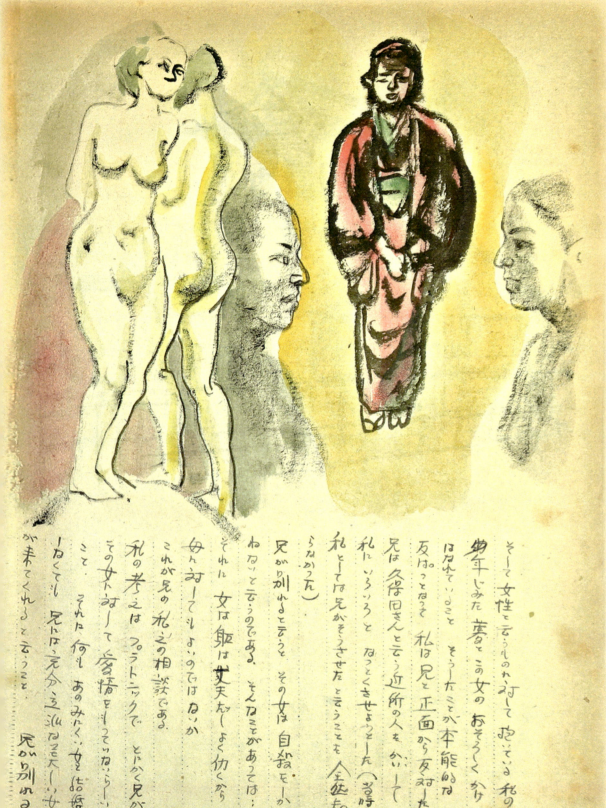

と云い出して女が自殺することは考えられないけれ共 別れると云うことに兄が決して道徳的な責任を持つ必要はないこと。 それであった それと共にとにかく私には 本能的な その女に対する嫌悪が先立っていた。

女から別れると云う手紙が来たと兄は云いその夜女の家へ出かけて行った、私は兄が別れてくれることを家で祈っていたけれ共 そのかひ はなく 女は私の家へ入って来ることになったのである。

私はすてばちな気持だったが その女その向が悪くなると云うことは私の性格がさせなかった。

八月一〇日の日記の一節。

夜八時半ころメッセンジヤが荷物を運び込んできた。そして九時少しすぎたころ 女とその母親がやって来た。母親なるひとは はじめて見たのだが なか〳〵しっかりしたようなひとであった。

私と克之は二階えにげて煎餅をかじる
久保田さんもやがて来る。ともかくこうしてあの
廿日は私の家え来る。何うにかなるであろう。
自分としていろいろ心構えもし又意見
もあるが それをこゝに書くには今どうも蚊が
脚をかみすぎる。それに胃の調子もはな
はだよろしくない。

イタリア バドリオ政権は連合軍に降服
（九月九日）

空襲がやがて現実の問題となったので
被服廠でもいろいろ防空の設備をしなくて
はならなくなった。 そうして警防係なる
ものが出来 私はその方え行くことになった

善ツ夫さん帰還

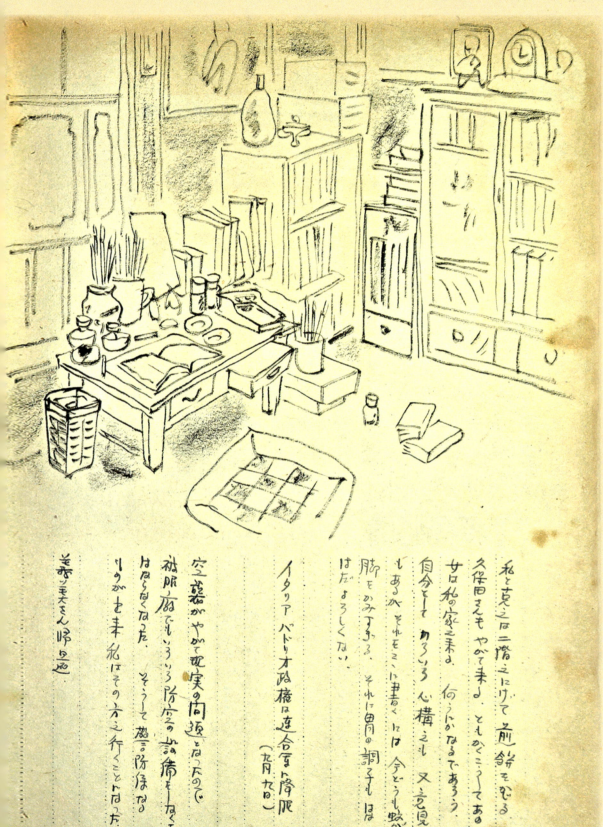

克之は病院に入院、母も一緒にゆく、疑似赤痢

毎夜燈火管制、

弟は毎日夜勤なので 一つ家に起き臥していても 十日も顔を合さない日がある

雇員採用試験

被服廠は軍隊と同じことだから階級が一つでも上ると云うことは それは非常にスバラシイ ことであった。

十月二日に受験するようにと 五日ばかり前に通知をうけたが 以前受験して年が若いので 駄目をされているので冒険に勉強にとりかかるのが 一寸 おっくうであったが それでも 二の日が近づくにしたがって 一所懸命になった。

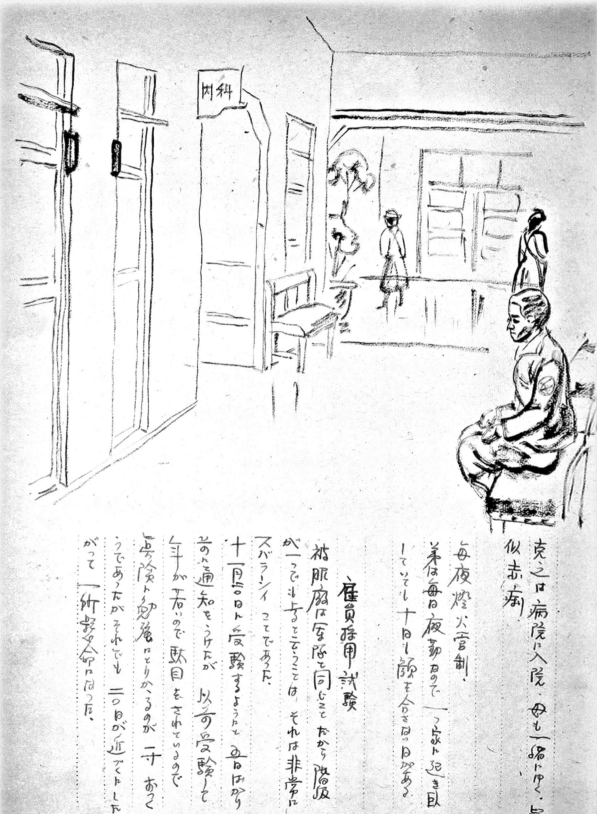

当日は休憩所に 百数十名の者が集って居り 問題は
一、帝国々体の萬邦無比なるゆえん、
二、大東亜戦争の起りたる理由．
三、被服廠に職を奉ずる者の一番大切な覚悟．
四、ブーゲンビル島沖航空戦の意義、戦果によって吾人の受けたる感じ．
五、男女代替の強力に遂行されるゆえん
の五つで つまり いかに戦争を支持しこれに生命をかけて協力する 愛国精神を持っているかが 採用 不採用を決定するのだった、
だから 一年余 新聞やラヂオ の喋ることをその通り書いておけば 満点と云うことになるのである．
翌日は口頭質問
そうして 十二月の中頃になって 発表

があり、私は雇員になっていた。
月給五六円四三銭
年末賞与　一七八・二九・
去る解雇賞与　一四四・五〇。

梔子花物語

これは美しくもなつかしい恋の物語である
二〇才から軍隊へ入るまで心弱い私は儚
かい青春の恋をし或はモンモンとし
たなやましくもくるおしい日々を送った。
そうした異性を慕う一日一日を実に
おびただしい絵と詩をかきしるした、
その私の生活が断ち切られて大陸へカ
ーキ色の服に身を抱んで渡ると云う
そのまえに原稿用紙にこの二ヵ年
の記録を断片的に印象的な文字
につらねて　その表紙に　梔子花物語
と題をつけ　日記帳にはさんでおいた。
それが今私の前に拡げられ　それは
実になつかしい想出を私によみがえらせ

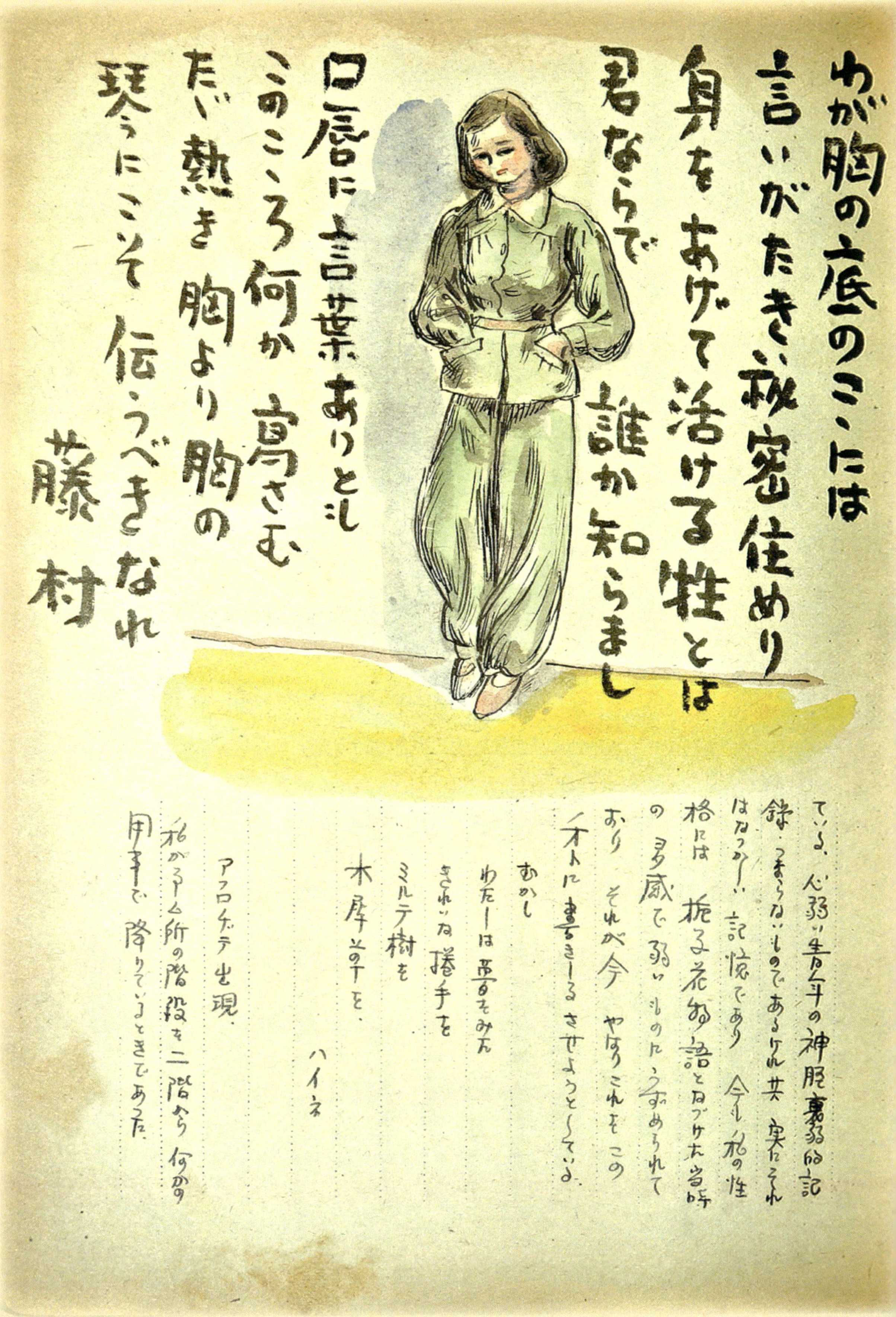
わが胸の底のこゝには
言いがたき秘密住めり
身をあげて活ける牲とは
君ならで誰か知らまし
口唇に言葉ありとし
このこゝろ何か寫さむ
たゞ熱き胸より胸の
琴にこそ伝うべきなれ
藤村

ている、心弱い青年の神経衰弱的記録・つまらないものであるけれ共 実にそれはなつかしい記憶であり 今も私の性格には 梔子花物語とねづけた当時の多感で弱いものた、うずめられており それが今 やはりこれをこのノートに書きしるさせようとしている。

むかし
わたしは夢をみた
きれいな捲毛を
ミルテ樹を
木犀草を、
ハイネ

アフロヂテ出現.
私が事務所の階段を二階から何かの用事で降りているときであった.

下から上って来る女とばったり出あった。女ははっとして　ふり迎ったがその時は実に美しかった。

そのひとが　その日から　私の隣の椅子にすわって同じ仕事をすることになったのである。MOMIKO　奥山。　若草色のモンペにセピアの　ブラウスのようなものを着て　小さな顔のためか　一寸　肩はゞが　広く感じられてしかし　その顔は　あどけない　女学生のようで　才は私より年上かな　と思ったのだが実は一つ歳下の十九であった。

横顔は美しいと云うより可愛らしいと云った感じで　その日から　私は毎日の仕事がたゞ彼女のたゞ　となりに　坐っていると云うだけで　胸ふくらむ　たのしいものとなった。

別に何と云って話をし合うでもなく　たゞ仕事のことで　短い言葉を交す程度

だったのだが　ある日　私は薬をのもうとして
部屋を出ると　彼女はもう先まわりし
て　白湯をくんで持って来ていてくれ
「どうぞ」と一寸羞しげに差しだし
た　私はとまどいながらそれをうけとって
薬をのんだのだが　その時から　私は
すくなくとも彼女は私に好意を持って
くれていると云う少年のようなうれしさから
毎日いろいろなことを語り、それは
まったく素晴らしい毎日であった。

例の校テニスをして休憩には遊ぶの
だが　それを彼女は　ブラウスのポケットに
両手を入れて　ションボリとした形で
よくながめていた
私はその姿を　小さな紙にスケッチして
彼女にみせた、それから　私は彼女と

よく絵の話をした。彼女は特に絵に
興味も趣味も持っていなかったらしかった
がよくよく私に絵のことについて尋ね
て来た。　謄写版を刷りながら
私は彼女に　あやしいシュールレアリ
ズムの話などしてやった

彼女は糸切歯は少しみだれていてそれ
が印象的な愛らしさを持っていたが
いつの間にかそれをぬいて金歯を入れて
来た。私はそれで彼女の特徴が何
%か、うすれたと思い、何とかして
そのことを彼女に話してやろうと思っ
ていたが、彼女は可愛い人形を私に
持って来てくれたので　そのうれしさにそ
んなことなどすっかり忘れてしまったのだった。
そのころ私は産員に昇格したのだが

彼女は"お目出とう……"と云ってくれ
私は船で一番年若い店員なのでその
点いくらか得意でもありよろこびもみ
ちた毎日であった。
彼女は私に詩をみてくれと云ってノオトを
持って来た。私はそれに詩で応えた。
またそろばんを手をとって教えてやっ
たり　配給物があったときはそれを
無理に彼女にくれてやったり　雨に
ぬれた日など門まで彼女と一緒にゆき
傘を貸してやり　ひとりぬれながら
口笛でも吹きたい気持で霞町の
家へ帰ったのだった
毎日仕事があり　"おやすみなさい
と云う優しい声をきいて家へ帰る
ことはうれしかった。
私はそのころから実におびただしい

ふり返るなれて いのり人ごみの うしろ姿を じっと見送る 彼女

センチメンタルな恋の詩をつくった。
街へ出ても 昔恋人に似た姿を みると
心はさわぎ 必ず追いついて それをたしか
めてみなければ気がすまないと云ったことが
何度もあった。
君に似し姿をまちに
みるときの
心おどりを哀れとおもえ 啄木

防空演習が毎日のように行われ 暗い
地下壕に 防空頭巾をかむり 小さく
なって入っている 廿の娘は また 女学生
のように可憐なところがあったが 私も同
じ係であり 何とか口実をつけては 彼女
の傍にいった。 若い彼女がいる所を体
んなようなとき そのようなときは 実につる

らない 味気なく長い一日であった。
なんにもなくてもよい ただ彼女の姿が私
のそばにあればよい。 ただそれだけの間
柄であった。
そのうち彼女は文書係の方え移り
私のそばから はなれる日が来た。
その日 彼女は私と二人 茶室と呼ん
でいる小さな部屋に入って 眸に一杯泪
をためて 警防係から はなれることが
嫌だと云うことを示した。
それは私にも実にかなしいことだった。
同じ建物で同じ部屋であるとは
云え 机が並んでいないと云うことは
なんと云う悲しいことであろう。
夕方おそく迄 私は別に係は違
っても 同じ部屋なのだから 心配する
ことは何もない。 これからも二人で 詩を

つくったりいゝ絵が描けたならみせてあげようと云った事を話し合った。たそがれのはやい冬の窓にこれはまた美しい真っ赤な円ののぼっている日のことであった。

私は急いで一冊のノオトをつくりOKUYAMAさんを讃える詩だとか十ばかりの詩を描きこみ彼女のプロフイルだとか岩に埋れているところだとか似顔を何枚も入れそれに紙人形と題して白い紙に包み"せんべつ"と書いて彼女に手渡した。この事ム所には将校を除き殆ど女で若い男と云えば私一人であり一寸話をしたり一緒に歩いても非常に他の女の口のうるさいところなので それは私にとって非常に勇気のいることであった。

そのような毎日がつゞき
そのような詩
そのような絵がうまれた

感情の尖に常に火花を散らして
いるような毎日は私を非常に疲れさせ
肉体的な苦痛をさえ感じさせるよう
になった。
そして毎日のように防空演習。
だんだん局面のせまって来た本
もの・空襲警報。 私の年令の
者は次々と兵隊になり やがて私にも
その順番がまわって来るのである
恋人！ それは結婚とむすびつけること
は出来ない 戦争はそれをゆるさない
どうせ近いうちに私もどこか南の島か
海で生命を了らなければならないの
だから…… では恋人とは何を的

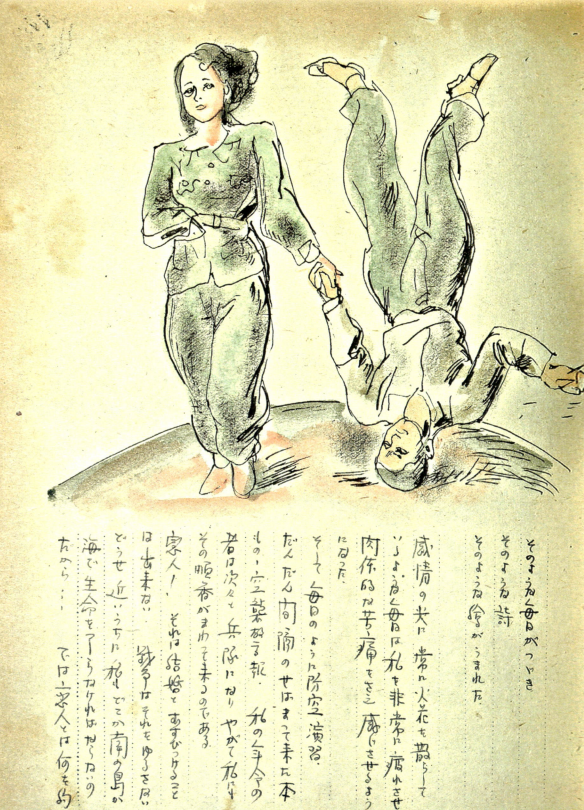

要する? ……たゞ詩を云い 他愛もないことを語り合うのみ…… それだけのもの……

私はまた神経衰弱になやまされはじめた 十八才のころ やはり私は神経衰弱となり 日本刀のみじかいのを持って山にのぼり ひとりその刃を眼に擬して 自殺をしようなどと思ったこともあったが そのときは たゞ死と云うことに対する一種のセンチメンタルな気持も充分交っていた。 が こん度はもう肉体的な苦痛となって現れた

神経は動物のそれのように異状に尖り 彼女が一日中私のところへ一度でも来て優しい言葉で語らぬと 不安と焦躁を感じ たれか他の男と笑っていると ヒステリカルな女のような嫉妬を感じた

その嫉妬からぬけ出るみちは 私は他の女と近づき 彼女の前で その女と特に

意味ありげな言葉を交したりなで
した。 向井と云う私の親友がやは
り私の係に来て一緒に仕事をす
ることになったが 彼が彼女と何か仕事
の上でも話しあっていると 私の心には
嫉妬心がかきたてられ それで余計他
のひとに 私は近しくなった
二つ歳上の眼鏡をかけた 雅子と云える
者に私は近づき 会話をしとめつ彼女は会話に
趣味を持っていた）女子専門学校まで
インテリであったが 三木清の哲学ノ
ートのことなどについて 毎日のように 一緒に
話合ってみたり。 小城と云うひと
これは小さな躯に全身 幼いコケットを示
して私に近づいて来たのだが それはわざ
と私から 歩みよって みたり
それでいて 私の痛んだ頭のすみには 川○
嬢の おもかげが 無性にし やきつけり

汲《くみ》

れており　私はまったく肉体的に疲れは
てゝしまった、
そうして意味のない言葉の遊戯の詩のみ
センチメンタルな詩のみ次から次へと　うまれた

そのころの詩

火を　火を慕えて
背をみせて
ひとり泪ぐむ

自慰的な
感情遊戯に
明けくれる　私、

思　慕

きみのたまわし貼り絵
日記帳のすみに芳う

そのうすむらさきの瞼
きみ故に
もの言はねば
僕はさらに濃く
沈丁華の はな咲き
貼り給よ—
やさしい巻毛は頬にたゆむれ
そのうすむらさきな思出の 毎日

唇紅
唇を染めた
きみを みることは悲しい
何時となく われよりはなれ
語ることをしなくなったきみの
艶々と
染められた唇のをみることは
悲しい

ぽうと　れいと、
ほすみくれば
時は刻られた濁り輝きをもち
星とし
星とし、
ほすみくれば
頭をひいて微笑む
その愛ほしいくせ。
時折　かきあげられた
乳色の耳朶を翳する　やさしい巻毛
春風のごとく
流れ去るものは
眉はスヰートピイの花ぐきと名づけて
うたつことの出来ぬ
その伏目のリリカルな睫毛はゆれ
ほすみよれば
花のごとく頬は赧らむ、

きみよ　かたれ
清らかな歯なみを　しれくれば
そを　ひしと両手もて胸に抱き
きみのほおとれいとを
祈らむ。（四嬢にあてえん詩）

梔子花のものがたりは　まだつゞく。

そのような私は一九四四年を迎え　二十一才になった。戦争がはげしくなり　学生はすべて勤労奉仕に…　中小企業者は転業と云った時代であり　学校を出て遊んでいた娘さんたちも沢山挺身隊と称して沢山被服廠に入って来た。

四嬢もその中の一人である。

UBAMOTO・MИEKO嬢
簡略ながら私は　これから書かねばならない
若い日の慕情追憶を　このノオトに

文字として埋めるに　あまり意味のないことで
あるから．
○年令二〇．彼女の姉は踊りの花柳と長唄杵家の名とり　彼女も稽古場でみっちりと日本舞踊をやっており近く名とりをしようとしている．
就職になりタイピストとなり事務所にやって来た．
○荒乱としていた私の心をなぐさめるために彼女は私に近づいた．
私はタイプライターの活字を貸りることにことよせて彼女に近づき更に仕事の上で彼女に近づき謄写印刷を常に二人で刷った．
○彼女はあたかもラブレターでも手渡すように私の机に詩を書いた紙片をおりたたんで持って来た．毎日一回．

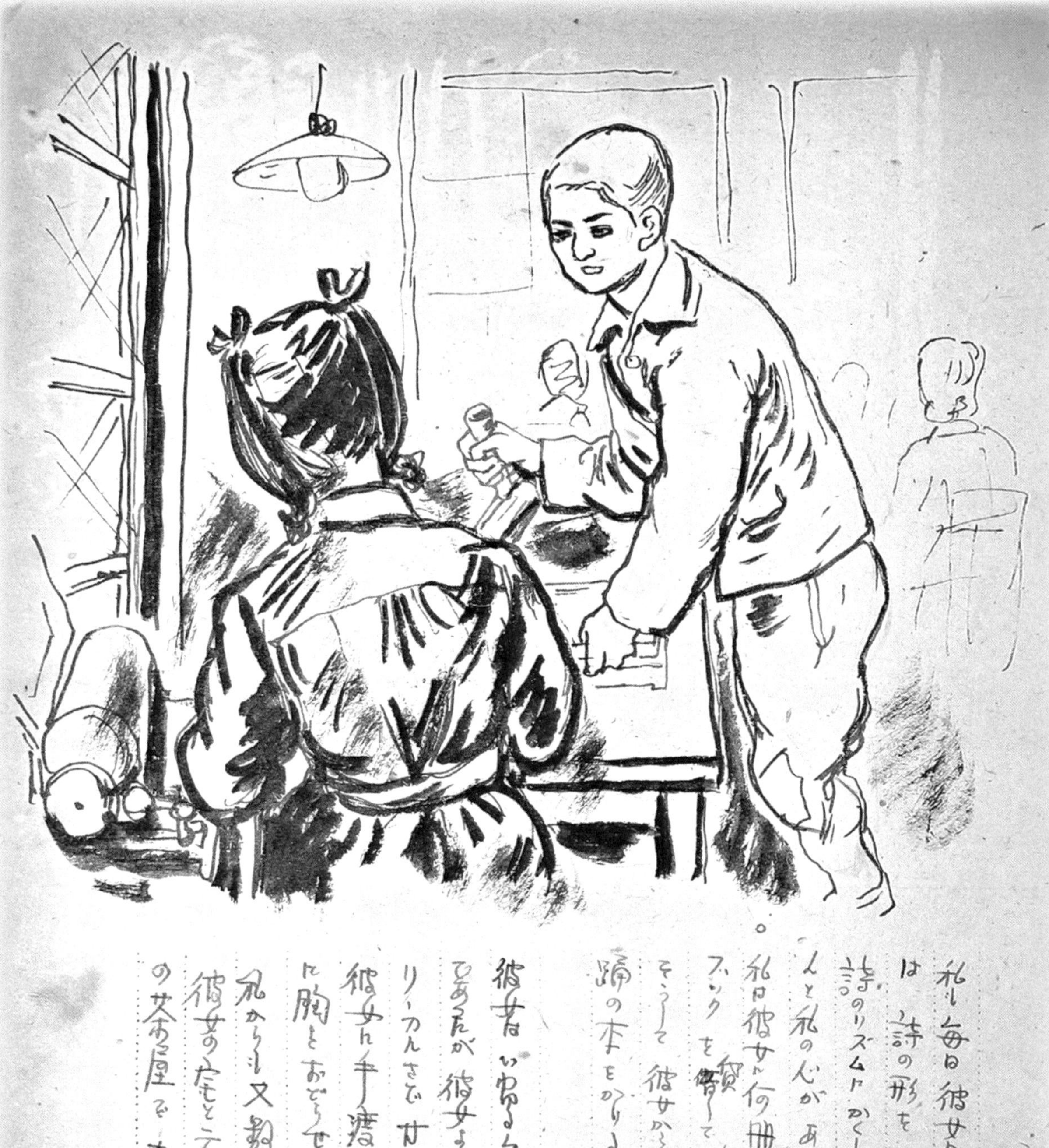

私は毎日彼女に詩を手渡しその詩
は詩の形をとった恋文であり
詩のリズムにかくしおおせないまでにだんだ
んと私の心があふれて来た
私は彼女に何冊も本を借してやり絵の
ブックを貸してやる
そうして彼女からあまり見たくない日本舞
踊の本をかりる

彼女はいわゆる文学少女と云ったタイプ
であったが彼女よりは私の方が弱々しい
リーカんさで甘えた手紙を書いては
彼女に手渡し又彼女からの手紙
に胸をおどらせた。彼女から数十通
私からも又数十通。
彼女の宅と云うのは公園の中腹
の茶屋で春ともなれば美しい花

柳川亭.

を咲かす大きな藤の木のある　すきやなての茶屋で　〝柳川亭〟とか、れた船板の額がかゝってゐた。平田中尉が大尉になった日　柳川亭で十人ばかり集って酒を飲んだことがあった　公園の樹々は若ッ芽を吹いて　夕ぐれの窓を梢を鳴らして　あたゝかい風がかすかに吹いてゐた。　二時間も飲んで　てんでに酔っしれて　ねそべるもの　席をはづして帰るもの……　私は彼女が和服を着て　そんなむらさきの矢がすりに　えんぢ色の帯をしめ　そして頬紅　かすかに白いものを刷ってゐたが　その美しい姿にみほれて　酔えないでゐた。　彼女は最初挨拶したゞけで　席をはづしてゐた。彼女の手紙の中に　〝私の舞踊は単に　趣味や好き　だけでやって

いるのではありませんの"と言う言葉があったのをふと思い出した、彼女は踊りを名取りして　そして何になるのだろう?、私はふともの悲しさに襲われて座敷を出ると藤の棚の下をあるいてベンチの上にねころんだ　春の夜空はしっとりと水をふくんで月がうるんだ星もかゞやいていた、そうしてその空の奥の方でかすかな星がちかちかと光っていた。酔いは私をかなしくした　星をみているうちに泪が流れてきた。いつの間にか彼女が私の帽子をもって私のそばにいた。近く戦場へゆき、いつ帰れるかわからない躯。恋人とよぶひとが私のそばにいたとしても私はそれから何を求めようとているのか、人の女のありかたは　たゞ私にはばくぜんとして　その本質は　わからずたゞもの悲しくもの狂はしいもの

ВА СУРЕ ТЕ КИТА МО НО
СЕИ СИЮН НИ
О КИ ВАСУРЕТА МОНО
КОКОРО НИ НОКОРУ
КАСОКА НАРУ КУЙ.

だった。山の木々は黒く静まりかえって
ゐ、胸がキューンと鳴っていた。
さて私は感傷遊戯をやめて記録を現
実的な生活にもどそう。
そのために梔子花物語のフイナアレ
を書きまーるす。

私の神経衰弱はますます鈍くなり
感覚は異常に鋭くなり　MO嬢と
MU嬢のどちらも恋し　そのどちらにも
悩み毎夜くりかえし　悪夢にとりつ
にされ不眠性となり　私は毎夜、ドルミン
（催眠剤）を服んでは死んだ様にねむり
翌日は空っ頭をかかえて反転した。
結局私はMO嬢の方をより強く恋して
いたのかもしれない　しかしそんなことは何うで
もよかった。私はくるしみからのがれるた

め山に入って河原にねころんだり竹やぶに入り竹伐りを手助ったり真っ黒になって筋肉労働をした。

主従の将校が合隊之入る迄事山室からは泉肉体労働をすることをすゝめてくれたからである。

山は健康であったが私はやはり悶々としたた

しかし毎日顔を近々とよせることでもしない生活は私の心を稍おちつけてくれた。

私は長い長い詩の手紙を山で書いた。おちついた作文でも書する調子でその手紙を書き手渡した、

山々にカナカナの啼きはじめたころである。

その手紙が振子表務浴のピリオドをうってくれた。こころはそれから尚続いても現実の生活が私を遠く海の彼方え撒んだからである。

かのときに　云いそびれたる　大切の
言葉は今も　胸にのこれど
啄木

想い出は意地悪にみすてているのだ

しみじみと雲のゆくえをもとめては
泪になることも
あゝなんと云うさびしい過去であろう

いつまでも同じところに立止っては
貪り青春の意欲を
両手にいっぱい掴みとり　つづけたが
夢はこぼれ去った　あゝ

追想も未来も　色彩はまずしく
これがわかってもらえるだろうか

あゝ
あなたの白い両手を
熱い泪で濡らしてみたい

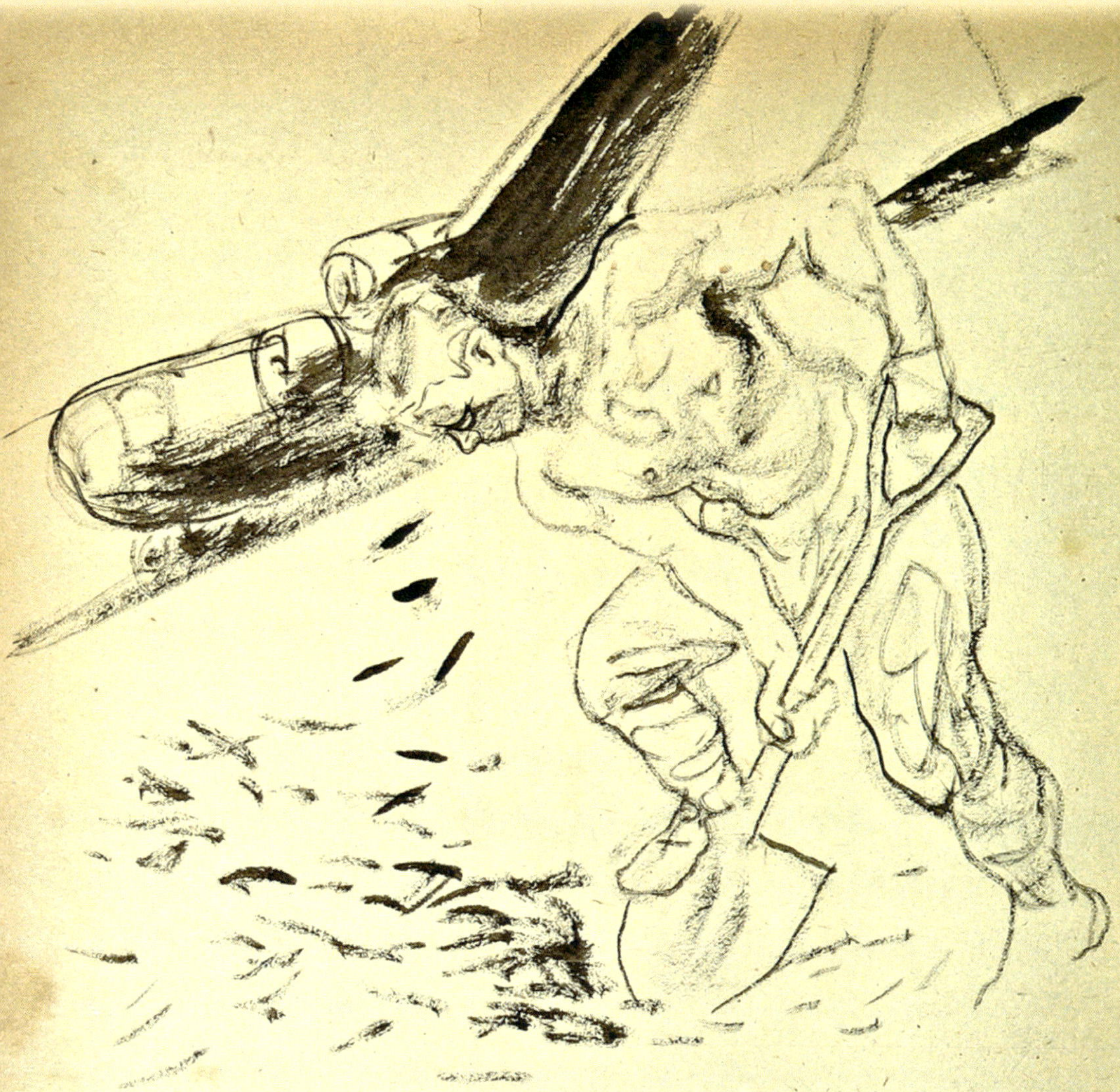

警防係．

まったく私の性格にあわない仕事ではあったが毎日机にかじりついているよりはよかった

勤労防火指導と称して発煙筒を二つばかりもって市内の下請工場をまわり空襲の状況をつくり出して働いているミシン工の消火動作を指導するのである．

防空演習のときは陸軍司令部を地下壕に移転することや師団司令部の命令を受領しにゆくことや伝令になって走りまわるのに大変忙しい

中国を基地としたB29の日本本土空襲は逐次激しくなって来た．

島づたいに北上して来る連合軍は次々と日本軍の基地を奪取し警備の良くない日本軍はその都度転身し或は全滅した

三月一日の私の日記をみると鎌倉まで
入れて食生活の状態を記録している
寸尺の土地は耕されて食糧をつくり
街路は舗装をほりかえして野菜を植え
防空壕が堀られその上に又カボチャ
がつるをのばした。
各家庭では一升びんに玄米を入れて
竹切れで搗いて精米にして食べた。
これは玄米をきーりそ白米とするのでは
なく精白された米の分が　たいた場合
量が玄米よりずっと増すからである。
街では口に入るものを売っているところな
一軒もなく時たま代用食として売
っているものはどんぶりの中に汁があり
今まで見たことも勿論食べたこともない海
藻らしいもの蓮根のメッタ切り雑穀
さいしものがこれに混入した塩っけのないし

ので　これが代用食　金二十五銭である
雑炊食堂と云ふのが　あちこちには　あっ
たが　これは長い行列に一日中　並んでい
なければならず　並んでも　喰えないことが
あった。
家の食事も　朝はめしの中に　干うどん
大根、なっぱを切り込んで　炊いたもの
お昼は　被服廠で　麦め、夕食は粥
でこれとても勿論　米より大根やなっぱ
の方が　沢山入ったものだった。
おからが入手出来たころは　その中に
わずかなメリケン粉を入れて　だんごにして
食べたし　飯の中に　混ぜて食べたが
一九四四年になると　おからの入手は困難
になった。
配給があると　となり組で　鐘をカランカラン
と鳴らして　歩き　みんな出て　配給する
のである。克之などでこの　鐘鳴らしの役目
だった。

青年学校では 冬は耐寒行軍、夏は耐熱行軍、装具は総て軍隊と同じなので その苦しさと云ったらないが それまでの教育のおかげで そのような教育の本質的なものに対して 反抗したりギワクを持ったりするものは一人もいない みな兵隊になり 死ぬる訓練をして おくことは立派なことだと思っている、

なかでも私は銃剣術だけは不得手でしかも きらいであった、

人間が人間を刺しころすことを 気狂いのようになって 演習する、悲しいことだ・・・

そう考えることもあったが しかし軍隊に入って銃剣術がきらいでは役に立たない 役に立たないだけでなく ビンタで 半殺しにされてしまうだろう、 だから 私も一所懸命になって 練習した、

三月 その青年学校を卒業し 私が七百名
あまりを代表して答辞をよむ

薫風吹き来り安東の小高地は一霞につゝまれ
百鳥和して春を唱ふるの時 吾等は本校所定の
課業を終了し本日茲に支廠長殿を始め
多数来賓の御来臨を辱うし 吾等の為めに
かくも盛大なる修業式を挙行下され 真に唯
今日支廠長殿 並に学校長殿より ゴコントクなる告
辞並訓辞を戴き 之は今日の感激と共に永
く心に銘記せらるゝところであります (中略)
今や大東亜戦の決戦段階に突入し 皇国興廃の
岐路に直面しあるの秋 吾等も亦 一死奉公の
誠を致さなければならぬ時となりました
吾等は青年学校に於て錬成されたる質実剛健
なる精神の自体をもって "撃ちてし止まん" の決意
をその職場職務に生かして 以て中堅工
員として 或は第一線の勇士となり直接陛下
の股肱となりて 聖慮に応へ奉る 云々・・・

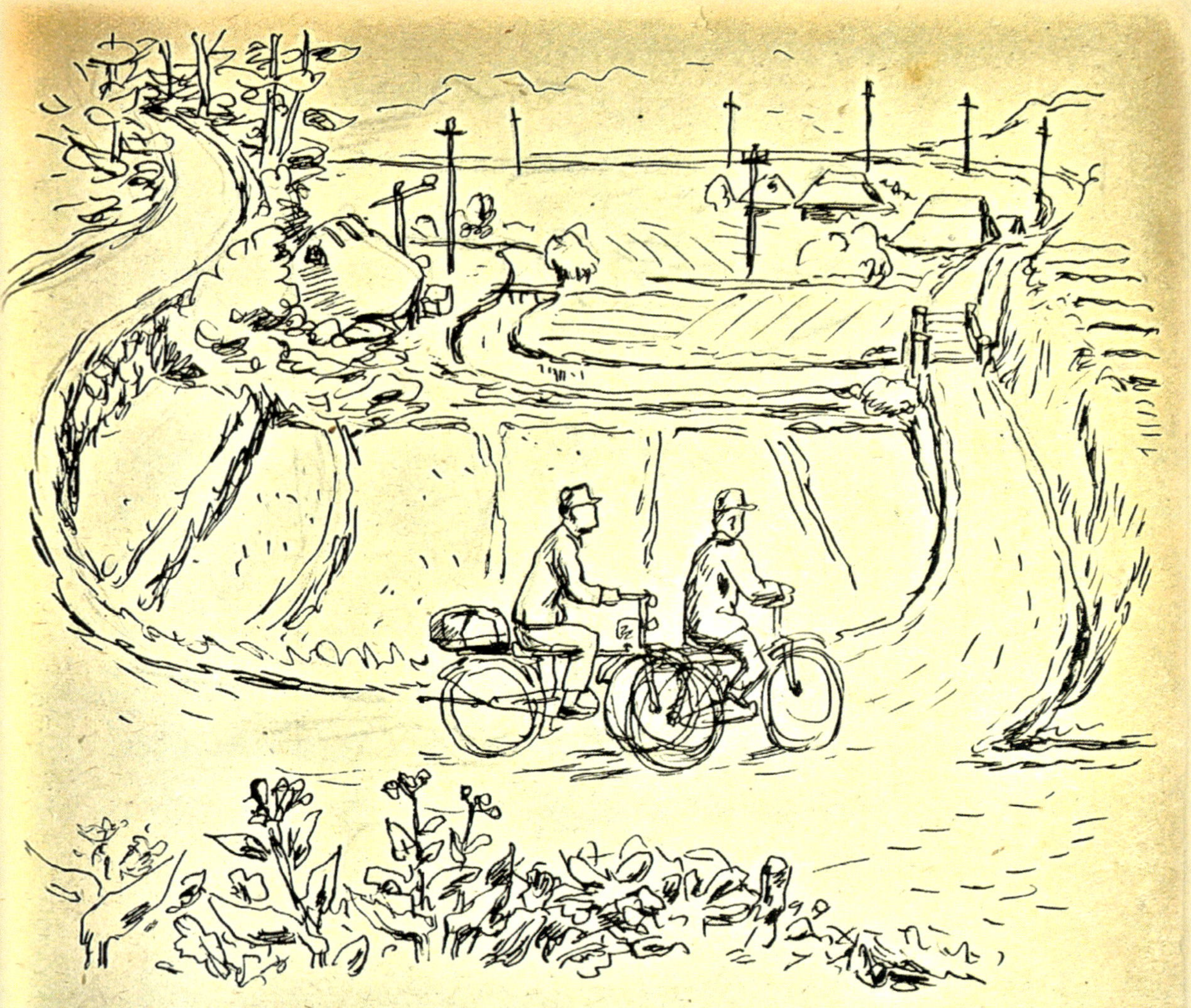

四月十六日　日　晴。

四時起床して身支度を整え自転車にトランク
行李をのせて四時三十五分兄と一緒に出発。
海田市をすぎたころ東の空が白々として来た。
元気なうちにのしてしまおうと云うのでドンドン
踏んで行ったのだが瀬野あたりから急坂を
コット降りて押して上った。
八本松のあたりから横道に入り道を迷ったり
などしてくたくたになりながら東志和村に
能良をすぎて椋梨についたのは二時すぎ
そうして米などをもらって汽車で帰る。
二十里あまりの自転車行軍。

五月二日。　火　晴
徴兵検査通達書来る
支廠長の命令で真鯉五匹。
緋鯉二匹をつくることになり汗だくに
なって洗濯班の乾燥場に布をひろげて

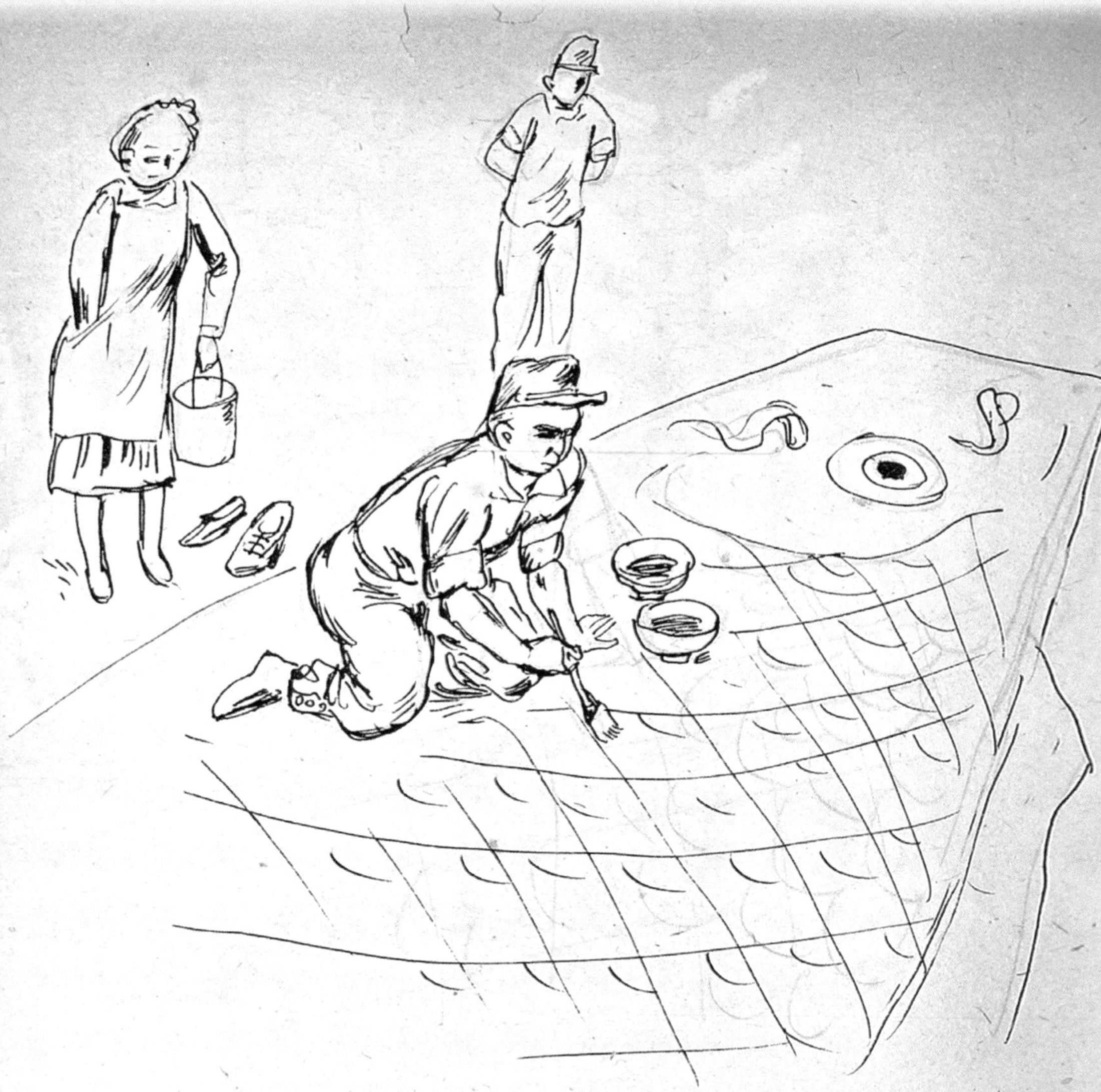

描きあげる鯉幟　（そのときの詩）

空高く
ぼくの拵えた十米の鯉が　およぐ

のたうち　よぢれ　ふくらみ
陽に濡れて
ぼくの拵えた　十米の　鯉が　およぐ

たんねんに
描きあげた　鱗は　光り
明るい　空に　はね
ぼくの拵えた　十米の　鯉が　およぐ

五月は　ぼくの　生れた月だ
この棹を　ゆする　たくましい　力
私の胸の　なかまで　傳る.

徴兵検査。

徴兵検査ニ備えて私は毎日竹刀の素振りを二百回くらいづつすることにした。弟の弟は手旗信号をおぼえ弟と二人で庭の隅・かべの上と山上から通信をやりとりするのがよい相手役だった。中学校から女学校に至るまで手旗信号・モールス信号を教え ナギナタ剣道をおしえた。

やがて六月十四日、公会堂で徴兵検査がある。同級生が十数名来ており 職業申告・レントゲン検査・聴力検査 知能検査などがあり 大手町校で体力検査がある

重量運搬　100米　30kg 50kg　29秒

屈伸腕力　15回

翌日、振りめを持ってゆき検査

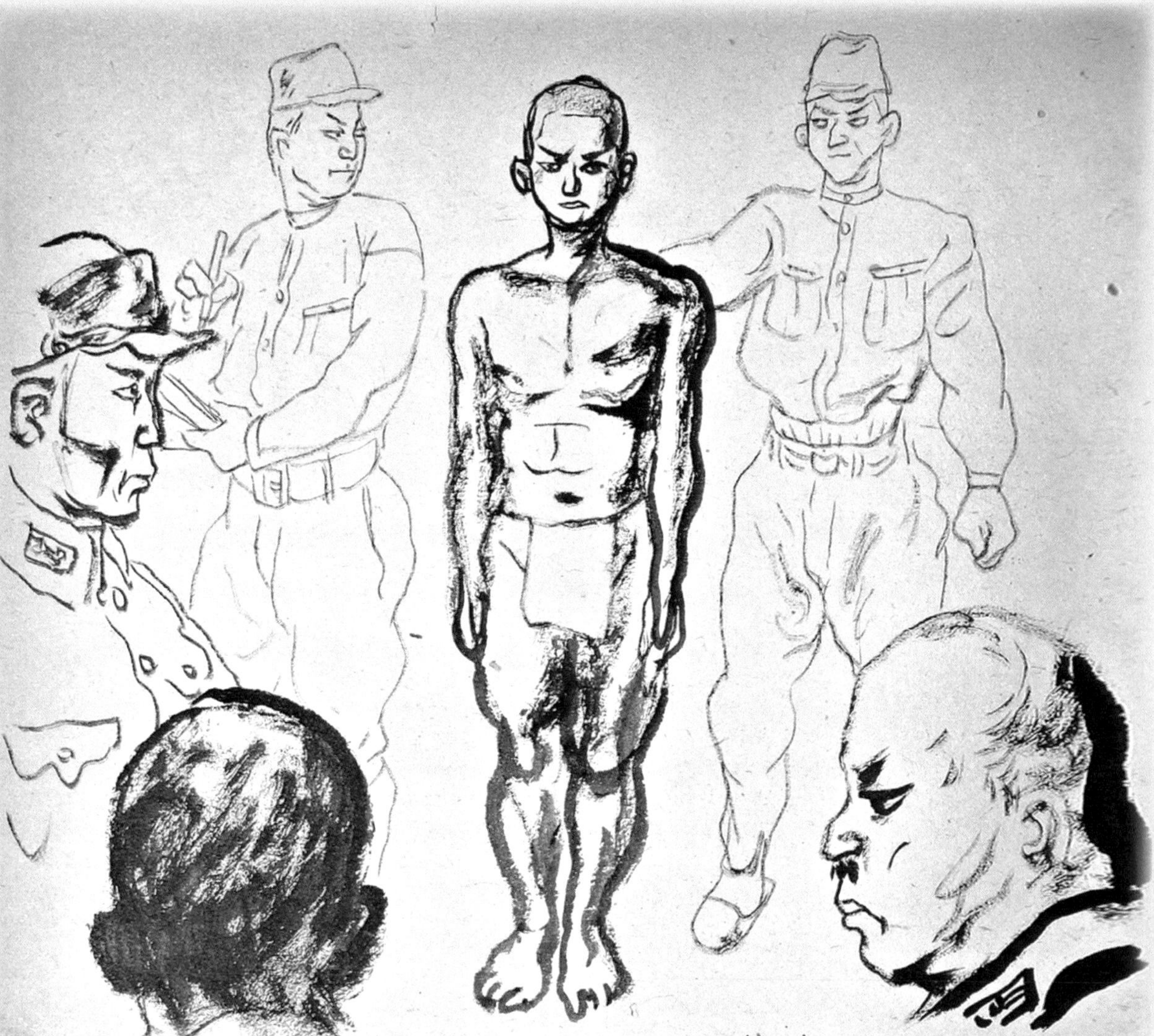

がある　長谷川師団長ノ視察ニ来 宣言が
あって 始る 身長 体重と 全部 軍隊
式にやられ了ったのは三時 第一て [illegible]
徴兵検査は男の元服式のように理解
していたと云うのは それ迄は煙草は喫んで
はいけない、酒も徴兵検査後でなければならぬ。
それはよいとしても 検査のとき性病ニ罹っ
た者がわかるとコッピドクやられるので 検査の日
童貞破りの日 と云ったことさえ みんなに考えられ
るようになった まんそれは 軍隊に入り 戦場に
ゆけばもう何時死ぬかわからない と云う すてばち
な気持も充分手助っていたのである。
それはともかく 検査で集ると下士官が二人
ばかり入って来て　〃コラ　みんな煙草が
のみたいか　のんでもよいぞ……フ、、、
良いか 今日は軍隊式でゆくぞ〃とニヤ
ニヤ笑いながら いきなり スリッパをぬいで
前にゐる者の頰にぴたりとあて、〃これだ
気をつけろよ〃と云って部屋を去ったのである

サイパン島を連合軍は占領し東京迄の2.380Kmの地点を占め本土に対する猛烈な空襲の危機がせまる(七月)

補給廠の燃料を疎開するため仁保に洞窟をつくり青竹を伐って来て壕の屋根をつくる　その為毎日のように太田川上流に竹伐りにゆく.

七月廿日東條内閣が総辞職し小磯内閣ができる.　大本営のつくりあすデマ新聞ラヂオなどによる軍国主義のカヤッキの宣伝、その反面人民の家庭から生きて行く人民の中から埋め火のように戦争に対する反感がウッウッとおこって来る.　それは形にこそ現れないが目にみえぬ雲のように湧いてくる.

同級生がどんどん入営しはじめる。
私も現役兵証書を渡すと云う通知が来 九月八日 市役所之ゆく、この日の通知はすべて海兵団であり私もてっきり それだと思ったが 輜重兵であり十月一日西部第百部隊であった 早速操典や教範など買いもとめる。

入隊を前にして私の躯がよくないので健民修練所之行くことになる。
佐藤中尉が所長 私が庶務・向井 君が教練 松本氏が経理、
修練所と云うのは太田川の上流緑井にあり 二入産婦人科病院のあとであり建物は一寸暗いかんじであり

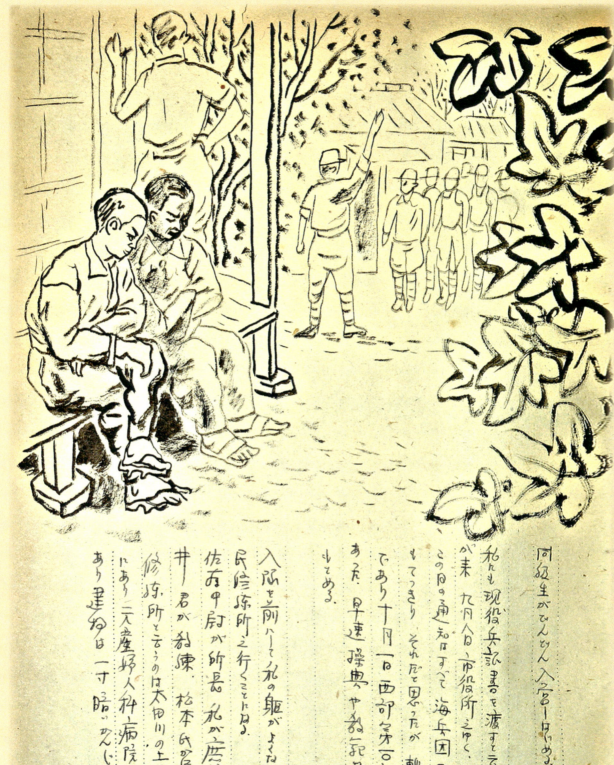

三十名あまりの修練生をつれて　ひるまは
泳ぎに行ったり　手旗の練習をしたり
或は畑をたがやしたり　夜は　所内で
いろいろなことをして遊ぶ
流れは清く山は　青く　　ゆずらゆーい
異性との接觸もなく　私の神經衰弱
もだんだんよくなる　しかし躰の方は以前
とーってよくない
あと二週間あまりに入営をひかえていろいろ
なことをしようと思うのだが　かえって何も出来
ない　時折　廠の方之道路と称して家に
帰り陽にやけた顔を母にみせるのがたのーみ.
夜　これは　やはり卓球をやるのだが
守隊帰りの松本などを馬鹿に元気
まいて　いわゆる気合を入れ　ひどいのになる
るとビンタを　とる.　食事力でも異った
食堂につかせて食べる.　これだけが私に

とって苦痛なくらい嫌である。
しかしこれが軍隊の形式であり近く
これに私も入るのである。一寸悲しい気持
がしてくる。

二十一日。
修練所指導員を免ずと云う命令を出
してもらい上官に申告をする。
修練所で送別会をひらいてもらい
佐々中尉・中森・向井・松本
と五人で一升ばかりのむ。
翌日みんなに挨拶し緑井に別れをつ
げてカンパン一〇ケばかり持って家え
帰る。

二十三日から三日ばかり弟と一緒に
田舎のふるさとえ帰り、墓く参し
小学校やお寺お宮など一通り

これがふるさとの見おさめとなるかも知れぬと
歩いてみる、
ふるさとの夜もねぐるしく熟睡が出来ない
加〇嬢の夢だとか M嬢が裸体となつ
ているところだとか 夢にみる、
いよいよ私の二十余年の生活は断ち切られ
軍隊生活に入らねばならぬ ので 今迄
書きためた絵 画集、詩のノオト
日記帳、参考書、を全部整
理して 行李一杯に入れる、
そうしてその中に遺言を入れ私の爪と
頭髪を切ったものを一緒に入れておく、
ふたゝびこれを私の手でひらくことがあろうか
とは到底考えられない、一冊のノオト
一冊の画集、みな なつかしいものばかり
である、 日本の□を守るため生命

を捧げねばならないと云う　或はそうかも知れない　しかし　母と別れ　兄や弟と別れ自己の生活と云うものから　別れることはつらいことである、　しかし私には何もわからないただ大きな掟のようなものに　ただ私をこうして働くよりほかない、

夜　喜劇映画をみて　げらげら笑った　が映画館を出れば　現実の問題が迫って来る、

九月二十七日　水　晴

午前中家にいて配給物の分配を手助ったら丘へのぼってみたりなどする。

午后街へ出て中島本町で生れて初めて卜者に手相をみてもらう。

掌を台の上にのせると先ず卜者は赤鉛筆をもって掌の上をうすく線のつくくらいに指しながら　君は長く生きるぞ　この

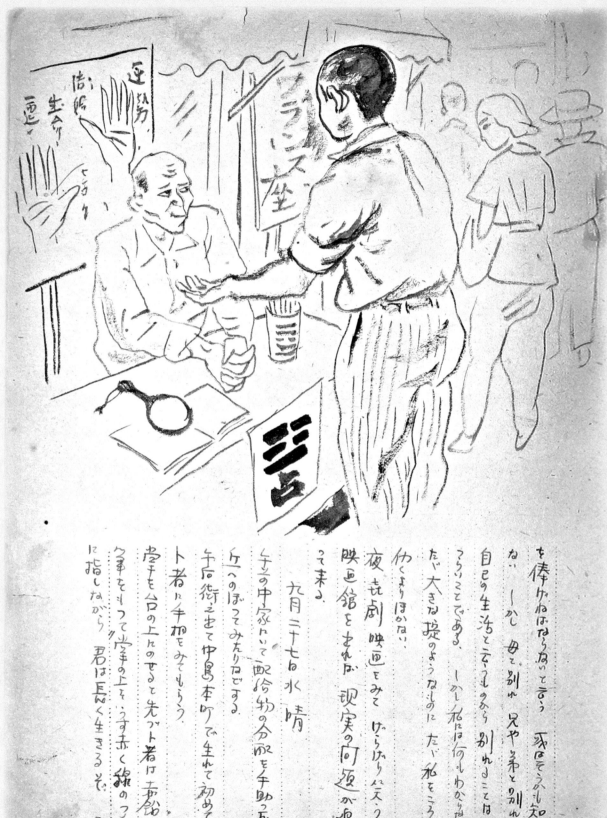

線が はなれているけれ共終りの方で又一緒となっている これでは七十くらいは生きることが出来る、 それから この線が切れ切れになっているがこれはあまり小さい事を心配しすぎる相だな、 もう少し行きすぎるくらいに やることだな 兄弟はめぐまれて五六人はいるだろう、 兵隊の方はどうだ？〃 と云うので 〃今年出るのだ〃 と云うと 〃一乙か しっかりやれ すこしやりすぎるくらい やればよい よい手相だから 立派にやって帰れるだろう 順調な相になってゐる 結婚は 君はよい結婚をするぞ 二十六か七のころ子供は沢山出来る 五人くらい出来るだろう。 君は胃が悪かったことがあるね。ウンそうだろう。 まあ軍隊から帰って来て結婚するんだな…〃 などと云う。 手相はそれで止めて映画をみる 満次郎多

映画、笑うつもりで町へ出たのだが 笑えない、無智でもマンザイでも何でもよい
馬鹿々々しく笑いたい
本屋で雑誌 美術 三冊、を購い 写真を撮る、来月二十七日ころ出来るらしい、
九月二十八日、木 晴、
五時半起床 松田君を見送る。列車の窓でいつまでも帽子をふっていた、これで彼とも
（生涯の別れとなるかも知れない、
又逢える日が来たとしたなら その時は二人とも
国も生活もすっかり かわっているだろう、
路田のおばさん 丸井のおばさんに挨拶しておく
長塚節歌集とナイフを買って帰る。
夜直堂と映画をみにゆく
九月二十九日 金 晴、
今朝はよく眠れた、
被服廠 へゆき挨拶して廻る
ひるは会食をしてもらう、庶務係の
女子全員、

奉公袋の内容品を整理する

九月三日 土 雨

六時起床、昨日帰って鞄をあけてみると
森永さんが餞別を入れてくれていたので 今朝
お礼を云おうと思ったが 出来なかった
ひるまで二階で詩のノオトの整理、
兄さんも今日は休んで いろいろな事をしてくれる。
そして私のために池の鯉を二匹 あげてくれた
この家での生活も これが最后だと思うと感
慨無量、入浴して隣組を挨拶して廻る。
本家の兄さんが雨の中を家をさがしながらやっ
て来てくれた、丸井の姉さんも来てくださった、
テニヤン、グアム島の玉砕のニュースが入る。
今更 何をか云はんやである。
六時ころから丸井・本家の兄さんと一緒に酒をのむ、
七時から比治山女学校で壮行会をひらいて
もらう、 煙石兄弟と私の三人
みんなでいろいろなことを語り合う、明日は

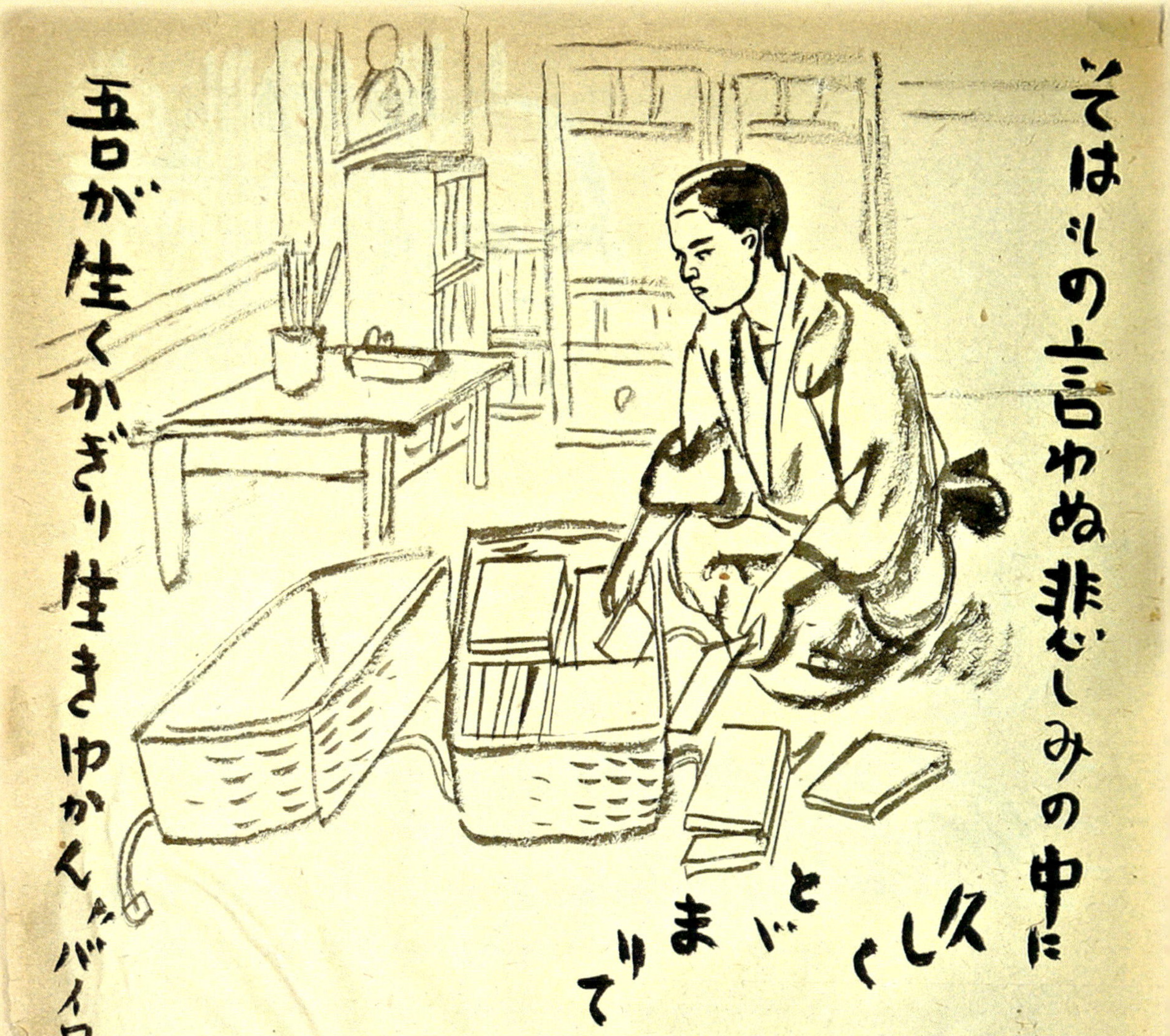

五時半起床　六時半出発で西部
第一〇部隊の営門のところえ行く予定
この日記はこれで了る
少くとも五六年の間　日記帳は書けな
いかも知れない。
こん夜は早くねむる事にする。

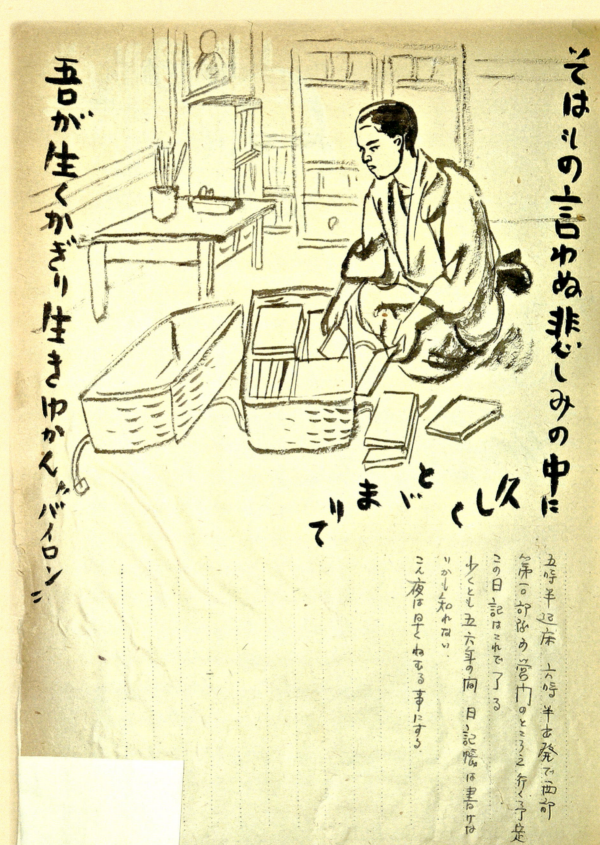

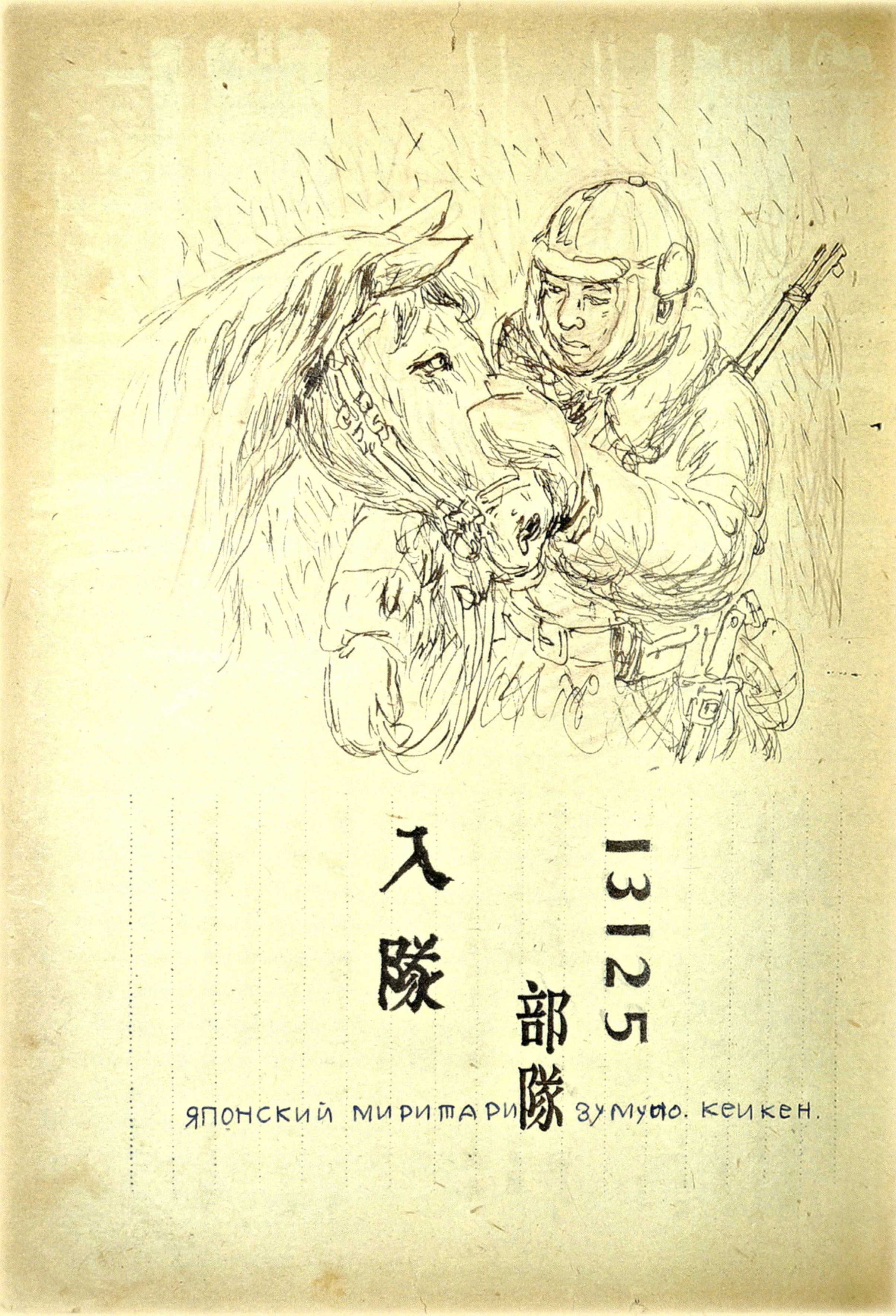
13125部隊
入隊
ЯПОНСКИЙ МИРИТАРИ ЗУМУНО. КЕИКЕН.

雨が止んで庭の木々が美しい色に洗われて濡
れたように秋空の光る朝
一九四四年十月一日 現役召集で 独立
兵站隊に入隊すべく私は すべての準備
を了り 平静を欠いた気持で 死んで
いない父親の写真の前に ひざまづく
純真で感傷的で 奴隷的な 忍従頼
もしき 天皇を制守の 兵士の候補者
はこれから 新らしい 私の将来が 展開される
ものと信じている。
そうしてそう思うことが こよなく立派で その
自己ギマンが 実に巧みに出来れば出来
るほど・・ 母や兄弟と 潔白に
勇躍の! 別れることが出来ねば出来る
ほど それは美しいことであり 立派な青
年である と云うことを かたく 信じて

かし天皇のタメニ死ぬることを無上の光栄
と信じている青年が軸を失った心で家を
はなれる。
二十年間盲目的な愛して育てあげた息
子が 仰きおかりになって 母のふところから二度と
帰れぬかも知れぬ 軍隊．戦場へと出てゆこ
うと云うのに 息子の言葉もあるので涙
を押しかくしている母
まずしい食糧の中から たんせいをこめてこし
らえた 決別の料理も 息子の弱い胃袋は
涙をさそうほどしか受入れてくれぬ。 それに
息子の胸はレントゲン写真の黒いかげ
がくらくおしかくしている。 ピンタの鞭．私
的制裁 それでも母は悲しんではいけない
と云うのだ それが口の掟であり この口
の人間の価値を決定するのだ
私は近所のオクサンや男たちに挨拶する
社会が押しつける言葉を 心とうらはらな言

葉を あたえ 自分のこころのすべてのごとく くべる
私は西部一〇部隊近のみちくを知人や
或は恋人が この晴姿?をみとめてはくれ
ないかと それを気にかけながら 歩む そ
うして みんなと プッツリと 兵営の門で内と
外に 別れる.
兵隊にならなくてもよい と云う僥倖がやって来
ないか…… と云う こころと 頑張って頑張って
誰にも負けず中隊で一番になってやるとと云う
別のこころとが入りまじって 機械的に体を
うごかす
ヒゲのいかめしい将校が
"お前たちは 死に、来たのだ よいか!"
と云う. なるほど その通りである ひろ場
に並んでいる 幾百千の 若い男は 死を
約束されたのである.

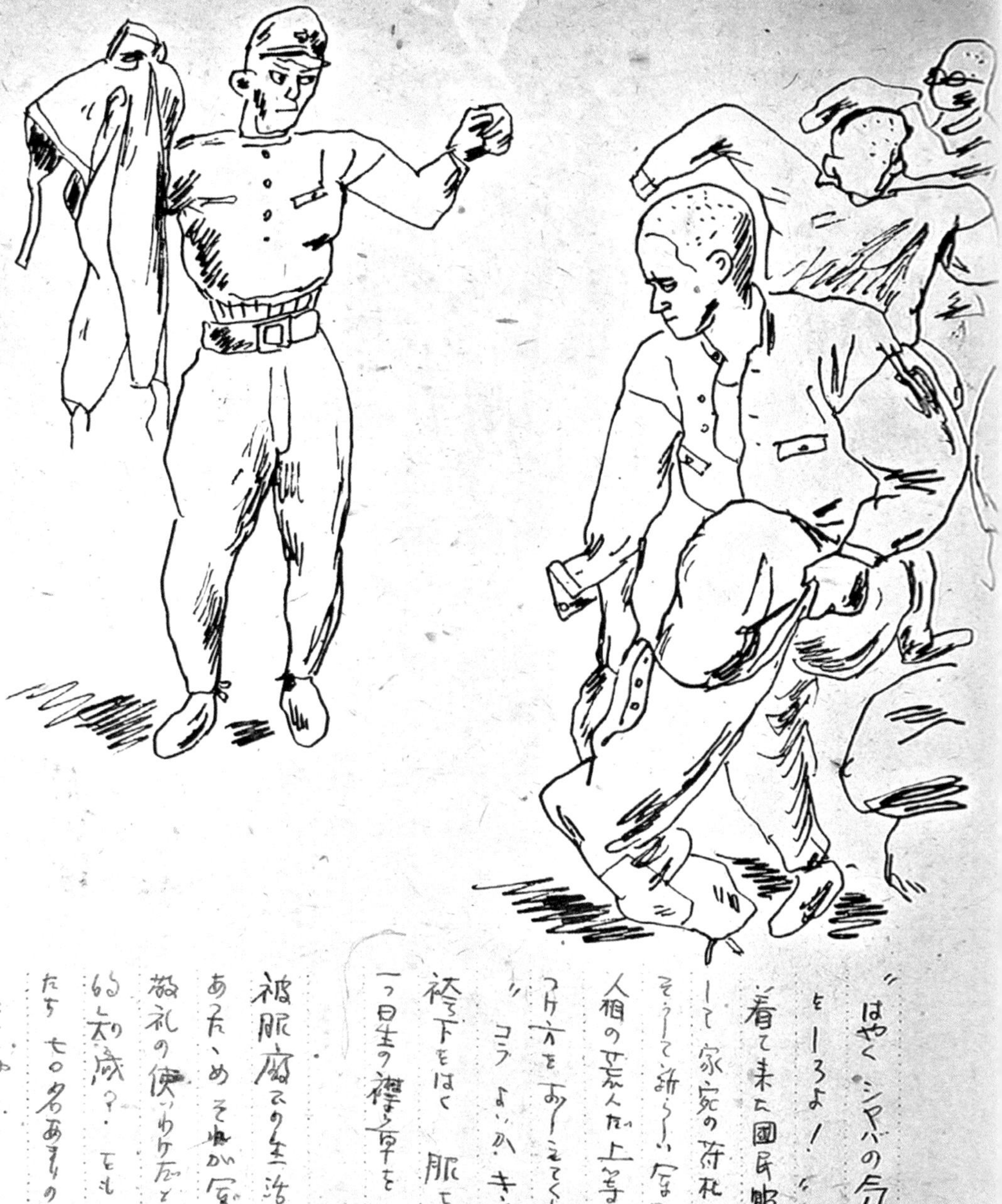

"はやく シャバの気持を忘れて 死ぬ準備をしろよ！"

着て来た国民服を脱ぎ 靴と一緒に梱包して家宛の荷札をつける

そうして新らしい軍服が一着あて渡される

人相の荒んだ上等兵が来て襦袢から服のつけ方をおしえてくれる

"コラ よいか キンタマは左へ入れるぞ"

袴下をはく 服をつける 長靴をはく

一つ星の襟章をぬいつける

被服廠での生活は軍隊生活そのままであったため それが軍隊に入って役に立った

敬礼の使いわけだとか号令のかけ方など専門的知識ももっているものだから それが役にたち 七〇名あまりの先頭にたって いろいろなことをやる　われわれのことを野戦班 野戦班とみんなが云ってから 近く野戦へ

つれられてゆくことがわかる．

満洲へゆくと云うことは汽車へ乗るまで秘密にして　だれも知らなかった．満洲から迎えに来ている下士官が私の事ムの才能をみとめて　いろいろ名簿などつくるに使う．

別に本格的な訓練はせず　毎日大田川のほとりへ出て敬礼の練習だとか　草とりなどをさせる．

朝夕の點呼で　一口部隊の初年兵は靴で蹴られ　後列にならんでいる二年兵に鞭でひっぱたかれるのを見るのは　それがこれからの私らの運命であり　リッゼンたる気持である
夕方となると暗い兵舎のすみで　長靴を胸に抱いて靴の掃除をする．鉄の匂の土をほじくりまーながら　ふっと家が恋ーくなってくる．

日記

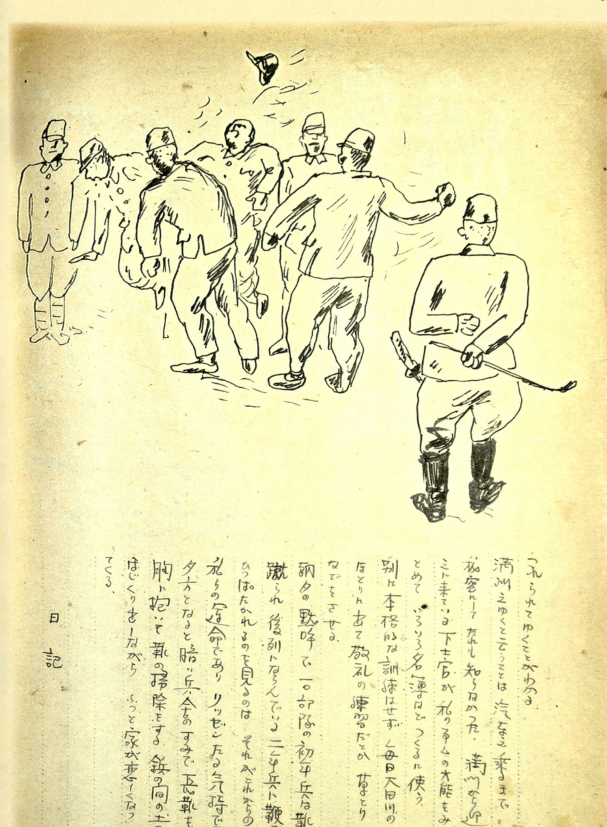

私は黒いレザーの表紙のついた手帳をもって入営しそれにコッソリ日記を付けていた
初年兵は班長殿にかくして物品を所持することは禁ぜられているけれ共私はいつもそれをポケットにしのばせて暇をみつけては鉛筆をナメナメ小さな文字でギッシリと日記を書
毎日 書きまくった. 文学青年は
文字から はなれるほど悲しいことは無い
この日記の紙面だけが過去の私の生活をもちつづけてそこが私の唯一のたのしい世界でもあった.
ちょうど営庭には 赤いカンナの花が咲いていたので 私はカンナの詩をつくった.
夜寝台にごろ寝をしながら 二階の窓ごしにある大きな門も、見わたし 兵舎の下のカラタチの垣の向うの道路を通る娘の姿をみては ふとひと恋しさの情におそわれセンチメンタルな文章を日記にかきつけた.

面會

外地えゆくらしいと云うので何とかこのことを家え知らすようとみんな苦心してゴミ取りに外部の者が入ってくるとそれにコッソリ手紙をたのんだり電話をかけることを依頼したりした私の川本の母の手を通じて被服廠の兄のところえ電話をしてもらうことをたのんだ

そうして出発する前日面会が許可になった。その日母や弟兄もみな総出で面会に来てくれたが面会時間はわずかであり
その時間近に持って来てもらうものをたのむために私はカキ根ごしに石を包んだ手紙のつぶてを弟に手渡しして手袋だとかクレオソートなどを持って来てもらった。
兄は自転車で来てくれていた。営内の一寸内側でほんに二言三言。何しろ早くは帰れないらしいから下士候を志願しようと考えていること満洲え行くらしいということ.

などと話す　別れるとき　元気でやれよ！
と云った兄の目がチカと光ったのがいつまでも
忘れられなかったが　それが永久に私と兄の別
離となった。　愛すべき弟であり無二の
親友である直登とも三十分ばかり　それでそれ
が最後となる　母と弟の直之は午后もい
てくれる　モンペを穿いてチンマリと小さい
母の姿は今迄みたことも無い程上品にみえた。
その母が泪を一杯ためてそれのこぼれるのをこらえ
てにぎりめしを木の横格子にかけて食べる。
私は母がふところにかくして持って来てくれた寿し
や松茸の煮たものも古参兵の目をのがれ
て食べる。　お母さん元気でいてくれ私
は決して死なないで生きて必ず帰るからと
本当の言葉を母にかたる。　雨で営庭はぬ
かるんでおり母とこれが一生の別れとなるかもわ
からぬ別れをする。　母をだきしめて別れ
のなごりをおしむことは　天皇制軍隊で

はとまるな、心とは丸反対の表情でそう
けなく別れねばならない、
私は便所の中で餅を全部たべてしまった、
母の手になるもの、これが最後の食るになるかも
知れないと思いながら……

さようなら　ひろしま。

駅までのみちを　たばこの火を散らしながら
秋の日ぐれのみちを進む　あかぬ眸をな
つかしい広島の家なみになげながら　うつろ
な悲しいような気持　遠足に出かける小
学生のような気持をゴツゴツと長靴で
蹴りながら　駅まで……
練兵場の引込線で汽車を待つ間に私
は小さな手帳に　ひろしまと別れの詩
をたんねんに書き込む。感傷癖はそう
して記録してゆかないと　足もとから空虚な
いつわりの言葉で　心がつきくづされてしまうから

誰も面会には来てくれない　晩めしを喰って
やがて私のことを語りながら　寝ようとしている
母や兄や二人の弟たちよ…

汽車は窓を黒くおろして　誰にも知られないように　幾千の若者をのせて　駅を出て下関へ走る。

誰もみんな考えていることは同じだ。面会のときもらった　カンズメや　おふくろのぼたもちなぞ　喰いつくして　森とした顔になって　あてもない帰って来る日のことを考える。横川をすぎ　己斐をすぎたあたりで、汽車に向って提灯がふられる。

"あー　俺の家だ…"と誰かが云う。

そしてたまゆらな別れ。　川崎の川本。

橋本　広島出身の仲間もはり切ってはいるが　誰も誰も考えていることは同じだ

心の中は同じことだ…

下関で夜があける。にぎりめしの弁当
連絡船に乗船。これで日本の土と別れる。丸窓から少しでもながく日本の姿を目にしるしておこうてみんながのぞく。九州の山々は怪異な形で重り合っている。

カモメよ。山々よ。霧と水蒸気につつまれた日本よ。手帳にはセンチメンタルな詩が書かれる。

三杯めしのライスカレー はき気 頭痛
救命胴衣をまくらにして横になる。

こうしていれば 私の躯はどこへなりと搬ばれる。

八時間したてば朝鮮だと云う。

もはや自分の気持や欲望、個人の自由そんなものはどうなるものでもない。船の方向へすなおについてゆかねばならない。それより仕方がない。それしか許されない。

船室のむさい臭いをさけて 甲板に去れ

は四方が海、一団の船が　ほん馬のように
なみを蹴って進んでいる。　水上機が一機
潜《セン》水艦を哨海している。　一度　避難
訓練がある。　甲板の上に二つぶ三つぶの
大豆がころがって　足の下にコロコロと一万三八億。
〃大君の　みことかしこみ磯にふり
海原わたる　父母をおきて〃
徹底した教育。　そうして育った人間。
徹底した大きな、こまかな教育の網の目か
ら　たくましい生命力を持つ草の芽のよう
に　ヒューマニスティックな　個人が　芽をの
ぞかせてくる。　しかしそれも　この鉄の
船のようにがっしりと　大きなものに　かたく
抱かれて　一つの方向を持ってゆかれる。
もはや　どうすることも出来ない
目の前に　掲げてみせられる　みちをただそ
のまま　進むより　ほかはない

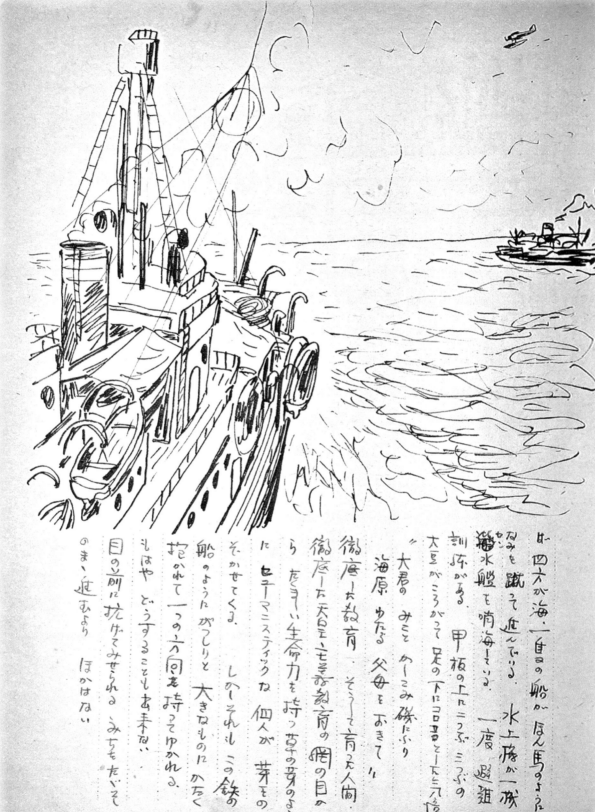

釜山港に上陸り みどりを喫む

丘の無電塔の上に
青い星が一つ出る.
新聞売子の声も
港も 汐の香も
もう ふるさとではない
にがい 莨をのみながら立っては
夜光虫が 夢のようだ

釜山の詩

朝鮮の山岸が 丸窓をへだて、肌なじまぬ
姿で あらわれる ものめずらしい形の小舟
夕陽に照らしだされた岸 が近ずき 船
の彼方に すべる、 釜山の 港え入る
陽がおちて 青くたそがれる
上陸して 鳩 とか みどり と云うたばこを喫
んでみる カライ味が頭の奥に沁みる.
船酔いの なごり 海面に夜光虫が チカチカ
と光る. 朝鮮の児供が 日本語で 新聞
を売りに来る 植民地に育った子供は
母国語を奪われ 生きる権利すら おし
ちぢめられて 素足で新聞を売りに来る.
純真な天皇制軍隊の 新らしい兵士は 当然
のように 植民地の主人公となってふるまう その中の
私も センチメンタルな 詩をつくることしかしない
星のまたたきと 海と空をつなぐ 青い色と

夜光虫のひかりと それが私に何のかかわり
があると云ふのか 私はタンネンに鉛筆で
手帳に詩をしるす。

朝鮮縦断、

とっぷり暮れた釜山の町を貨車で出る。
貨車の中には兵隊が溢れ外套をかぶつ
てゐる。
大丘をすぎ金泉のあたりで夜があける、
はじめてみる南朝鮮の風物・なだらか
な丘から丘へ 野薊の咲きみだれ平野を
汽車は走る
太田で朝めし、駅で停車し降りてベン
とうを受領し体操をする。弁当は
云ひ合はせたやうに めんたいの煮〆
が入っている うまくもまづくもない弁当。
家から持って来たスケッチブックを出して
汽車のふちに腰かけてスケッチをする。

ソウルの街

北え北えと汽車は進む　まだ私たちは
この列車がどこえつくのかわからぬ、
京城近くの竜山から汽車は線路の
入れかえをして東えと半島をよぎり
更に北え北えと進む
西陽をうけた京城の街はエキゾチックな
美しさを持ち軍用機が飛んでいる
日本人の住む家は巨大であり朝鮮
人の住む家は小さくわらで葺かれその上に
並べてある唐辛子が印象的である
徴兵令が制かれて若者は軍隊え引
っぱりまわされ植民地的圧迫にうちひしがれ
た感じの農夫が白いひげを垂れ長いきせ
るを吹かして列車をながめている
自国の言葉を奪われ日本語を押しつけ
られて育った子供が手を振っている
その夜汽車は東え東えと走る

朝早くめざめ扉のすき間から小便
を飛ばしながら車外をみると朝まだあ
けやらぬ霧の中にかげ絵のよう
に煙突が立ちならびけむりが立ち
のぼっている。めっきりと寒さが強
くなり躯がふるえる。
あ、遥けくも来つるものよと云っ
た気持である。
汽車は北鮮日本海岸にそって
走る。元山をすぎ咸興の街で
停車する。私ははじめてみる風物を
ものめずらしくスケッチしてはそれに小さ
な詩をかきつける。
南鮮は丘から丘へとなだらかに水田
があり野菊が沢山咲きみだれて
おり白楊樹が一列に道の両側
にならんでいる牧歌的な感じで

あつたが　北鮮に入ると　がゝたる山が多
く工場がみえる　そうしてリンゴが実って
いる、リンゴ　リンゴ　リンゴ実る所
籠を提げて女の児が売りに来る
私たちはめづらしがって買おうとするが
古年兵たちは怒声でそれを追っぱら
っている
北え北え汽車は速力をまして斜面
をかけおりるように走っている
ずらりと並んだ土まんぢうの墓
ひく、廻た磯松の林日本海の浪が
里へ点々と並んだ岩を噛んでいる
よせかえす日本海のしぶき
この頬を切る気流は
私には肌なじまない
荒しい生活のまっている予感
北え　北え

空が重くなってくる 冷い氷雨を思はせるものが降って来る．うそさむい気持があたゝかい内海に育った初年兵の胸にはいる．荒々しい貨車輸送に私はつかれて下痢をする 後尾のデッキに立っていれば汽車は 火の粉も 吹きあげてなにか猛々しい けだものが走っているようである トンネルをいくつも ぬける そうして又とんねるに入る、オウ緑江の上流だと誰か云う 枯れた川を渡る 國境は いつこえたのか わからない いつの間にか駅員の服装が かわっているところからもう満洲に入ったものと思う
〃もうこゝまで来たのだから 知らせてもよいだろう どうだもう みんな わかっているだろう〃 と初年兵係の内地を来た九州路の軍曹が云う．
私は地図を頭の中にえがいてみるが あまり判然としない

十月の中旬の東満の空気は我々には泌みる。狂暴、野ばん やがては生命も保証出来ない軍隊生活が行手にはまっている。 美しく崇高なものに宣伝され またそう信じているけれ共 あの西部百部隊で見た 毎日のテンコ、訓練に鳴る鞭の音 ビンタの音 倒れ又立あがり倒れ蹴倒される、初年兵の姿が頭にコビりつき 漠とした不安と どうにもならないと云う すてばち気持が我々をよわい 肌さむく のびやかな気持にさせない。山も丘も すっかり 枯れて 赤茶けて カシの木の様な 葉を持つ 丈のひくい樹が 枯れて丘や山を覆っている。

〝あれが丘会ですか〟

〝いや違う〟

〝あの向うので ありますか？〟

〝いや あんなのぢあない なんな建物 だったら 冬が こせるモンカ フフ、〟

降車支度が出来たので いよ〳〵だ と思う。 この天地が これからの生活を のせて ドンとひろがっているのだ もう納めねばならぬ。センチメンタルな スケッチ帖を雑嚢におさめ そうして やはり頑張るぞ とはり切った気持になる

向いの丘を背にしてレンガづくりの兵舎が土色に西陽をうけて並んでいる。四角な林立する。ペーチカの煙突が異様な感じを与える。

何と云う樹か葉の落ちてしまった裸の木がところどころにあり その外はすべて土も枯草も 丘も建物も みな同じ単調な色にくりひろげられている。

この貨車の背後 彼方にソ領の山があると云う。 だから太陽の沈むとこ

早下車出来ないと云う、降りるとソ領から
探知されるので 空車を曳いた何十台の
輜重車が来て貨車の傍の 干草《ヤンフウ》
を積んでは兵舎え帰り 干草が貨車
で来たごとく思わせて 日没と共に下車
點呼をとって 急び兵舎えと入る。
疲れと期待と不安と沢山の感情がゴッタ
になって借りて来た猫のように・・・

満洲第一三一三五部隊
部隊長 大佐 西崎逸夫
第一大隊長 少佐 前田直夫
本部中隊 少尉 増田、
中村金平

張鼓峰に近い国境の町 琿春は灰色に
横長くひろがり その中を琿春川が白くすぢ

を裏いたように流れてゐる　兵舎は石炭殻で
擁えた煉瓦をつみあげ　スレートの屋根がふかれ
それには黒と白で迷彩がほどこしてある。ペー
チカの四角な煙突が林立して　それは私にはなにか
エキゾチックな感じを抱かせる。
兵舎から街え通じる路の傍に高い給水塔
がありそれが兵舎にも水を供給していた　カル
キで消毒してある水はプンと臭いをもちその
水をのむことは厳禁された。
私らは一大隊本部附の輜重隊として　三中
隊と一つづきの兵舎に入り　私はこれから何年
つづくとも知れぬ軍隊生活をはじめることに
なった
班長　松本當二郎伍長　助手河合兵長
小隊上等兵などニ三人であとは全部初年兵
消燈が九時起床が七時なので内地のことを
考えると素晴らしく　ねむる時間が長い
のでそれだけは初年兵にうれしい

そして 外地の部隊は おそろしく 気が荒い
ときいていて カンネンして来たのだが 案外で
コ部隊の鞭とビンタの 連続と ちがって 放従
なところがあり 消燈になっても 古年兵の方は
なにか ガヤガヤやっており なにか気合のぬけ
た感じである。
とにかく優秀な兵隊にならねばならぬ これが
私の頭には一杯になっていた。 立派な兵隊とは
軍隊では よく働く兵隊のことである。 よく
働く兵隊とは コマねずみのように、うごき
班長に食事のお茶をくんでゆき 古年兵
の靴を手入れしてやり 下士官室の班長
の床をとってやり 上等兵のゲートルを
巻いてやり 靴下を洗ってやり つまりこ
れがよく出来た兵隊であり 立派な兵隊で
あり 服従精神を体現した兵隊なのである
つまり 天皇、上官に対する 奴隷根性、
このために死をもいとわないのが 神兵であり

忠勇なる理想的な皇軍兵士なのである。

便り。

25部隊に到着して初の日曜日故郷え便りを出すことが許可される。ペンをとり 先づ母と兄と弟たちに小さな文字でせまい面積にたんねんに書きこんでゆく。そうすれば頭はいつか家庭にある時の気持になる。ほのぼのとした肉親のあたゝかい記憶が頭の中にくりひろげられる。

憲兵と警察とすべてが戦争のために圧しつぶされている個人の自由ではあるが なんと云う家庭の生活と云うもの、自由で良いものであったろう。しかし今はそれとぷっつり断ち切られ私の躰は満州の一角に搬ばれて来ているのだ 何かはわからぬが巨大な不可抗力に兵隊の上に覆いかぶさり どうすることも出来ない力となっている。

恋人たちも便りを書く 抽象的な文句で、

それで少しでも愛情が通じてくれとこれも
一〇日前のまったく別な世界の記憶にひたり
ながら葉書を書く　こうして葉書は
下士官室でみなんよまれ班長が検閲し中
隊長が検閲し赤い検閲ずみの印がぴたり
と押捺されてふる里えとどくのである

朝鮮を北上する貨車輸送で私は風邪を
ひいたらしい　それでなくても脆弱な躯は
コマネズミのように気を使いながら働く内務
生活のために雑巾で床を廻りまわってい
るときに膝がガクンとくずれるほどに弱って
しまった　それに肺のレントゲンフイルムが私
には不安な記憶として残っており　それと斗う
ために私は歯を喰いしばって頑張ったがしか
し　とうとう営庭での訓練を休み　枯葉を
吹きあげる凍風を哨舎によけて頭をかかえ
こむ

練兵休 一晩中 二階装置になった ねどこ
で 転々とした 夜明け方より ガーンと左耳が
鳴って痛みだし こめかみのあたりが ずきん ずきん
と針を刺すようになった 中耳炎らしいと云う
ので入室することになり小原衛生兵のあとについて
医務室へゆく 優秀なる？兵隊となろうと思っ
た私ののぞみもこれでどうやら駄目になったらしい
初年兵の教育の一番大切なその期間を入室
これで点数もおちる。 母や兄は なんとおもっ
ているかなあ とはげしい痛みをこらえて 歩いて
ゆけば 石灰色の乾燥した土がぶよぶよと不安
定な感覚で足にふれる 戦友が毛布にくる
んだ支給ブトンなどを搬んでくれる 咳をして
はきすてた タンが 石灰色の土の上にまざまざ
と赤いのをみた あ、 血を吐いた。
私はもう一度タンをはいてみた。 前のよりも濃く
血の色がぱっと足もとに うめぼしを投げ
たようにおちた。 これはこまった。 歩いてゆく
足の方から だんだんと 桃色綿状にくずれ

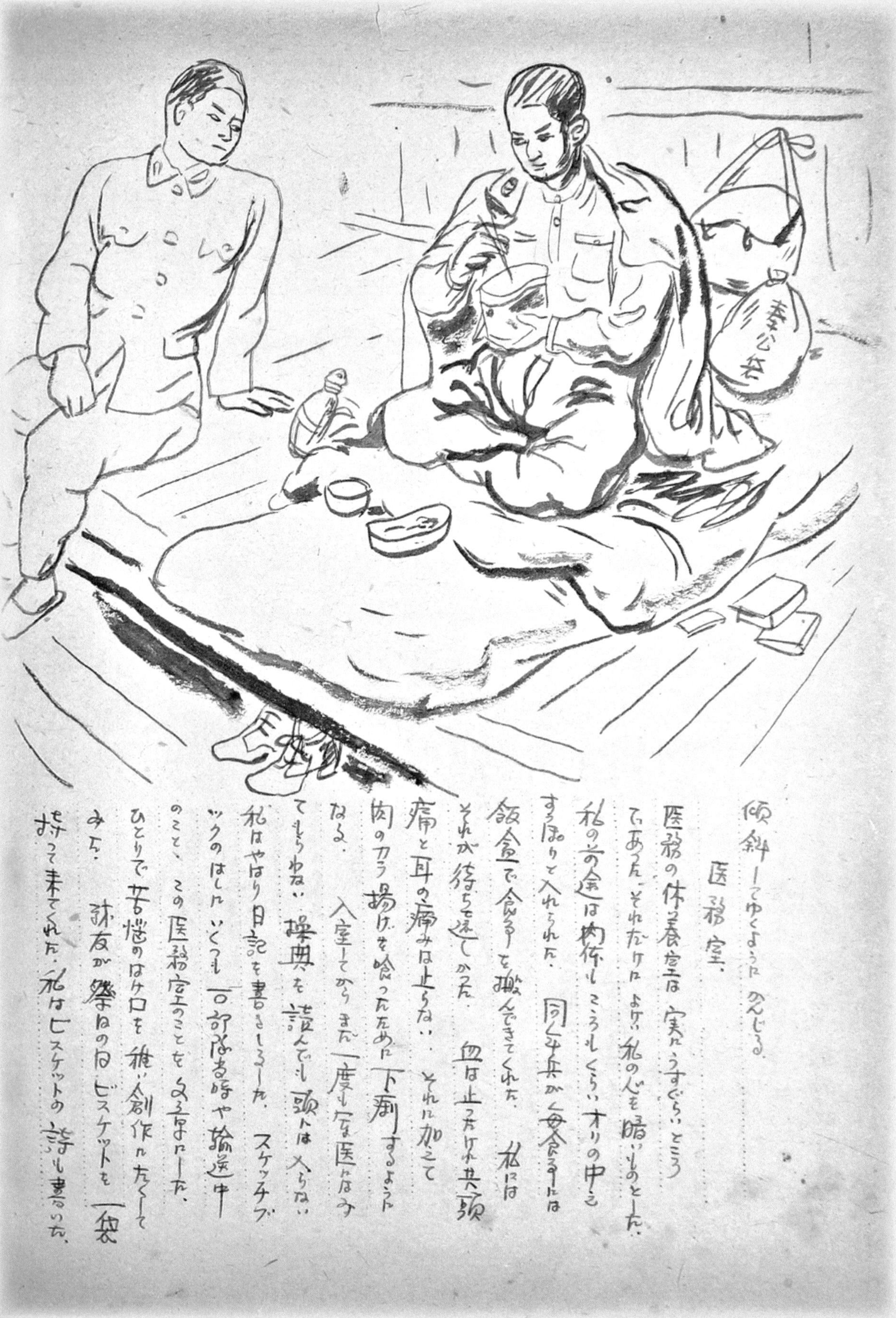

傾斜してゆくように感じる。

医務室。

医務の休養室は実にうすぐらいところであった。それだけによけい私の心を暗いものとした。私の前途は肉体もこころもくらいオリの中えすっぽりと入れられた。同年兵が毎食事には飯盒で食事を搬んできてくれた。私にはそれが待ち遠しかった。血は止ったけれ共頭痛と耳の痛みは止らない。それに加えて肉のカラ揚げを喰ったために下痢するようになる。入室してからまだ一度も軍医はみてもらわない。操典を読んでも頭には入らない。私はやはり日記を書きしるした。スケッチブックのはしにいくつも原部隊出時や輸送中のこと、この医務室のことを文章にした。ひとりで苦悩のはけ口を短い創作にたくしてみた。戦友が弊ねの白ビスケットを一袋持って来てくれた。私はビスケットの詩も書いた。

戦友はいろ〳〵と訓練をうけて居り食事を運んでくる度にそれをきいてさびしい気持になった。佐藤軍医にやっと診察をうけると中耳炎であることがわかり　これは治療器具がないので入院しなければならぬことになった。私は入院したくなかった　がそれは仕方のないことであった。

琿春病院

25部隊から二千米はなれたところに満洲第342部隊と称される琿春病院があって私はそれに入院した。外科一号病室と云うのは板の間に藁ブトンを敷いたおケの部屋だった。その部屋の板かべの仕切りをとりのぞくと二つの部屋が一になり講堂のような広間になるようになっていた。軍靴一足と風呂敷一つ　奉公袋一つ　これには洗面具と操典類が入っている。

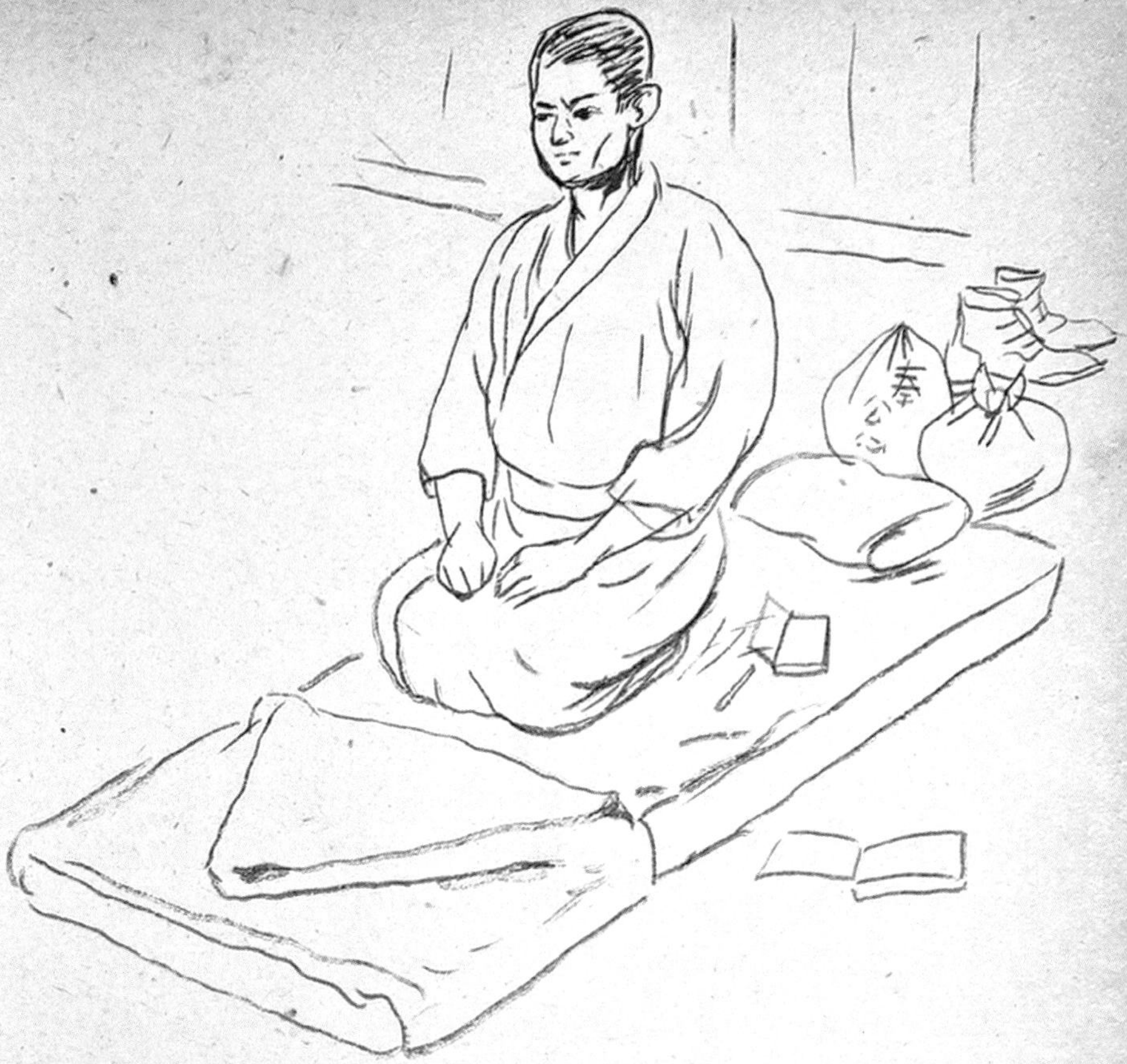

耳が痛く頭痛がして 體力が半分なくなっ
ているのに私はそこでいわゆる 初年兵としてのつとめ
をせねばならなかった。 食事搬びから毎
朝の床あげ 牢名主のような 曹長の腰の
アンマまで させられ 私は純真な人間が軍隊
の制度の中で だんだんにヒクツになって行く
過程を身をもって知った。
毎日の廊下の掃除もしなければならない。水の
入ったタル は 提手の針金が手に喰い込ん
だ こんなことは病気には決してよいことではない
が しかし私の耳は だんだんよくなってくる
ようだった。
私は高野と云う在満出身の同年兵と特に
親しくなった。それは彼も初年兵であり 同じ
立場にある者としての 不平不満が 親し
くさせたのだった。 どんな不平があったとしても
それを具体的な行為にあらわすことは出来

なかったし何んも増して天皇制軍隊機構は巨大な山嶽の様な圧力をもって私らの前にのしかかっていたのである。

病院から私は家に便りを出したが入院してることは少しも書かず元気でやっているから安心してくれと常に書いていた。

一週間もすると兄から便りが来た。それは中村金平少尉が持って来てくれたのだった。

私はそれを何度も何度もよみ返した。はじめての便りに私は涙が出てきて仕方がなかった。みなれている兄の文字、兄の文字の中に不器用な程豊かな愛情があふれあふれているようだった。

病院の窓からみるとはるか兵営で初年兵が白い手袋をふって行進しているのがよくみられた。私はおそらく下士候はまだまだ悲しいイライラとした気持のつづく毎日。

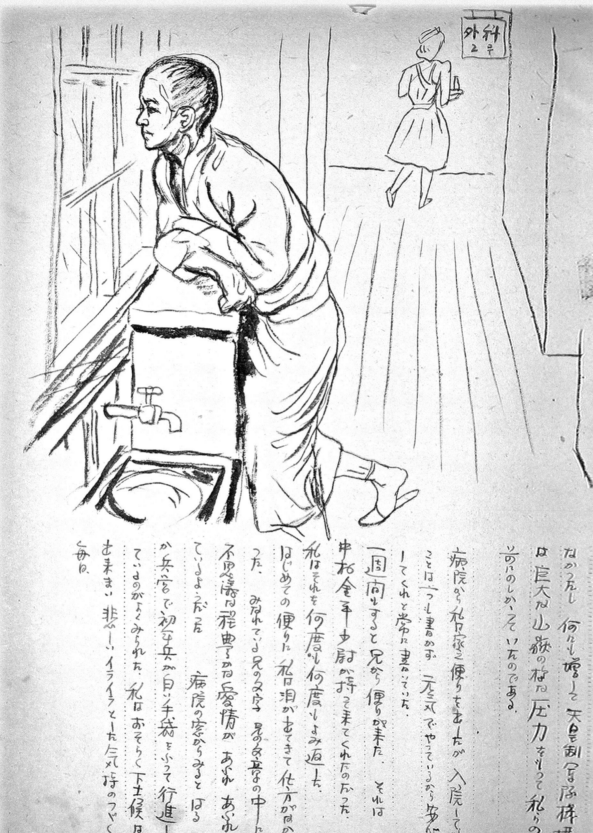

耳が駄目になったら　と不安だった中耳炎も、只今自信のもてる状態になってきた。
病院には慰兵文庫があり それによみふけった。
国木田独歩だとか　アナトール　フランスの岩波本、　妖聖ガントリー。
そのうち私は胸が悪くなったのではないかと心配されるようになって来た。
たとえようもない圏怠感 足も躰もだるくてしかたがなく便所へゆくための歩の行きさえぐったりと疲れた。私の黒いレザーの日記帳にはそれらのことがコマゴマとかきこめられた。

ある日　佐賀の芸者達で編成した慰問団が病院へ来た。病気でやせている身にな　よく肥えた女の躯になんか圧倒されるような感じをうけた。彼女等は鼻の頭に汗つぶを出して一所懸命に踊って帰って行った。

ある日 兵営のブラスバンドが来て吹奏してくれた. 力づよいラッパの音のやせた患者の胸には強すぎるしげきだった.

ある日 それは明治節の日 ひるめしは素晴らしく ごちそう があった.

しかし永い夜を床にねころんで おもいめぐらすことはアンタンたることばかりであった.
隣では四十近い二等兵たちがワイセツな話しをしては笑って毎日を なぐさめていた.

ある日、私はマスク をかけ 靴下を二枚はいて病院の裏の小高い丘え行ってみた. 遠くでは十字鍬をふって壕掘りをしてる満洲人と兵隊の姿がみえた. 丘から下をみおろすと 長春の町が一望され 灰色の口境の町は すっかり冬の凍りついた 姿で よこたわり 汽車の

ケむりが白くすぢを曳いており 更に良く光って
琿春川を流れていった。 この似ても似つかない
大陸の町が 私にはなんとなく 比治山からみ
おろした ひろしま の街に似ているとみえて
ひたぶるに なつかしさがこみあげて来た。

生活断片

病院の食事の分配をするところは 配膳室と
よび各室交代で掃除した。
そこで常に働いている兵隊は常に満腹しており
いわゆる特権階級であり 私たちは めしあげ
の時には常に気合（？）を入れられた。 それ
には頭を下げなければならない なぜなら配膳係
の者に気げんをそこねると 食事の配分を
へらされるからである。
その配膳室を一時間あまりもかかって掃除し
よごれた食器洗いを みんな希んでゆくのは
なぜかと云うと それが了ると残飯が口に

入るからである。まったく軍隊のしくみと云うものは　兵隊とくに初年兵は　餓鬼のごとくならなければならぬようになっているのである。

耳はよくなり内科の方へ私は移った。物品販売所の雑務の手助けにゆき　キャラメルなとか　ねずみの喰いあらしたカリントウをもらって　そろばんをはじいた。

レントゲンにもかかった。入院すると　みんな兵営に帰ることをいやがり　仮病をつかう者などいた。私にもそんな気持が出て来た。

露町から一緒に入営し他の連隊へ入った煙石は性病が出て来て　やはりこの病院へ入院して来た。

私は　ひろしまから一緒に来た仲間がどんどん一人前の兵隊になりつつあることを考えると矢もたてもなく帰りたくなり　兵営に帰してくれと軍医になん度もたのみ

遂に おがみ倒して 退院することになった、
しかし それから時躰の調子が 悪くなる
度に 胸に対する 不安が頭をもたげた、

初年兵

武田鹿之助上等兵が 寒むそうな顔
で病院にやって来た、
軍服と 我の見おぼえのある帯劍襦袢
など 持って来てくれたものを 体につけ
病院を出る
一ヶ月ばかり スチームのとおった病院
で生活をしてたるうちに 満州の野
や山はすっかり 凍って やみあがりの躰
に空気がチカチカ チカと痛かった、
二キロ足らずの 25部隊迄の 道が私の
足にはかなり負担だった
力のぬけた 四五日し めしを喰わない人

宙のような足どりで　歩きながら　私は
これから　同年兵の中に入って　みんなに
追ひつく　ことを考えていた。
操典の暗記だとか　勅諭を暗誦す
ることは　それでも　病院でやっていたので
みんなには　おくれていない　つもりだが
こまるのは　訓練である。　生れてまだ
一度も馬にさわったこともない　私が馬
を扱っていろいろなことを　やらねばなら
ぬことは　大変なことだった。
部隊え入ると　同年兵たちは　営庭の
掃除をしていた　楊柳の小枝の箒
で掃けば　白桜の　おち葉が　飛び上
っていた。
〝オウ　四国が　帰ったぞ〟!!…
二三人が　私にかけよって来た。

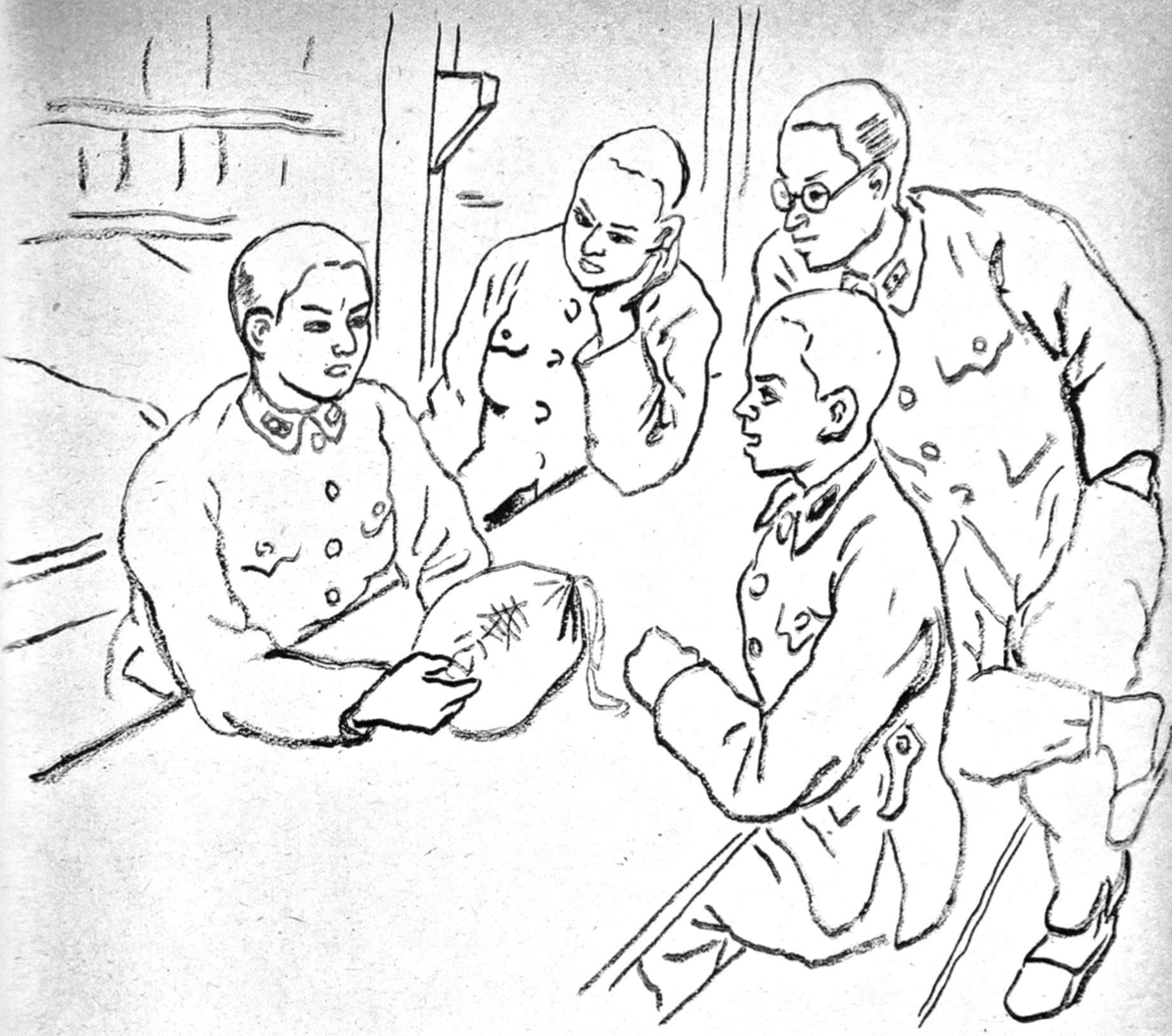

兵隊になると すぐ誰しが 除隊する日の
ことを考える
あゝ いつ帰れるかなあ"… と 二三人よ
ればすぐその話になった
初年兵の つらさは 言語に絶するワル
共 そうした毎日の 生活は よけい
シヤバのことを考えさせる
そうして その現実の なかで 少しでも
楽な生活 二年兵になったら とか
外出が出来るようになったら……とか
そう云ったことに 関心が大きくなり
又公用で 部隊の外え出て 満
洲人の 女の色のついた着物などみて
来ると もう大した目の保養も
した 気持 だった
そこえ私が 病院から帰って来たの
だから みんなは 私にいろいろなことを

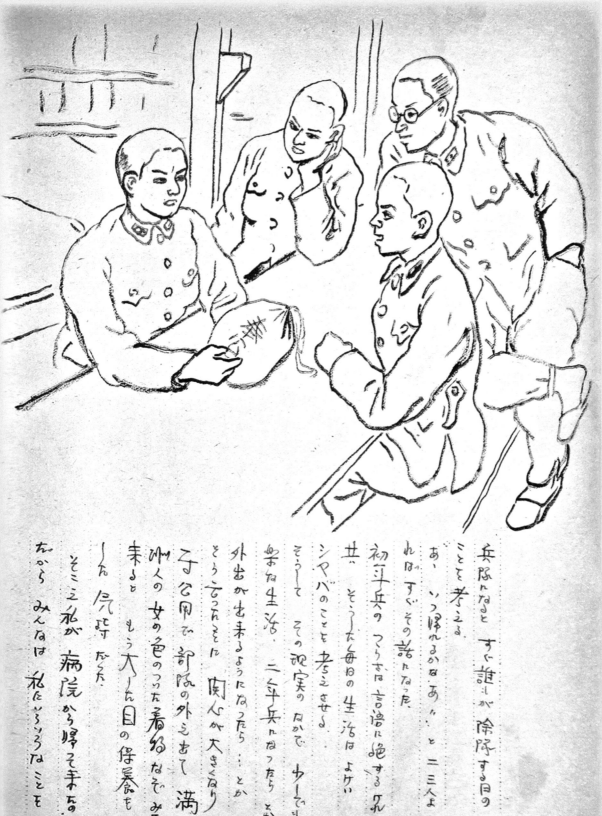

尋ねてくる。
"オイ 病院では何んなものを喰わせ
るいない" "エ、白米なんだろ"
とか "甘味品は何があがる"
(甘味品とは 当時もう酒保が食べ
るものを 全然売っていなかったので 毎
週三回くらい マントー だとか カリン糖
ビスケット、羊カン と云ったものが 分配さ
れる そのことを云うのである)
とか 看護婦は 何人くらいいる、ベッピ
ンさんがいたんじろう ウマく やりあ
ったなァ とか とにかく同じ運命に
追いこまれて 同じように 苦しみ合って
いる仲間同志のもつ 親密さが 私の
躰を とりかこんだ。
当時の起床から 消燈迄のスケッチを
しておく。

起床から消燈まで

部隊は丘を背にして　だゞっぴろい、車輌の
野に灰色にたちならんでおり営庭は
区切りもなく畑につゞきそのはるか彼方
にソヴエト領の雪を光らせている
高い山々がみられた。
七時　まだあけやらぬ　営庭のジャリ
を敷いた路に連隊本部からラッパを
持ち防寒外套を着た兵隊が
ラッパの吹口を凍らせないように懐に入れ
て持ってきて来る。
そうして立ならぶ兵舎から兵舎へ起
床ラッパが鳴りわたる。
〝起床〟　廊下に外套をつけ
て立っている不寝番がすかさず大声
でさけぶと共に電燈をパンと点ける。
〝起床〟　〝起床〟　と口々にさけぶ。

びながら、毛布を蹴るようにして みな起きる。"オイ 起きろ!!" 疲れて眠のさめない者は 隣りの者が 引きずりますように たゝき起す。服をつける。水下をはく 一瞬のうちに内務班は ガタガタと物のふれ合う音、人の声 上靴の音の渦の中に まき込まれる。"やかましいぞ 初年兵" となりの二班 古年次兵のだれかがさけぶ "四回 点呼に 整列しますッ!" 班の出口に 不動の姿勢をとり 片手に靴をぶらさげて となって 中廊下を そーして 食堂のにドカドカと かけ出す。おくれないように! 整列にはかならず 先頭の方に並ばねば おくれてよたよたと走ってくるとすかさず一喝され 点呼が了ると早駆

をやらされるのである。
一つ軍人は忠節をつくすを本分とすべし
一つ軍人は礼儀を正しくすべし
一つ軍人は武勇を尚ぶべし
一つ軍人は信義を重んずべし
一つ軍人は質素を旨とすべし
班長の人員報告　週番下士官や週番将校が赤いたすきをかけて見まわる　それで一條の注意があって点呼は了り　歩兵はすぐさま銃剣術をはじめるのだが　我々はそれから厩之かけあーしである。
ひろい営庭をかけぬけて厩之つくと解散してんでんに厩之入る。
厩之入るときは敬礼して厩当番殿ごくろうさまでーた!!"とどならなければならないのである。そうするよう

だーつけられたのである
厩舎には 三四十頭の馬が中央の
人の通るところを のこして大きな尻を
ならべている．
馬糞と寝藁のほこりの中をこま
ねずみのようにはしりまわって 寝藁のよご
れたのをかき出す． 馬糞をとって カマス
につめかつぎ出す 小便溝を綺麗
にする． 馬糞カキが手に入らないときは
馬糞も手ずかみでカマスにつめる 三十
分もたゝないうちに 厩はすっかり掃除せら
れ チリひとつおちていない 美しいものに
なる すると一部の者は 藁 干草を切
り塩と豆カスを入れて飼付をつくる
他のものはその間に馬を一頭づつひき出し
て馬つなぎにつなぎ 馬の手入れを
するのである

金ぐしと羽毛・鉄べらなどの入った袋を
持って来て 馬の毛なみを梳けずり
羽毛をかける。寒い國の馬は素
晴らしく毛深く その毛も長い
それが夜のうちに小便や馬糞の上
に倒れていた ために すっかり汚れ
それが寒さに凍って カチカチに かた
まっている
一番こまるのは蹄洗である。
厩当番のいる小屋でチョロ〳〵とお
る湯を小桶にもらって来て 足の
足を一本づつもち上げては 洗うのだが
そのつらさと云ったらなかった
先づ雑巾を湯に入れて その凍って
いるのをとかして やわらかにし それで蹄
を洗い 鉄べらで蹄鉄と蹄の間に
つまって凍っている馬糞をほじくり出し

すっかり綺麗にしてしまうのだが零下何十度と云う寒さはすぐ湯をつめたくしてしまう。蹄鉄はおそろしく凍っているので油断すると素手がピタリと蹄鉄に凍りついてとれなくなってしまう。それを湯であたためながら四本洗ってしまうのである。

それも一頭だけやるのではなく二頭三頭とやらなければ点数はあがらない。

馬を馬房に入れ馬がガツガツと飼付を食べるのをみとどけてから厩の周囲を掃除するのである。

"集合！、" と云うかけ声にみんなかけ集り　そうして又営庭をかけぬけて兵舎の前に帰る。

そのころやっと東の空が赤味を帯びて来て雪たに陽の光が反射しはじめる。

食事当番は 厩へ行かないで 食事の準備をしてるので みそ汁の香りがプーンと兵舎の中にみちている
そのかわりの運動で みんなの腹は、音を立てる程空いてしまってる
それから 洗面である
厩へゆくときにポケットに歯ブラシを入れておかないと 一日中 歯をみがくことは出来ない　すぐさま兵舎を屋外つづきの洗面所で氷をたゝき割りながらカルキ臭い水で顔を洗い 歯をみがく
靴下のよごれたものなどで このときの時間を利用して 洗濯をしておく
内務班へ入るときは 又
"四国、厩動作より帰りました"……
とどならなければならない
寝台にせばめられたところに 六尺机

が回っ込んでおり その上に 碗一杯の味噌
汁と 一杯のめし と云っても米ではなく高
粱《リャン》が 盛られている めじろおしに席
につき 獣のような あわただしさで 朝
めしが はじまる。
ゆっくり噛んで食うなぞ 本来は! ガツ
ガツとかき込み 半分ばかり食べると汁を
ぶっかけて 流しこむのである
その間に お茶をくみに行ったり 班長や
古年兵の食器をさげに行ったり とにかく
朝食が了る。
予め知らされてある 訓練の準備を
すぐはじめなければならない 帯剣をつけ
る。防寒帽、手袋、ゲートル
そうして 舎前に整列し いよいよ
輓馬や 跡斗 訓練が 十二時近
つゞけられる。

ひるめしも、朝めしと大体 おなじ 要領

午后の訓練迄の時間は 洗濯や縫物

訓練の準備 ですぐ終ってしまう。

そうして

午后の訓練、

瀬戸内海に面した あたゝかいところに育っ

た初年兵は寒さには弱い 鼻頭や手

に凍傷をおこす ものが 出てくる

訓練の中途に休んでは 股の間に両手を

入れてコスリ合せる。

すっかり躯が 冷え切って 空腹をかゝ

えて 軍歌を 予科練の 歌かなにか

を唄いながら 帰って来る。

そうして 夕めし。

別に 美味いものがあるわケではない

高粱《クヤン》の中に 大豆か 何 かの入ったもの

お菜と云えば きまったように ひじきに

さつま揚げのようなもの、入ったやつ　その
量も多いとは云えない
しかし朝から晩までのクタクタに疲れ空
きゆった腹にはたとえようもなく、うまい

入浴

入浴に行くために整列し　手ぬぐいをぶらさげな
がら　凍った風に吹かれながら浴場え行く前
も襦袢のボタンなど　こっそりはずして
おかなければならない
"第何中隊誰々入浴に参りました"
敬礼をして　これを風呂番にやらねばな
らない　脱衣も競争である　襦袢
袴下ふんどしを失わないように上衣にくるん
で棚え入れ二・三中隊ぐらいづつ風呂え入る
文字通り芋を洗うようなヨンザッで
湯ぶねの中え重なり合って入る　寸ぼんやりし
ていると最後まで　洗わないで帰ることになる

沓下のよごれも 洗濯しなければならぬ．
古年兵の 洗濯もしてやらねばならぬ．
古年兵の 背なかを すかさず ながして
もやらねばならぬ．
そうして 星かずの多い者の三助や洗濯
で初年兵の入浴はおる．
次いで内務班では点呼の順備
兵器の手入をしなければならない
銃の木ねじの小さいすき間まで
揚子のような木切れでほじくり
油切れで拭き 一寸のチリもほこり
もつかせて おってはいけない
それから靴の手入 古年兵の
靴の手入 襟布のつけかえ 古年
兵の襟布 のとりかえ．
靴下の新らしいのと はきかえる
そんなことが終らないうちに点呼となる

晩の点呼は内務班の中―で週
番将校が巡視しながら行われる。
人員の報告。注意 そんなことが
了ってから大変である。
靴の検査。爪 襟布などの
検査があり 少しでもよくないと コッピ
ドくやられる。
私的制裁の廃止と云うことが 云われだ
したのは 朝鮮人 等の入隊が始ってから
脱走兵が相ついで ようになったから なの
である。
しかし軍隊の永い間の習慣と云うもの
は こうした命令や注意で 直る
ことは出来ない だいたい階級性の
典型的な 社会なのであるから 支配
命令する者と服従するもの その間
係は鉄であり したがって そこには野バン

なピンタがたえず行われた
点呼が了り 消燈迄の一時間足らず
がはじめて自己の時間であって解放される
と云っても その時間は洗濯とか、手紙
を書く ほころびた靴下の修理、そう
そういったもので つぶされてしまう
消燈準備で再び内務班も掃き
靴をそろえる。
きうくつな藁ブトンを毛布で巻いた
ベッドえもぐりこむ。
静かになった内務班の二重窓のガラスごしに
かすかな消燈ラッパの音がきこえてくる
"不寝番の 消燈!!" という声
で 兵舎はしづかな 森となり ペーチカ
の中で石炭のはぜる音がきこえるほど
になり 不寝番の足音だけで廊下
にのこる。

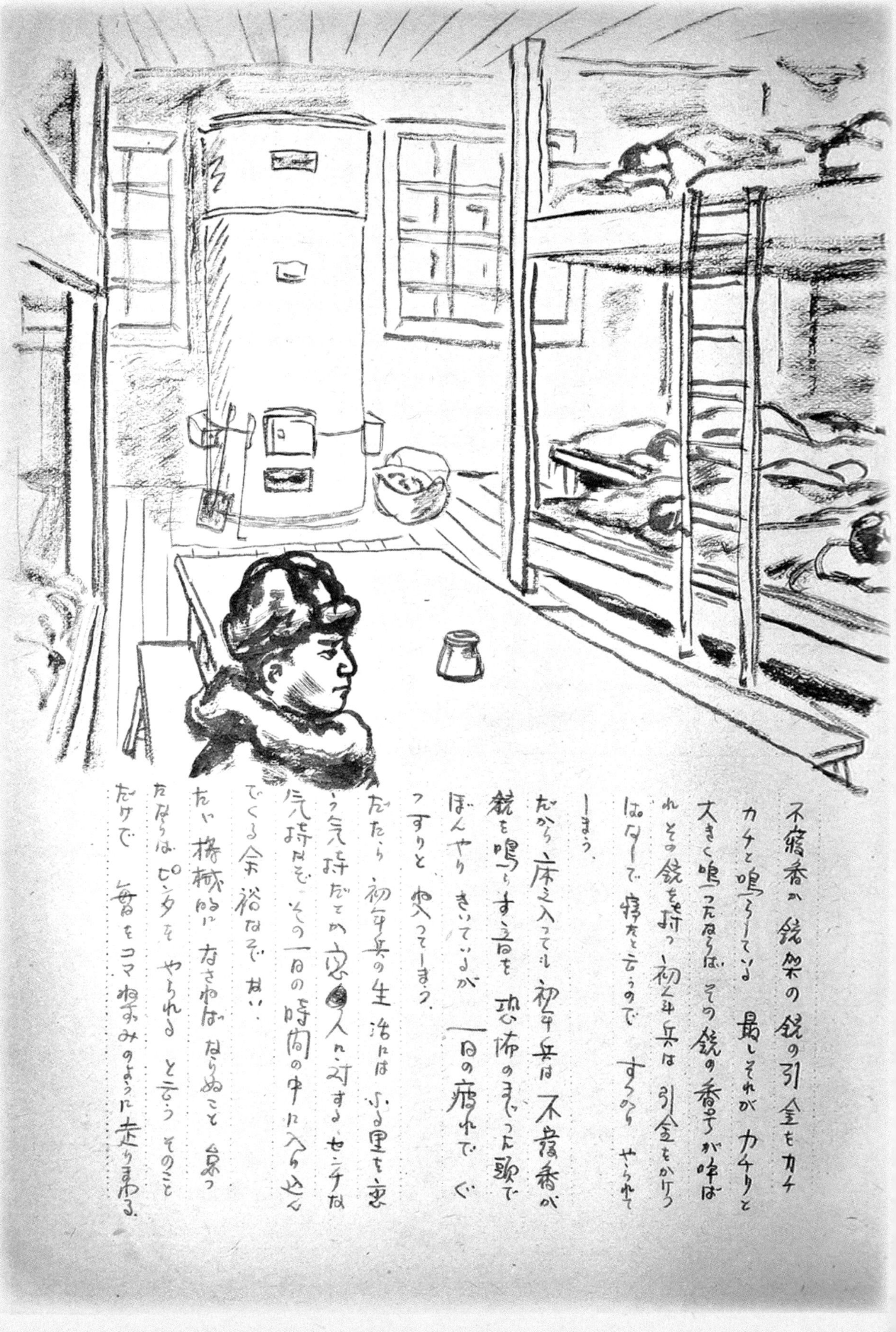
不寝番が　銃架の銃の引金をカチ
カチと鳴らしている　若しそれが　カチリと
大きく鳴ったならば　その銃の番号が呼ば
れその銃を持つ初年兵は　引金をかけっ
ぱなしで寝たと云うので　すっかり　やられて
しまう。
だから床に入っても初年兵は　不寝番が
銃を鳴らす音を　恐怖のこもった頭で
ぼんやり　きいているが　一日の疲れで　ぐ
っすりと　寝入ってしまう。
だったら　初年兵の生活には　ふる里を恋
う気持だとか　恋人に対する　センチな
気持なぞ　その一日の時間の中に入り込ん
でくる余裕なぞ　ない。
ただ機械的に　なさねば　ならぬこと　忘れ
たならば　ビンタを　やられる　と云う　そのこと
だけで　毎日をコマねずみのように走りまわる。

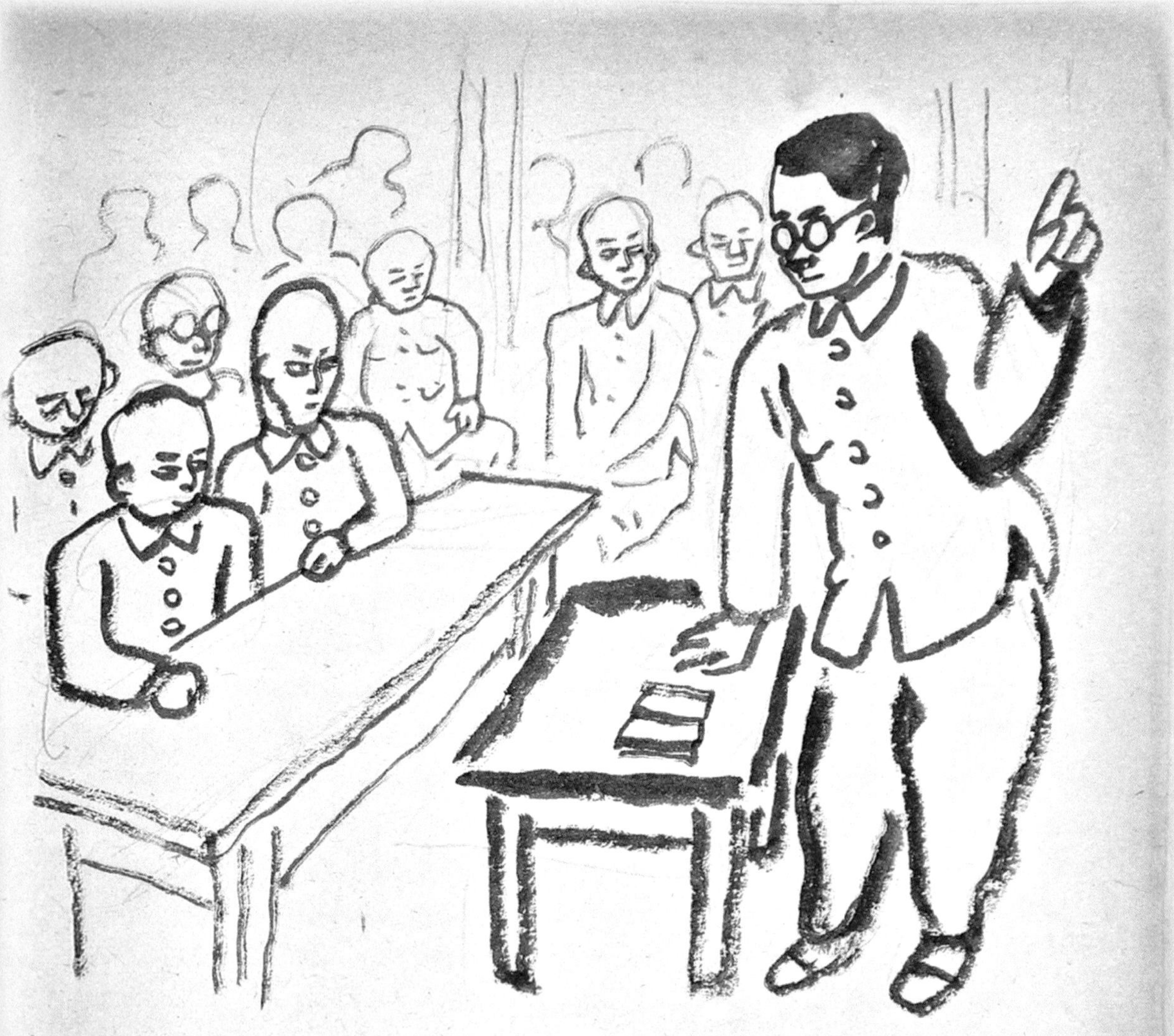

初年兵教育するための　教育から帰って
来た柳下善一と云う伍長でもと東京
で佃煮屋をやっていた男と　鶴田健三
郎・伊藤幸一，武田彦之助と云
う兵長上等兵が　初年兵係として
みんなを教育していた．
その四名共関東軍特別大演習
の名称でソヴェトにドイツが侵入した
ときソヴェトを極東にケンセイし
あわよくばシベリアに侵攻しようと100
万の軍隊を動員した時の兵隊でそ
れ以来引きつづき解除にならないで
いた者だった．
その時大量召集された者のことを　カン
トクエン　とよび　いわゆる関東軍の
神様としての存在であり　自身し

関東軍の神様を知らぬ之か！、と云っ
た調子で幹部候補生あがりの将校
などにけむたがられている人たちだった、
その中には いわゆる カントクエンの
ガンと云われる 飲む けんかをする と云
う兵隊ゴロと云った形の者もいたけれ
共 大部分が 相当年輩の召集
者であり妻も子もある と云った人が
多く 現役上りの古年兵とちがっ
たヒューマニティ？ ね ところもあった、
だから そんなにやたら、初年兵をつか
まえて ビンタをくれるとか 云うことは案
外すくなかった。
それで内地の いわゆる軍隊地獄を
見聞して来ているだけに 気合ぬけの
した感じ ほっとした感じがないでは
なかったが しかし 封建的な個人を無

視した階級性は当然存在しそれに
初年兵はくるしまねばならなかった

病み上りの私は一人前の その当時の私
としては優秀な兵隊となろうためには
人一倍な頑張りと苦労が必要だった、
と云うのは第一に肉体的に病院生
活後であり 脚に対するケネンもあるの
で みんなより劣っていること、
第二に入院中の一ヶ月間の教育を
急速に追いつかねばならぬこと…
退院したのだから しばらく内務班に残
って食器当番の手傳でもしていろ
と云われたけれ共 私は その翌日から
一緒に訓練に出て行った.
先づ スチームの通っている病室とちが
って 頬も平手うち するような風

の冷たさに肌をならすことが必要だった
それから馬を一人一頭のにいぢれるようにな
ること。
木銃をもって営庭で銃剣術の
基本動作だとか馬を装鞍して
輜重をつけ行進する演習と云ったこと
をやっていたが二三日後武装して
かけあしをすることになった。
営門を北側から出て刈りてったカブ
ののこっている高粱畑を走り凍っ
てしまっている小川を走り三里ばかり
走ったのだが二里ばかり走ると私は
凍りついた小川の氷で何度もすべり
弱ってしまってついてゆけなくなってしまった。
遂に落伍して鴻田兵長に銃を
かついでもらい兵営に歩いて帰って来
た。それで私はまず病弱兵である

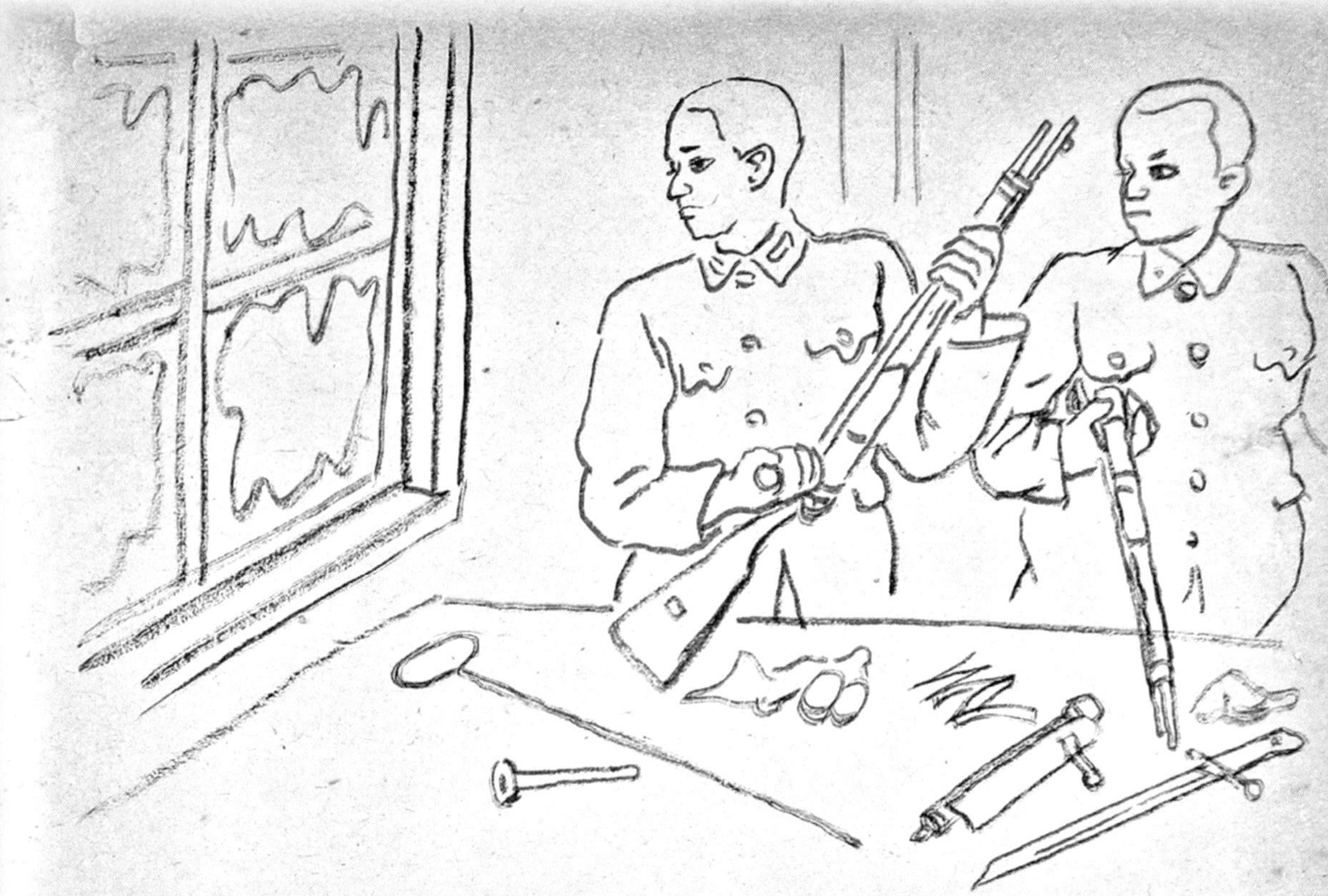

と云うことにされてしまった、

木の葉はすっかり散ってしまった、
雪が降って来てもそれは決してとけないで乾燥した風に吹きあげられ又降って来た

気温はどんどん降り十五度が二十度になり三十度近くなるようになった、
営舎の二重窓はすっかり凍りつきガラスとガラスの間に真っ白く花のように氷がはりめぐらした
天井にも白く氷がつきペーチカの温みではなかなかとけなくなった、
銃架の下に棚があって氣管をこわさないために サイダーの瓶に各人の名前をつけて嗽含水がおいてあり点呼のときには持って出て うがいをしていたのだが

その硯が起床してみると凍って破裂して
いることがあるようになった、
衛兵所の上の塔には 赤と青の旗が
風に引っちぎられそうに立っており それ
は毎日の体感温度を知らせていた、
耐寒温度と云うのは 気温と風速
によって割り出される人間の体が寒さを
感じる程度のことであって 零下十五度
でも風の強い日には 零下三十度四十度
のさむさを感じるのである、

輓馬、

"輜重兵の本領は戦役の全期
に亘り確実迅速に作戦の要求に
応ずる輸送及補給を実施
し以て軍の戦斗力を維持増

進し その戦捷を完からしむるにあり

輜重兵は 堅忍持久の気力を備へ 全軍の犠牲たるべき気魄を堅持し自ら般の妨害を破摧し有ゆる地形及気象を克服し 昼夜巨大の行軍力を発揮し その本領を完うせざるべからず

輜重兵は常に兵器を尊重し 馬及車輛を愛護し 輸送品を保全すべし

「輜重輸卒が兵隊ならば 電信柱に花が咲く」 の輜重兵としての訓練が毎日行われた、 生れて 何と云っても一度も馬の躰に觸れたことのない私ではあった

がとにかく一通りはみんなについて出来る
ようになった。

馬をつけよの号令に
轅木近くみちびいて
左右のはし革まづはづし
馬をしづかに後退し
左の轅木さしこんで
右もまわって同じこと……

と云った馬に輜重車をつける順序を
うたにしたものがあって　それを口のなかでとな
えながら馬を車につける　半数が馬
のくつわをとり　残ったものが補助兵
になり　乗馬した班長の命令でガラ
ガラと前進を開始する。
最初のうちは営庭をぐるぐるまわ
ったり　前後左右の行進をしたり
そんなことを練習したのだが　それでも

風が強くなって来ると 馬が 車を曳いたまゝ
たけり狂ったように走りだす、 すると それにお
どろいて他の馬が どっと走り出す、
馬の手綱な死んでもはなしてはならぬと
云うので はじめのうちは 馬について人間
もころげるように走りまわってゐるけれ共
遂にかなわなくなり コロンだまゝ引きづられ
はじめる、 そうすると 手綱は はづれて
車は砂ぼこりを吹きあげてゐる凍てた広い
営庭を けし飛ぶように。かける ……
といったことになるのも 度々であった、
そのうち なれて来て 半里ばかり はなれて
いる貨物廠え 馬糧や 兵隊の糧
秣を受領に行ったり 干草をとりに
遠く出かけたり するようになった。

凹地

営門を北から出ると 灰色の高粱畑が丘にそってつゞきしばらくゆくて 二三軒満洲人の家屋があり 家畜なども飼っていた。泥土をこねてつくりあげた、土窟のような家であり あかとしらみにまみれた貧しい生活をしている者のだけれども そこには子供もおれば 親も 夫婦もいる。

訓練の途中 そこを通りながら 誰しもが家庭と云うものがフッと恋しくなり その満洲人の家が非常にほのぼのとした温か味を帯びて眼にうつるのだった。

しばらくゆくと 丘の皺のような風当りの弱い凹地があり そこが私らの訓練に最も多く使用された。

そこで戦斗訓練だとか 散開しての突撃だとか 射撃の練習がくりかえ

されたん 風当りが弱いと云っても 二十分もつゞけておこなうと 大手袋の中の 指が千切れるように痛くなり
"小休止 指をこすれ――ッ!"
の号令も 班長が かけねば ならなかった
内地から 渡満した仲間は 第一、二 三大隊本部の三つに分れ 他の大隊の者もやはり 近所の丘の どこかで 訓練をくりかえしていた.
すき腹をかかえて帰営するときは きまって"予科練の歌"をうたいながら帰って行くのだった 伊藤上等兵は 私らも われらの予科練だと 口ぐせに 云っていた

服装のことを 簡単に 記録しておく
袴の上に袴下 と 襦袢をつけその上に誰もが 私物のセーター だとか チョッキーの

ようなものを着けていた
その上に防寒襦袢と袴下 その上に
冬衣袴、普通は防寒帽に
冬外套だったが 一寸寒いと思われる
ときは防寒外套 防寒覆面を
使い防寒脚袢もつけた
手足は毛糸の毛袋 靴下の上に軍手
軍足をつけ 手の方は 毛皮つきの防寒
大手袋 足は防寒靴をはいた。
しかしそれでも 銃を持つ手はしびれ
体全体が何かで 忍ぐられるような全身
的な痛いさむさを感じられる程だった。
事務の経験をもっているので私は中隊
の事務室によく事務手助に行っ
た 事務と云っても 軍隊の事務
だから内のびーたものだったが 私が

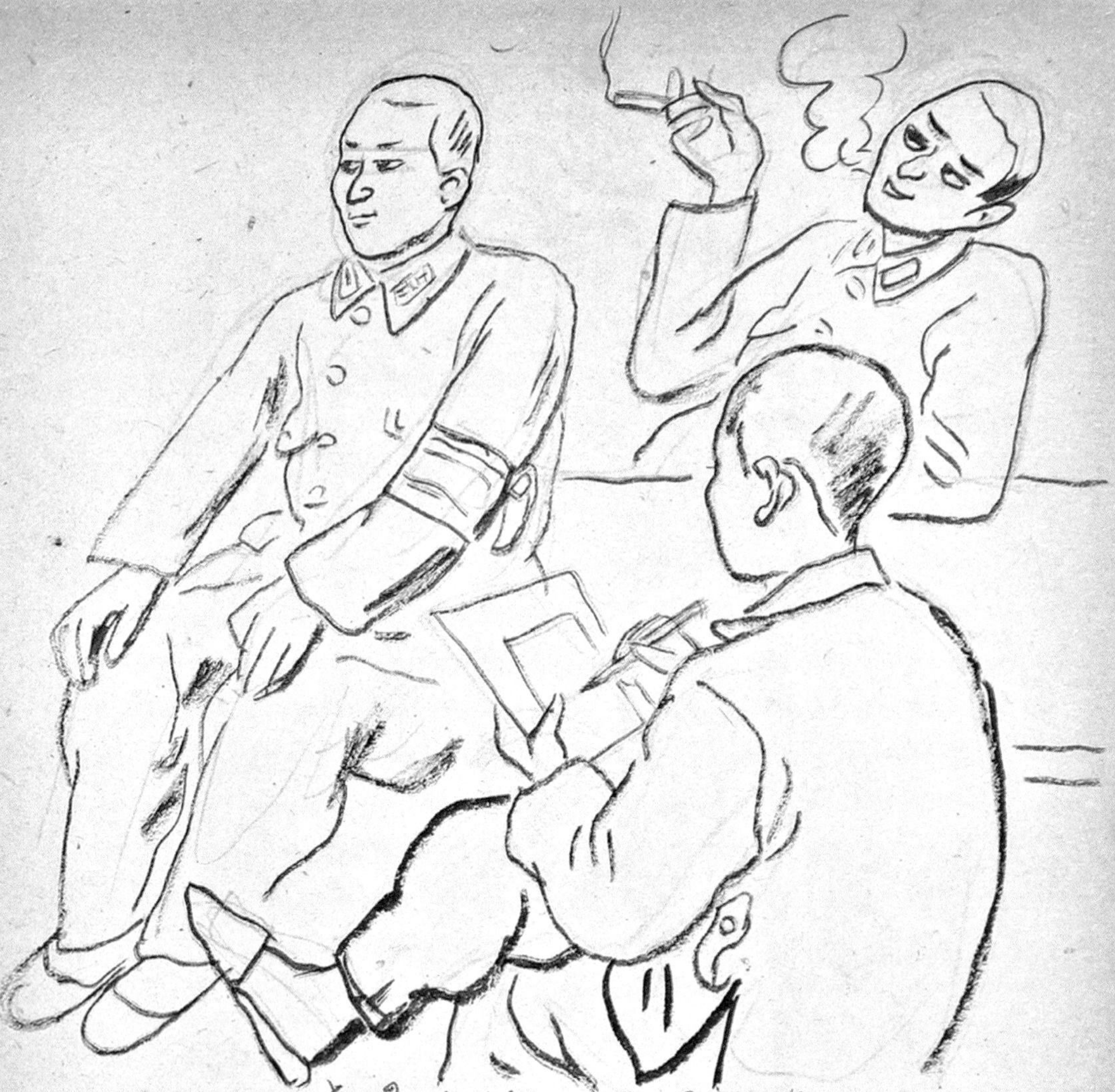

絵を描くと云うことが　わかって　われわれ
もと似顔を描ってくれと持って来るよう
になった

それで私の名前を中隊で知らないものはな
くなった

小板橋と云う軍曹　倉向とか田村・松
本などと云う伍長から　軍事郵便と
印刷された　はがきの裏に鉛筆で
似顔をかくと　それは写真にうつるとて
のむずかしい　ところなので　ふるさとの　妻の
ところへ送られるのだった

事務室には　阿部と云う　四十あまり
の上等兵の　召集兵がおり　やはり
事務手助をしていたが　非常におと
なしい　成績のよい　兵隊だったが
よく私に外出しては　まんぢうを買って
来てくれたり　してくれた

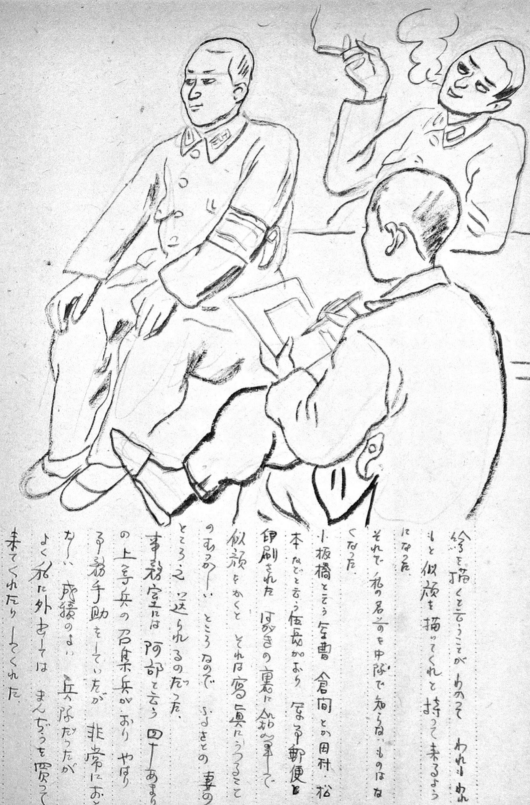

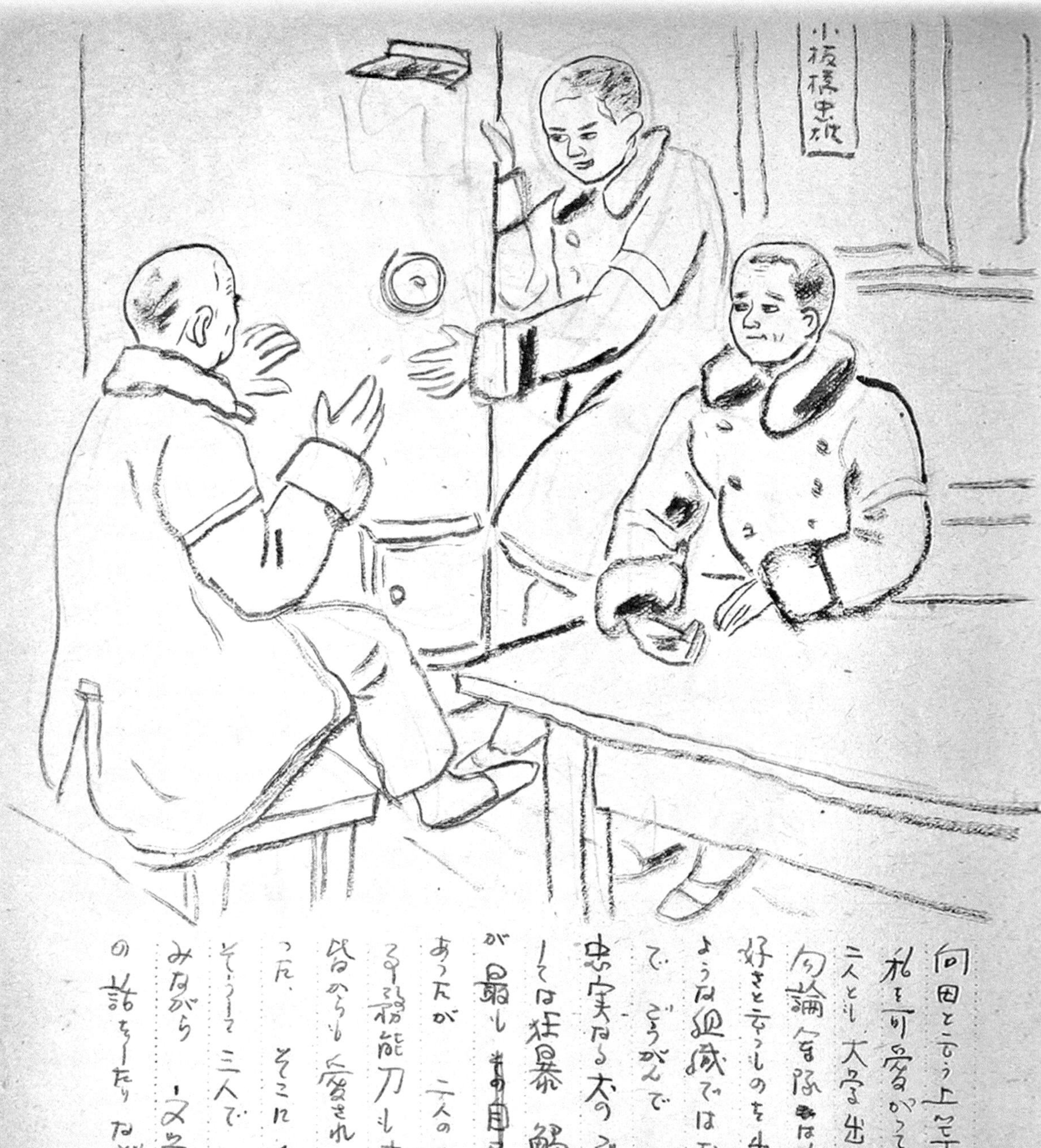

向田と云う上等兵しいたが　それもよく私を可愛がってくれた．二人とも　大学出のインテリ出身だが勿論軍隊はインテリゲンチャの持つ好さと云うものを生かすことの出来るような組織ではなく　いわゆるこうかつ、でごうかんで　階級の上下対しては忠実なる犬のごとく　星の下の者に対しては狂暴　触るべからず　と云う人間が最も　めぐまれる組織ではあったが　二人の人は　実にまじめであり事務能力も素晴らしい　と云うので皆からも愛され　重宝がられていたのだった．　そこに私が加わった．そうして三人で　時々ペーチカをかこみながら　文学の話をしたり　詩の話をしたり　などすることが出来るよう

1945年 2.
写真による.

になった.
旺溢した生命力を持つ男ばかり 若い男ばかりの集団生活であり 毎日は荒んだ訓練と行事、行動 人間性を無視した規律だったので女性に対する感情と云うものは 抽象化されて内地からの便りに空向に愛情を燃えたゝせ 或はブロマイドか ポケットに秘蔵している あやしい写真により 抽象的的な異性の持つ温みをもとめていた.
その様な生活だったから同性愛とてうより男色とでも云った方がぴったりした 感情がそこに生れた.
私がすべての人に可愛がられたと云うのは成績がよく 事務などし 非常に手ぎわよくやってのけ 似顔など描いてやると

云うだけでなく　私の容貌ぼうに何
か女性をおもわせるものがあったからで
ある。　それで…　これは実につまら
ないことがらになってくるが順序だからと
にかく　かきのこーしておく。　だいたい私
の顔は目も鼻も口も眉もすべてが大づ
くりに出来ており　自分では男性的であ
ると思っているのだが　おそらく当時は
病院生活のため色が白くなっており
躯をこわーしている者の特徴として眼の
下には青いくまが出来て何か病的な
弱々しさがあり　そこになにか女性的な
ものがあったのか…　どうか　知らないけれ
共　とにかく　そのような要素も加わって
私は古年兵・下士官の　だれもから　可愛
がられて　私の名をよばれては　他の班え引
っぱられ　マントー　だとか　ようかんそ

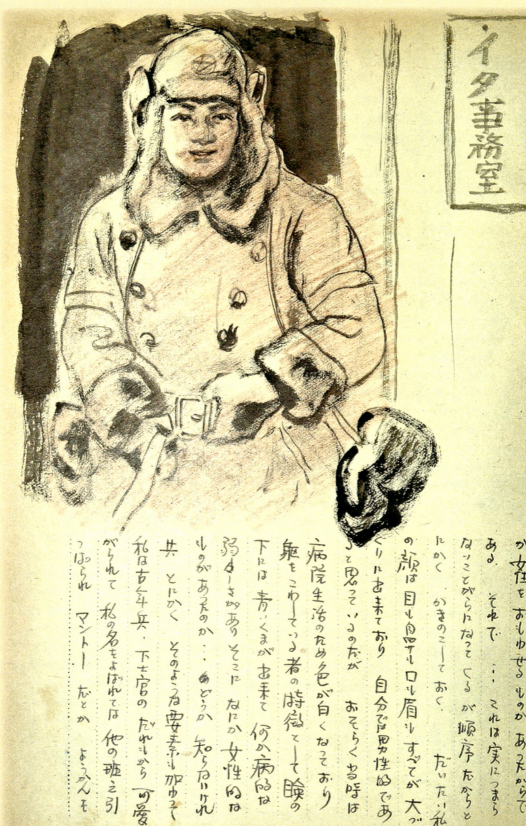

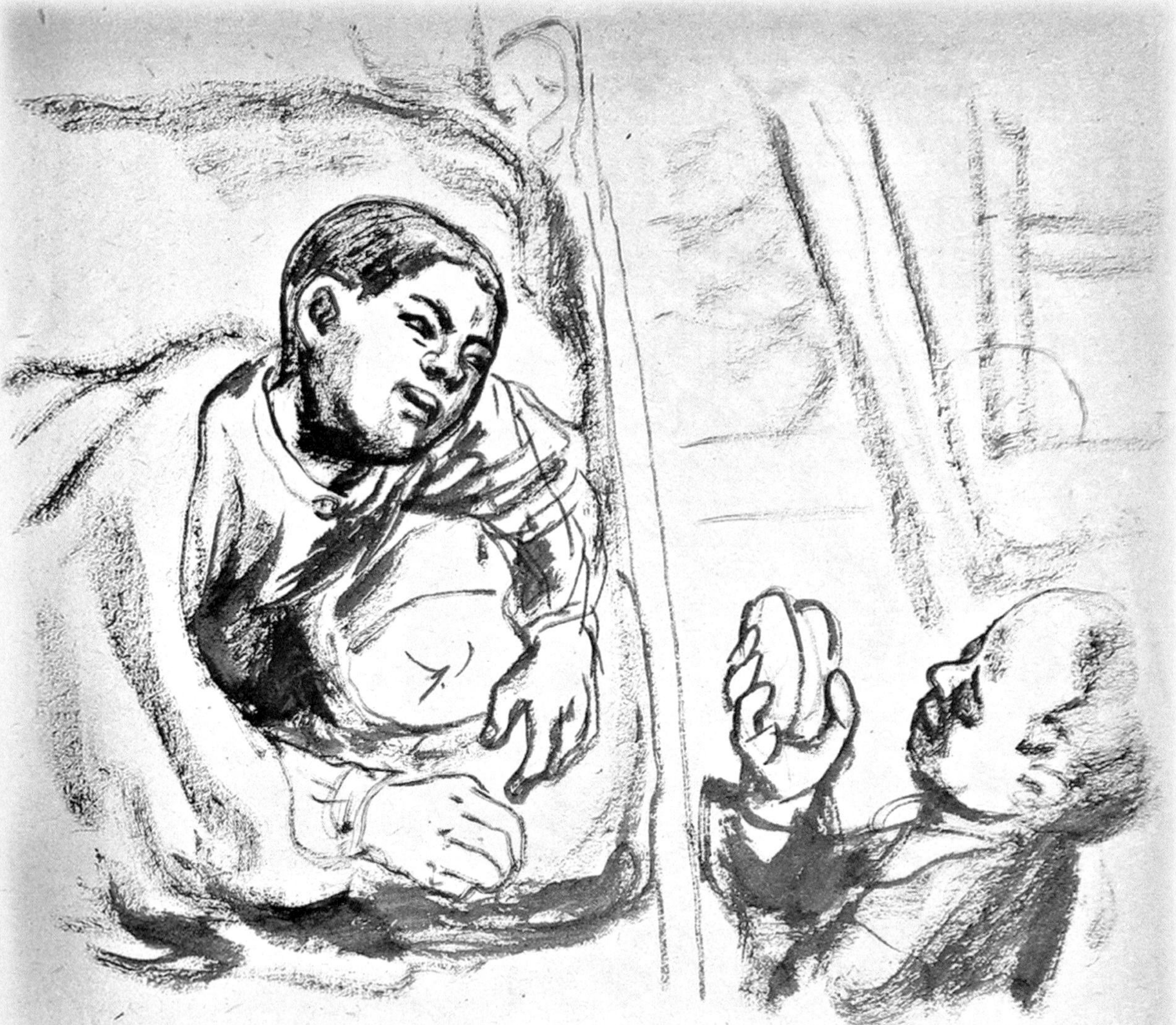

もらったり　貨物廠あたりからかつ
ぱらって来た芋が煮えたと云うようなと
きには　きまって私をよんでくれた、
特に私を可愛がってくれたのは　田村班長で
初年兵と下士官と云う関係からは離れて
よく私に写真帖をみせて奥さんを紹介
してくれたり　点呼後に私をこっそり
よんで炊事からしるこを持って来てた
べさしてくれたり　不寝番に立ってい
るとこっそりマントーを防寒外套
のポケットに入れてくれたり　訓練につ
かれて寝台に入りうとうととしているとき
枕もとにそっと来て毛布の中へあ
たたかいマントーを入れてくれたりした。

たより

軍隊の生活で　それも内地をはなれた

外地にあるとき　しかし初年兵である
者にとって　便りを受取る　と云うこと
は　なんとも云えぬ　うれしいことであった。
演習がおわり　夕めしをすませ　点呼
の嵐(?)が　おあると　兵隊は一日のう
ちの自己の時間を与えられる。
そのとき　下士官室から
"オーイ　これから呼びあげる者は便り
が来ているから　ハンコを持って　取りに来い!"
と云って　それから次々と　名前がよびあ
げられる。　兵隊たちは　宝くじの番号
をきくより　もっと期待と　かすかな不安
とをもって　目を光らせて　躯をのりだす。
名前が次々と　よびあげられるたびに
"ハーイッ"と云う　麻成のよい返事や
"来たッ!!"とか　"しめたッ!!"と云う
声があがり　その兵隊は　皆の躯をつき

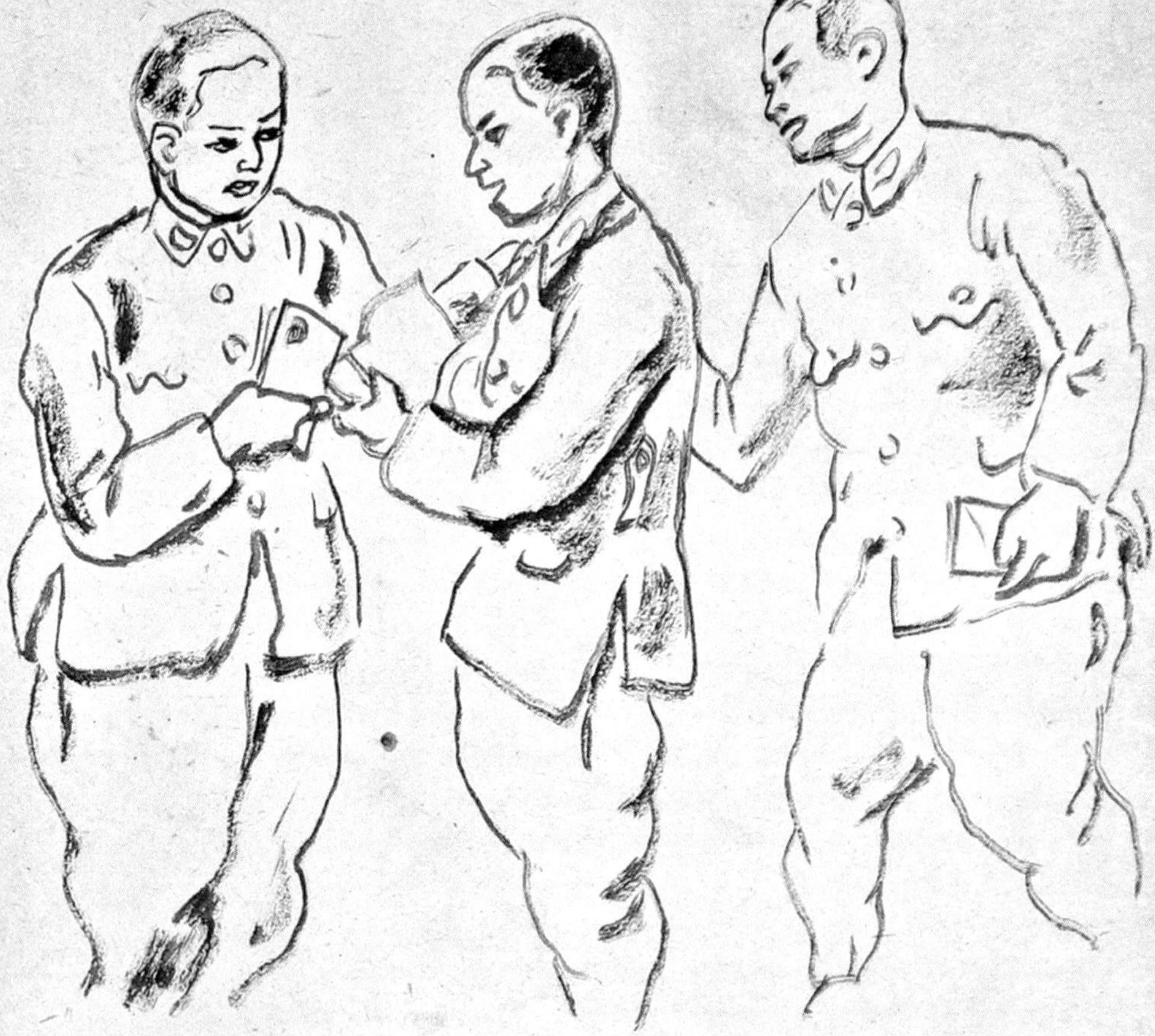

とばすようにすりぬけて ハンコを持って下士官室
に走る、他の者は その者を せんぼうの眼を
もって見送る
〃今日も便りは これで終る みんな安心
して ねろ!!〃 と云う言葉をきくと
もうなによりも大切なものが 手から とび去った
ように 失望し あきらめて ベッドへ入るか
それとも 便りをもって 踊るように 手紙を
ふりかざして 帰って来た戦友のところへ行
き その 家族からの一文字が 発散する
内地の 家庭の 香りを すこしでも かぎた
いとでも云うように 文面へ眼を[illegible]のぞかせ
るのだった。
便りを にぎりしめて帰って来て 大急ぎで
一通りよみ 又 ベットの中に入って 消燈迄
の時間を ひとりで 反芻するように 一句
一句 味いながら 読むときの うれしい気持と

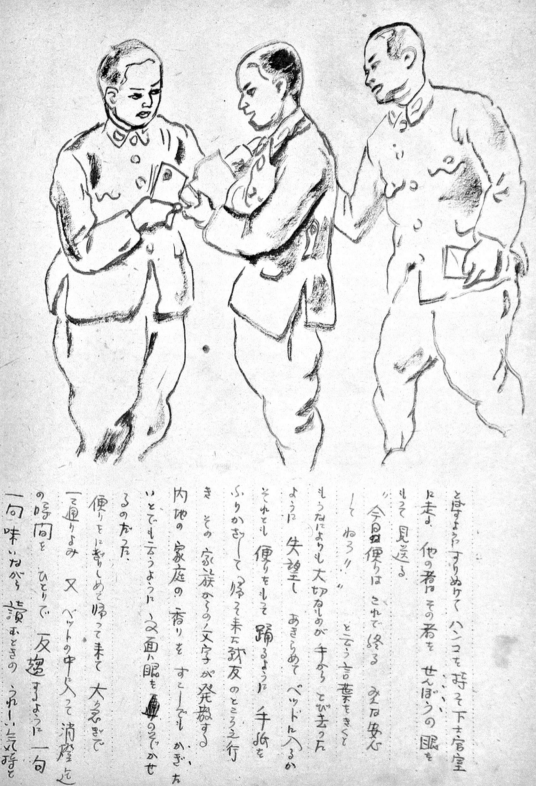

云ったら なかった。
小包みが私に来たことがあった。
貧しい食糧の中から 母が拵えてくれた
いりまめ、あられ、味つきこんぶ シャツ
あ、なんと云う なつかしさ、うれーさ
ある時 四〇奥山から便りが来た、
やさしい言葉 こまごまと しるされた 職場の
情況、そーして はなれ去ってしまったことが
させる より近づいた言葉。
可愛い紙の人形が入っている その丸く太っ
た紙人形が あたしによく似ているから と便り
には書かれてある。
紙人形よ
忘れがての記憶はよみがえり
私の手の中に
可憐な笑顔して
私に語る。

海を遠くへだて、
いやつのるひとこいしさに
胸ふたぐそのときよ
紙人形とわれは語りき。
（シベリヤより持帰りたるノオトのメモより）

銃剣術。

人間と人間が突きあう 殺リクの練習
私は本能的な嫌悪から銃剣術がきらい
で下手なまま入隊したのだが 東満の
凍てついた 荒れた土地で 荒々しい毎日
内務班のせまい床の上で 野牛のように
突き合う 練習の 中で やがて私にも
動物的な斗争意識と云うか 狂暴さが
めざめて きて 銃剣術も うまくなった。
狂ったように 突き合うときは 皮膚が破れ
て血がながれても 痛みは感じなかった。

誰かがみてる とか スタイル とか そんなことはもう念頭から去って 相手になっている者は それは戦友でも だれでもない ただ一人の敵であり 怪異な防具を身につけた甲羅をもつ猛獣である。
"ダッ!!…"と私はとびかゝる 私の躯には何回か木銃の尖が突きあたり 横なぐりにあたる
"クそッ!!…" 私は躯の全力をふりしぼって樫の木銃が折れるまで相手の索胸に…… やがて私を連続して突いてゆく
と相手の躯は引きはなされ どちらかの勝を知らされる 勝敗よりも私の躰は音をたて、血がながれ 負傷をしたところは沁みる與に熱をおび 疲労・汗 すべてが 一種の心よさを 私に与える、
そのようになって 私は人を刺す練習が上手になった。

九九式短小銃は三八式歩兵銃より
銃身が短く銃口は大きい、
凍った空気の彼方の標的をねらい呼吸
を止め"ばッ"と発砲する
シューンと凍った空気に透明な線を
曳き"ばしっ!!"と命中した手ごたえ
が頭に来る。
太平洋戦争の戦局は悪化し、
満洲の土地も戦場となることがはっきりと
日程にのぼされて来たころ 実戦に対す
る訓練は毎日つづいた。

凍傷訓練、
零下二〇度あまりのある日 各人がどれ
だけ凍傷に対する抵抗力があるか検
査される。兵舎の裏に出て時計
をみながら 全員一せいに 手袋をはづ

し片手を頭上に上げる。
最初寒いと感じる
次いで痛み 痛み 痛烈な痛み
それは全身的な痛みとなる
一分 …… 二分
ぶるぶる ふるえる片手を歯を喰いしば
って見つめながら上にあげている。
軍医があわたゞしく それをみてまわる。
やがて小指が先の方から白く ろうそくの
ように凍って来る。
"よしッ 二分六秒" 私は その
凍った指を折らないように たぎって吹きさら
しの廊下に入り 股の間に入れて 一所懸命
にこする 五分 十分、痛みは更
にはげしく 火傷のような痛みとなる。
十五分 私らは風のない や、あたゝかい
部屋に入って更に指をこする。 やがて
関節がうごくようになる。 次に あたゝ

かい内務班に入って やわらかい布でこする
三十分 それで指はとにかく 普通にうごくように
なる。痛みは止まない その痛みは 二週間
あまり火傷のような痛みを小指に残した、

本部中隊の初年兵対抗で 棒たおし
をする。防寒帽に防寒手袋を はめて
いるので なぐっても蹴っても そんなに痛くない
だから凍った雪の上で なぐり倒し 蹴たお
し乱暴極まる棒たおしを展開する。

将校室当番の経験、
屈従 屈じょく、ひくつ
階級の軍隊システムよ のろわれてあれ、
下士官室当番、
更に屈従、奴隷、

耐寒訓練とそのころ

東満は極寒期に入った。
シベリアから吹きつける風は乾そうした雪を
空に吹きあげ　空は凍りついて　凝固した
ように美しい　エメラルド色
兵隊もその寒さに　耐えさせるために
耐寒訓練が裏の丘近い　吹きさらし
の原っぱで行われた。
携帯天幕をつなぎ合せて　天幕を
ずらりと張り　部隊はそちらにうつった。
私や数名の患者は内務班に居残
った。　そのため私は毎日のように　古年
兵のための　めしあげる番。
兵長になった　阿部上等兵が
"めし上げ　集合!!"　とその温和
な顔でどなってあると　私らはとんで
に　バック　をかつぐための丸棒や

漬物入れのブリキ缶をさげて集合し炊事場へゆく、炊事場は各中隊の名前をかいた棚があり そこにめしを入れたバックがのせられるのを待つのである。

炊事兵は真っ黒な服を着長靴をはきよごれた顔の炊事勤務(特殊着)がシャベルを持って気合をかけている、漬物をもらい中へ入ると必ず水くみをさせられ 樽はこびから糧秣の運搬をさせられる、しかしそれをこばむことは出来ない、なぜならそれをこばんだならメシの分配で手ひどくやっつけられるからである。

やがて持って帰て分配、会食が終て食器洗い その他の炊事への返納が大変である。

一寸でもバックや樽がよごれていると

凍ってすぐ真っ白になってしまう、樽にめしつぶ一つでもついていると炊事勤務者に一喝され洗なおしもさせられる或はバツクを頭からかぶせられずぶぬれになるか　その上を円匙でなぐられる。

内務班え帰れば掃除。

"足をあげていただきます"と云う言葉が軍隊にある。それは初年兵がかえるのように四つばいになって床を拭くとき古年兵が寝台に腰かけているためじゃまになる足を、"足をあげていただきます"と云って床を拭くところからそんな言葉があるのである。その様にして掃除をすます。入営の少くなった内務班では不寝番の回数が多くなり寒さが増して来て、床も天井もすっかり凍ってしまった。

そのうち私も班長になったので 耐寒訓練の
テント之行きそれに参加する。
吹きさらしの原にねる毎日。ある日は
射斗と輓馬の訓練、夜は夜間
訓練 そのうち 私は木炭ガスにやられて
すっかり参ってしまう。

耐寒訓練中 兵舎に残ってゐて
いた山根雪雄は 遂に病死する。
いそいで病院につれて行ったのだがついに駄目。
ひろしまから渡って来た仲間のうちの最初
の死亡者。 私は柳下班長などと
一緒にトラックで火葬場之死体を
はこぶ 新春の街はづれ 枯れ草の
鳴る丘のはてにぽつんと一つある 火葬
場で 彼は煙となる。

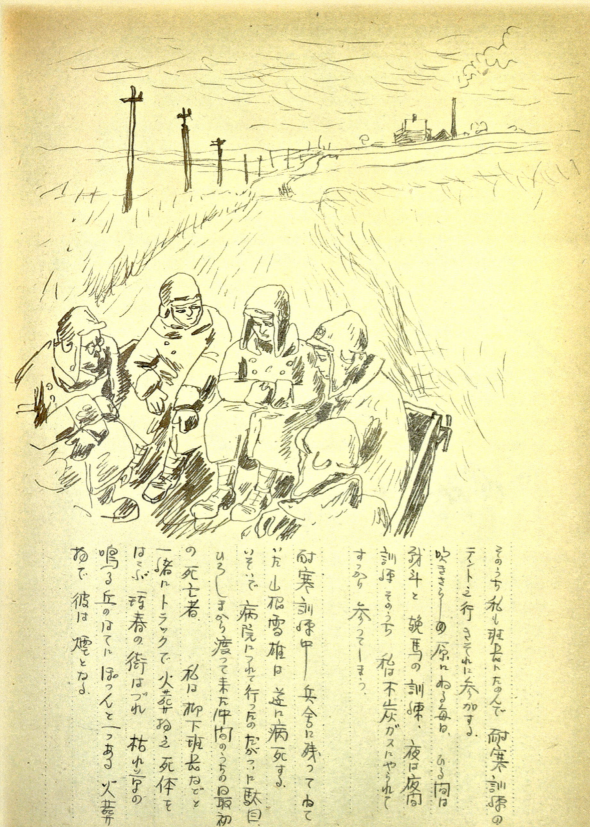

正月

家とはなれ　家族とはなれて　私ははじめ
ての正月を迎える。
朝五時ごろ　非常呼集のラッパで　武装
して舎前に集合し　琿春神社に参
拝にゆく。　日本人は　植民地には　占
領したところには　必ず神社をたてた。
この国境の町琿春にも　神社が町はずれ
にあった。　まっくらな街を行進して
神社に参拝する。　戦争に勝つように
生きてかえれますように……　或は突然
夢でもあって　すぐ除隊命令のよう
なものが出るようなことが　どうぞありま
すように……　いろいろなことを神様
なるものに　おねがいして　帰り営庭で
銃剣をぬきつらね　つらゝのようにそゝり
だつ光りを朝陽に光らせて新年の

式があり そこでも 我々はやがて死ななければならぬ 云々 とおしえられる、兵舎に凍った躯を入れれば プーンと餅をやく香りが鼻をつく。 おゝ餅、子供のころの正月の記憶 松かざり ふりそで 防空壕にちゞこまるもんぺ いろんな感情をゴッタにして 鼻水をすゝりながら 正月のぞう煮のテーブルに並ぶ餅は五切。
そうして何日ぶりに食べる白米のめし。
そうしてその日 私にはセーターや辞典など かねて たのんでおった品々を一杯つめて小包がとゞいたのだ
戦局はやがて決定的な段階に入り 本土に対するB29の爆撃が 激しくなりつゝあった。

慰問袋
慰問袋
みじかい私の軍隊生活を通じて
私は一回 慰問袋なるものを受取っ
た ふりかけ粉だとか 小学生の
慰問文、映画スターの ブロマイド
小さな人形に 小かゞみ、 およそつま
らないものばかりだが 兵隊にとって
こんなにうれしいものがあろうか。
よいものは将校にまわされ めぼしい
ものは下士官の手箱に入れられ
更にうまい食物は古年兵にぬき
とられ つまらないものばかりの慰
問袋だと云っても こんなに兵隊
にとってうれしいことがあろうか。
よく工場に働く徴用工員等はその
カンゴク的生活を強制するために
慰問袋を思え!! と云った、 兵隊の

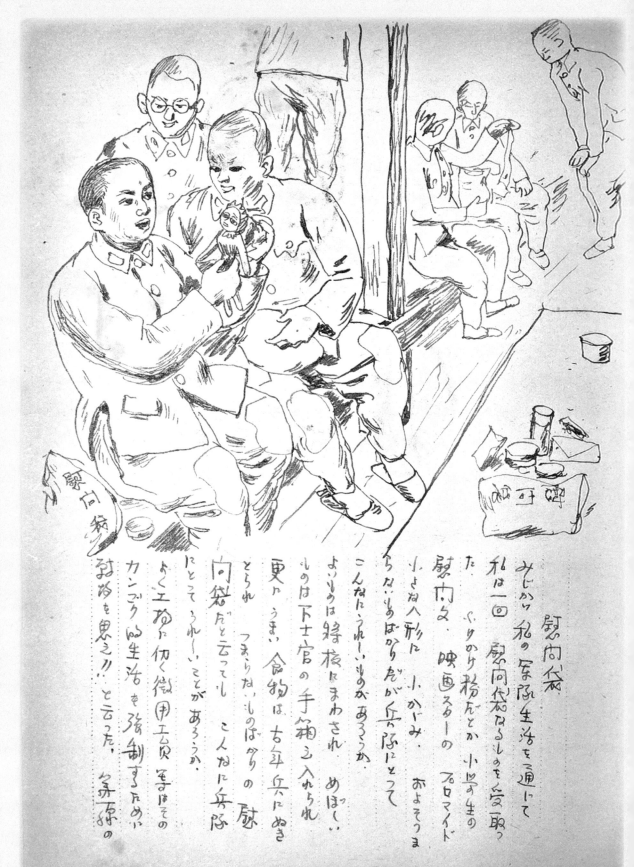

兵隊のために！この声には 可愛い息子や夫のために 誰もとぼしい食糧を割いて慰問袋を拵えることも こばむものがあろう。そうしてこれを受取ってよろこばぬ兵隊があろう。こうして 人間の感情はうまく利用され 利用され ヒューマニズムは利用され 戦争の罪悪を覆って人間性の逆用から 戦争へ協力せしめる。

このからくり。

第一期検閲

満州の部隊は入隊して 六ヶ月目くらいに第一期の検閲が行われる。

これが近づくと兵隊の演習は激しさを加える

輓馬・輸送・対空戦斗・

刺突、突撃、手榴弾、
戦車に対する肉薄攻撃、夜間戦斗
一通りのことがすべて ひるも夜も連習
されよ
兵隊達はつかれた躯をひきづって帰って来ては 作戦要務令、馬事提要、歩兵操典の小さい活字に血ばしらした目を走らす、
演習　演習　演習、
零下30°
北から ソヴエト領クラスキノ近い峯に凍った風が吹きあれ
体感温度を示す旗が千切れて悲鳴をあげる、
二月を了っても満洲の兵隊は 春のけはいさえ見せない。

そのころ 宮田伍長をはじめ 若い
見習士官 広島から一緒に来た仲間
が半数近く転属して行った、
田村班長も 私に手袋や キャラメル
いろんなものをくれて 出て行った
国境に接した小さな陸地のある兵
舎へ、

第一期検閲がはじまった
東満を占領している 第五軍の
師団長とかが やって来た
三月とは云え まだ 灰色の丘から
音風が荒れて 枯芝の色からも
春の色は見せない、
支給されている被服 装具 兵器
すべてを身につけ すっかり 偽装した
馬と 輜重車をつらねて 今近の

訓練の〔くるしみの〕頂点を 兵隊たちは演じる
将校は ぶざまなことをやって師団長のめだまをもらってはならぬと ヒステリカルに馬を駆る.
丘から丘へ うねって つきることをしらぬ 灰色の土と枯草の上で 歯をくいしばって駆ける. 25部隊の初年兵達も 丘の麓の一つ一つに 兵隊の頭が はきよせられ また吹きあげられては 砂ぼこりの中に 喚声をあげる
匍伏 血だらけにした手で 廻進んで 獣のようなうめきをあげて走り 藁人形に銃剣をふかく刺し込む 兵隊の汗. 将校の甲高いさけび 殺人の狂的な予行が 最も原始的な方法でくりひろげられる.
夜もまた…

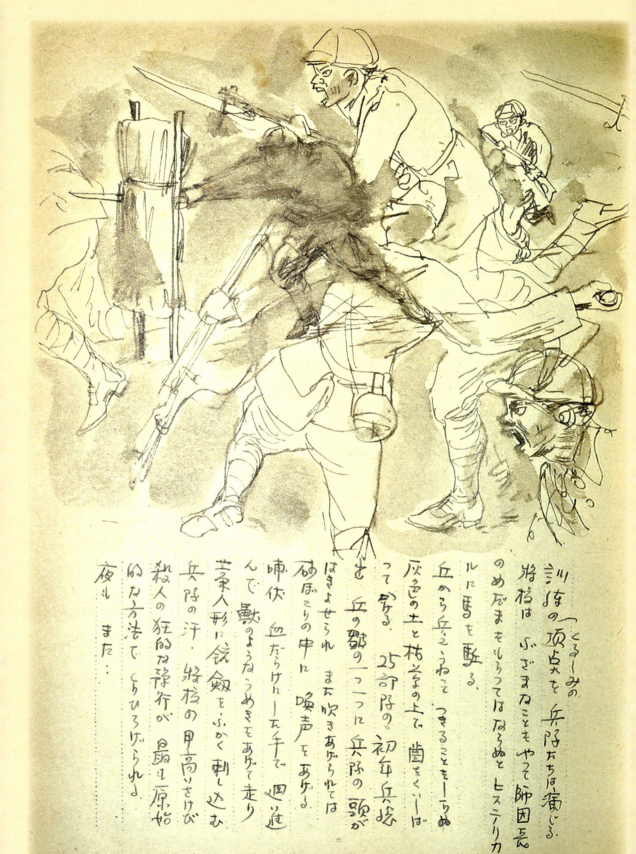

営庭には戦車の木造の模型が
二つなげ出されている それは今は数
百人の人間がむらがっている。
やまあらしのように武装し網をかぶつ
た兵隊が犬のようにかけよっては それに飛
びより 銃剣でそれを突き刺す
しぐさをくりかえる。
それとびかゝる 手榴弾をなげる、
剣も 剣も あゝ 剣は偽装網
に引っかゝって ぬけない
そこで 手榴弾と一緒に戦車にだきつい
て自爆するしぐさをせねばならない
これは子供の兵隊ゴッコではない
この営庭にはらばう兵隊の何名かが
或はその全員が この今演じている兵隊
ゴッコで この地上から やがて姿を消す
運命をもっているのだ

宮忠.

これは 馬の名前だ
想い出したから 書いておく
私は古年兵から かわいがられていたので
いつも おとなしい 馬をあてがわれた、
一大隊本部では宮忠号 白竜号
が一番おとなしくだれしも 競馬にゆくとき
はこれを使い。たがったものだ
中にはチャン(支那)馬で 太っコロの
ようにはねまわるのもいれば 辞猛号の
ように見さかいもなく 噛みつく馬、
蹴とばす馬　さまざまだった.
蹴られそこなって 私が馬を何度も
蹴とばした経験 数回.
噛みつかれた経験二回.
前足で額を やられた経験一回
落馬した経験 これはすこし具体
的に書いておく.

馬に乗りたい　と云う気持は　だれも
で　乗馬の訓練のときには　だれも
気負って出かけた
しかし　全然　運動神経の発達し
たものでないと　厚い被服に重い靴なの
で　パッと飛びのることは　むつかしかった
殆ど全員が馬は　はじめてなので
馬場の中で　ストン　ストンと　おもしろい
程よく落馬し　馬にまたがった
だけ落馬する　私もその中の一人だ
った、
トラックにおどろいて　馬が突っぱしって
落馬し　したしか頭を痛うち人事
不正におちいったけれ共　馬を厩に
つなぎ　鞍をおろし　内務班にかえり
ベッドの中でやっと正気をとりし
どーた　経験

田村班長と日曜日に馬で外出し
丘から丘へかけまわったのはよいが斜面
でしの、みごとに落っこちた経験
そのかえり　ツンドラで馬の足くびを
捻挫して　歩いて馬を曳いて帰った
経験．

日　記．

私は日記帳の裏にこんなことを書いていた．
日記は　たえるなく　たんねんにこまごまと
いつわりなり書くべし
日記は床に入り消燈までのうすあかりで書く
べし　　日記は　雪の原の小休止に
指をあたゝめながら書くべし．
日記は便所の中で書くべし．
事実　完全に個人としての時間　個人とし
てのいとなみは　便所にしゃがんでいる時
しかなかった、　便所の中こそ個人

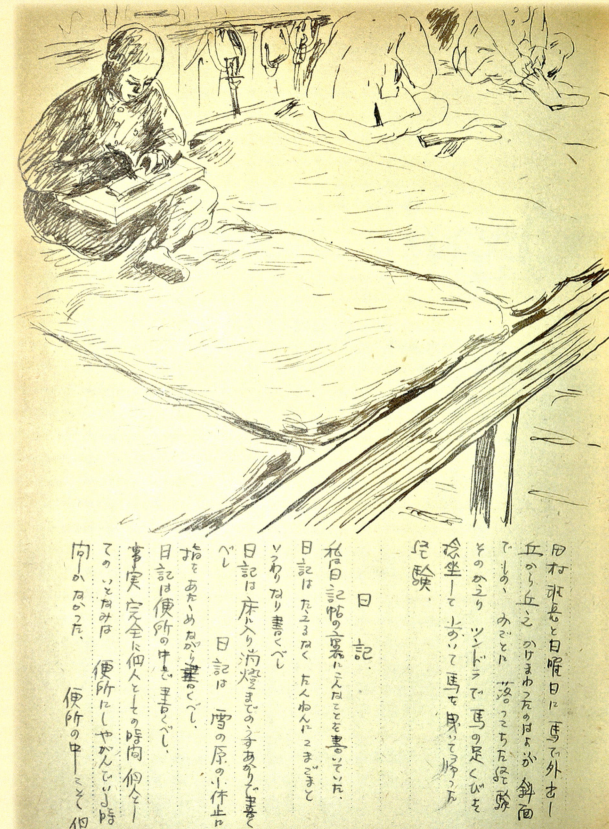

の秘密を おちついて行えるところであり
故郷からの便りを ゆっくり読めるところ
であり私にとっては日記を実にたのしく
コマゴマと書きこめるところであった

草は干草の欠乏する期節であった
嫩春川を渡り□塊をこえてソヴエト
の山がまぢかにみえる丘の中腹え干
草をとりに何度も通った
それはやがて兵舎をはなれ陣地をつく
るため移遇する準備の一つでもあ
った、 風はなごんで来た
ドロ柳の枝を折るとその折口に緑の
色がみえた、
そうして何よりも 防寒帽の帽垂れ
をあげて馬を走らせることの出来
るのが 何よりの証拠だ

春が近い、はじめての満州の冬を耐えた身にとってこんなうれしいことはなかった、何里のみちも干草を一杯つみ輜重車に乗って走れば　つい口ぶえも吹きたくなる気持である。

いよいよ春は確実な足どりで近づいて来ることが誰の目にもみえた。

凍った雪の表面がとけて　光ってゐる。

私等は厩の周囲につみあげて水をぶっかけ凍らした　防寒のための馬糞をとりのけねばならない

十字鍬をふるって　コンクリートのような馬糞をくだいては搬ぶのだが上衣をぬいでいても一汗である。

はげしい初年兵の生活にも春は平等にやって来る。

私らの襟には 誰れも 二つ星がならん
でいる、 それも それも やはりうれし
いことだ
馬糞を つみ重ねて凍った
厩の柵は
とりのけねばならない
十字鍬の尖に 馬糞はくだけ剝り
素手で 素手で 十字をふること
の出来るうれしさ かろさ
陽ざしは頬にまじ まじと照り
搬《は》んでみ あげた馬糞は
湯気をたてる
そこ ここの 泥柳の芽が
ふくらみかゝるような気がする

外出、

外出のことし 書かねばならない

琿春は小さな街であったけれ共 一ト通りは
いろんなものがあり 兵隊も下士官も
日曜になると そわそわと外出して行った
外出するときは営庭にある 戦車の模型
に飛び上り 銃剣をぬいて 肉迫攻撃の
動作を一回やらねばいけないと 連隊
長から命令が出た、 いやなことだが
しかしそれも 外出して遊ぶためにはや
らねばなるまい、 みんな一列に並んで
は順番をまって肉迫攻撃を一回づつや
り飛ぶように町え向った、
四月のおわり 両しょいの空に雪外
套をつけて私らも外出した、
この地方の住民は思想が悪い？
と云うので 単独外出はゆるされず
二人宛一緒に行かなければならぬ
のであるが みんな帰る時間を申
合わせておいて てんでん すきな方へ

向った、
ついでに思想が悪い？、の説明をすると　この東満一帯は日本が朝鮮を植民地化した当時　相当な独立を　ねがう人々が　のがれて　この地方へ入って来たのである、朝鮮民族の独立を　ねがう志士　たちは　例の萬才事件にあったように日本軍隊憲兵　警察によって　惨虐な虐殺が行われたので　亡命したのである、金日成らに指導された人々も相当この地方には　いて　満州に日本軍が進入した当時から　引きつづきゲリラ活動が山の中ではなされた

それで　いざ外出となると　兵隊は一人に一ケづつ小さな紙包みを　わたされる、

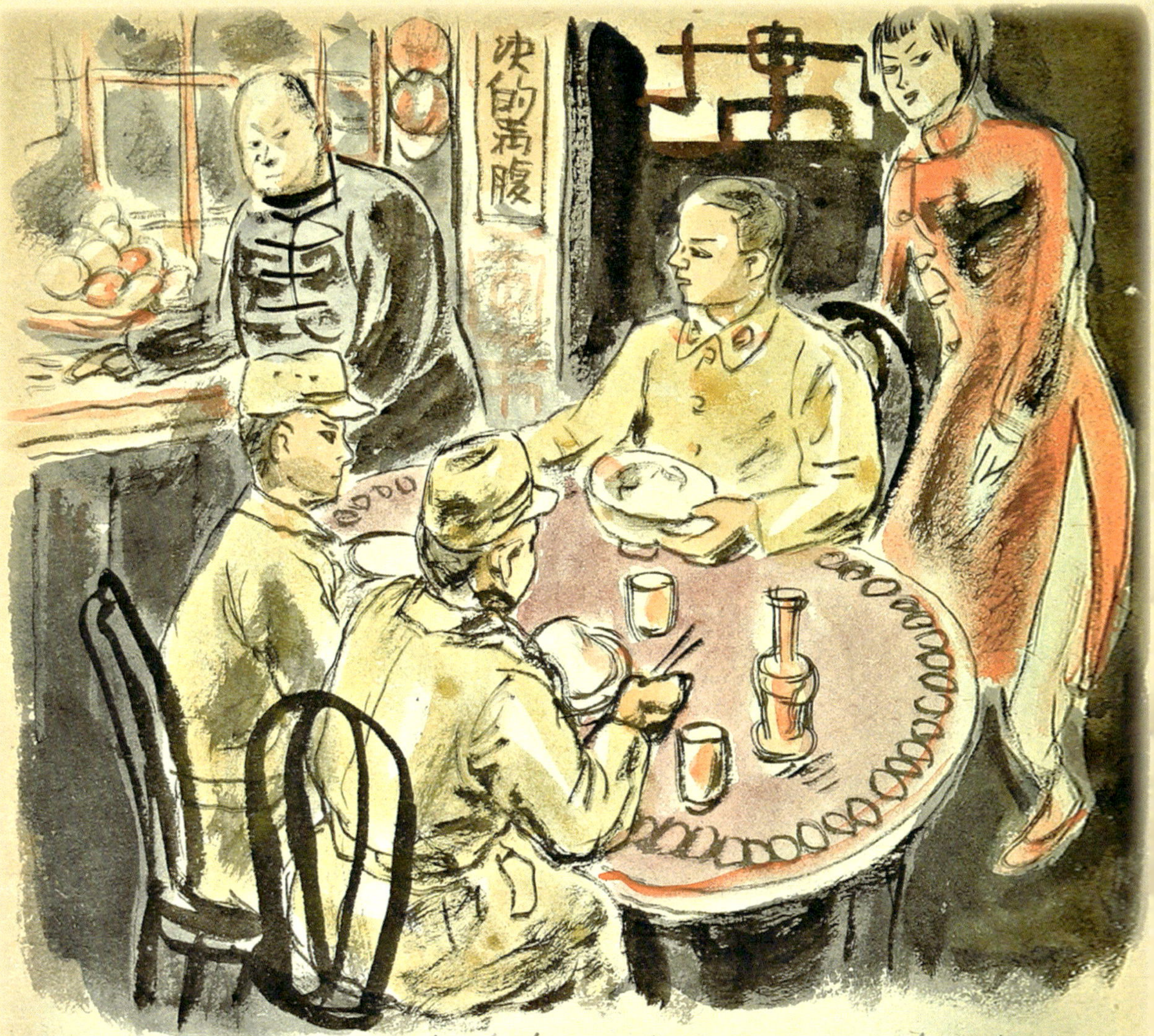

その小さな紙包みは指でにぎるとグニヤグニヤ
とねばっこい音をたて紙には突撃一番とか
何とか文字が印刷してある。
生ゴムの小さなサック。
"おいお前たち血気にはやって これを
使わないでやったらいかんぞ！"
と云った注意まできいて兵隊たちは出
かけてゆく。 町でただ一つの映画館え、
軒をならべて油っこい臭いをまいている
飯店え……　日本酒をのませるのれ
んの中え……　狸《だぬき》横町の格子の
中え、…　軍特殊慰安所え…
ついでに
日本帝国軍隊、神兵、天皇の
統率したまう皇軍の スケッチを
しておく。
ファシズムの軍隊は最もそのファシズ

ム的狂暴な支配と屈従の関係でその規律は維持されるが その反面 最も野バンであり人間ぎらい であり 惨虐と腐敗ダラクしている点にその特徴がある。天皇のため…封建的な領主的存在の遺物のため 死ね それは 国民のよろこびである と云った理クツになってくる者は一人もいない。軍隊存在の意義も次々と諸方に引っぱり出される意義も正しく説明づけられる何物もない このような軍隊に次のごとき特徴が存在するのは決して不思議でも何でもない。

軍隊が占領すると すぐそのあとを追っかけて来て駐屯するのは 売笑婦の一団である。彼女らは軍隊のあとを追って諸所を飛びまわっているのである。勿論その哀れな女たちの血をすって懐をこやしている 猿まわしの親分的存在の

人絹がそうするのであることは　ゆうまでもしないが　この青春の街 たむろした一団が城郭をかまえ　看板をあげて曰く

関東軍特殊慰安所

その前には蜿々長蛇の列をつくって神兵たちが自分の順番が来るのを今やおそしと待っているのである。

疲れた青白い皮膚　真っ赤な唇、特異な悪臭のこもった部屋、毒々しい部屋の飾り。洗面器。嬌声！

そこで　次から次えと扉をあけて入ってくる神兵を　機械の如く肉体をすりへらして生きつづける　慰安婦なる者との　とり引が行われる。

兵隊たちはPとこれらの女をよぶ

私には今だに　なんのことかわからないが

中なる者の中には 日本人もいれば 朝鮮人 満洲人 白系ロシア人 或は どこの國の人間か わからない人間 さまざまな資本主義社会のしくみから にじみ出た悲しい人たちによって 構成されている。兵隊たちは 外出の日を 日ごろから ためている小便で 日ごろから ためている性慾 食慾を あわただしく 満たして 帰ってくる。

焼めし屋、 一ぱい屋、 露店 すべてが日本人に支配され 蔑《べつ》視 されることからくる 深い深い民族的な 怒りを 奥そこに 蔵しながら 毎日を 生きるために 大陸の果しない灰色の土のごとく 語ることもしないで うごいている。

古年兵は 沓下を 石鹸をもち出して 金にかえ 若い兵隊は あめ をしゃぶる。

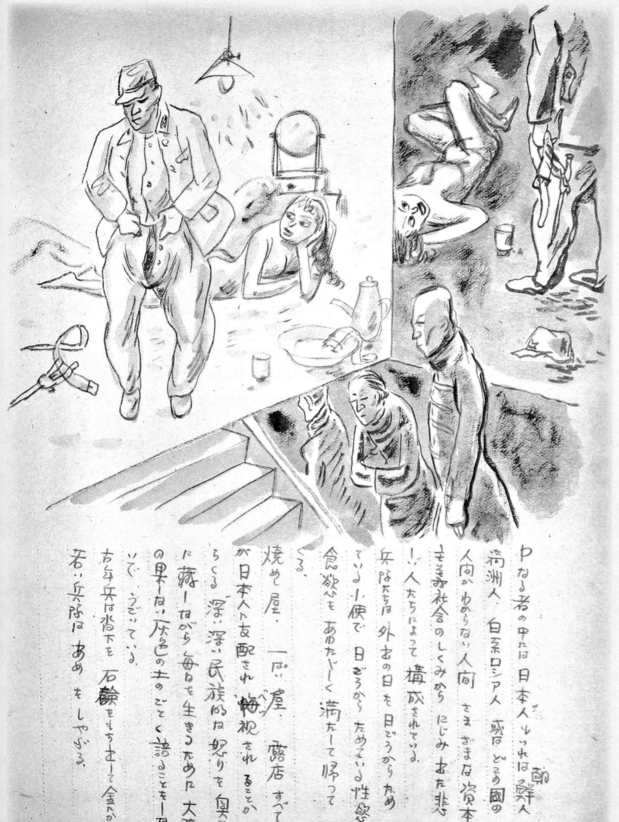

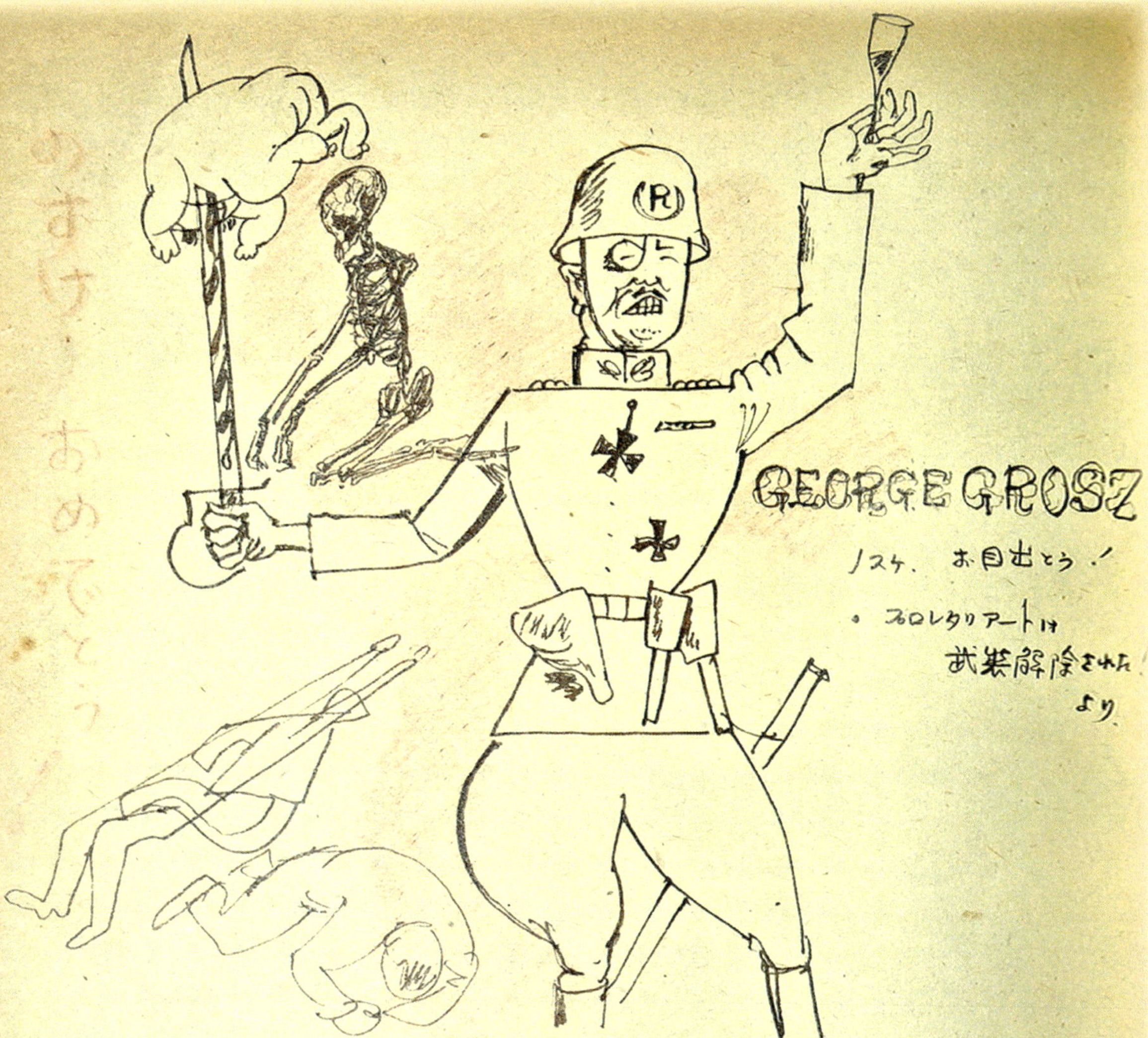

経理部候補

幹部候補生たる者　下士官候補生を志望するものは毎夜消燈後ベンキョウをした。

中等学校を満足に出ている者は幹部候補生の試験を強制的に受けさせられた。

私は入隊した初めから大体考えはきまっていた。私の兄は現役で入隊して六、七年になるのにまだ帰って来ない。戦争が行われている現在とうてい二、三年で帰って来れることは出来ない。何うせ十年近く軍隊の生活を送るとすれば　やはり階級が早く上になることを考えた方が利巧である。そして肉体的にも苦労が少く生命の安全の率もたかい経理部に志望するのが一番によい。

この結論は私を毎日消燈後自習室に

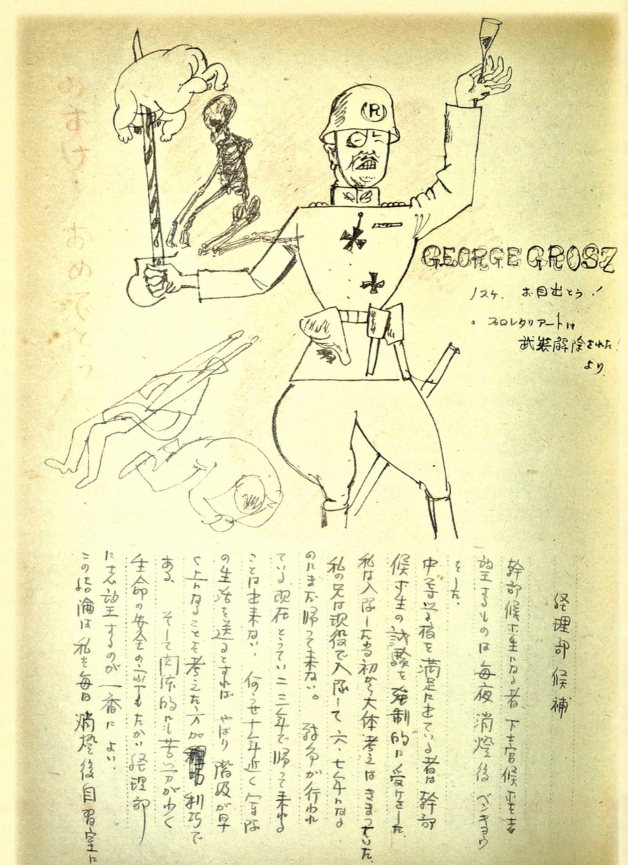

かよわせた、

一日の日課が終って更に寒い自習室に外套を着て十時ごろまで坐っているのはつらいことではあった、

そうして雪がすこしとけはじめるころ下士官集会所に集合して試験をうけた、

ひろい建物の中に二〇〇名あまりの者が集まり問題が配られそれに解答を書き込んで行った、勅諭を書かせたり操典 戦陣訓をまかせたり そうした試験に合格した者の中から更に経理部を志望する者五十名あまりの試験が別の部屋で行われた、

こんどは数学、口語、作文、算盤と云った問題が出され それから一ヶ月したって発表された、

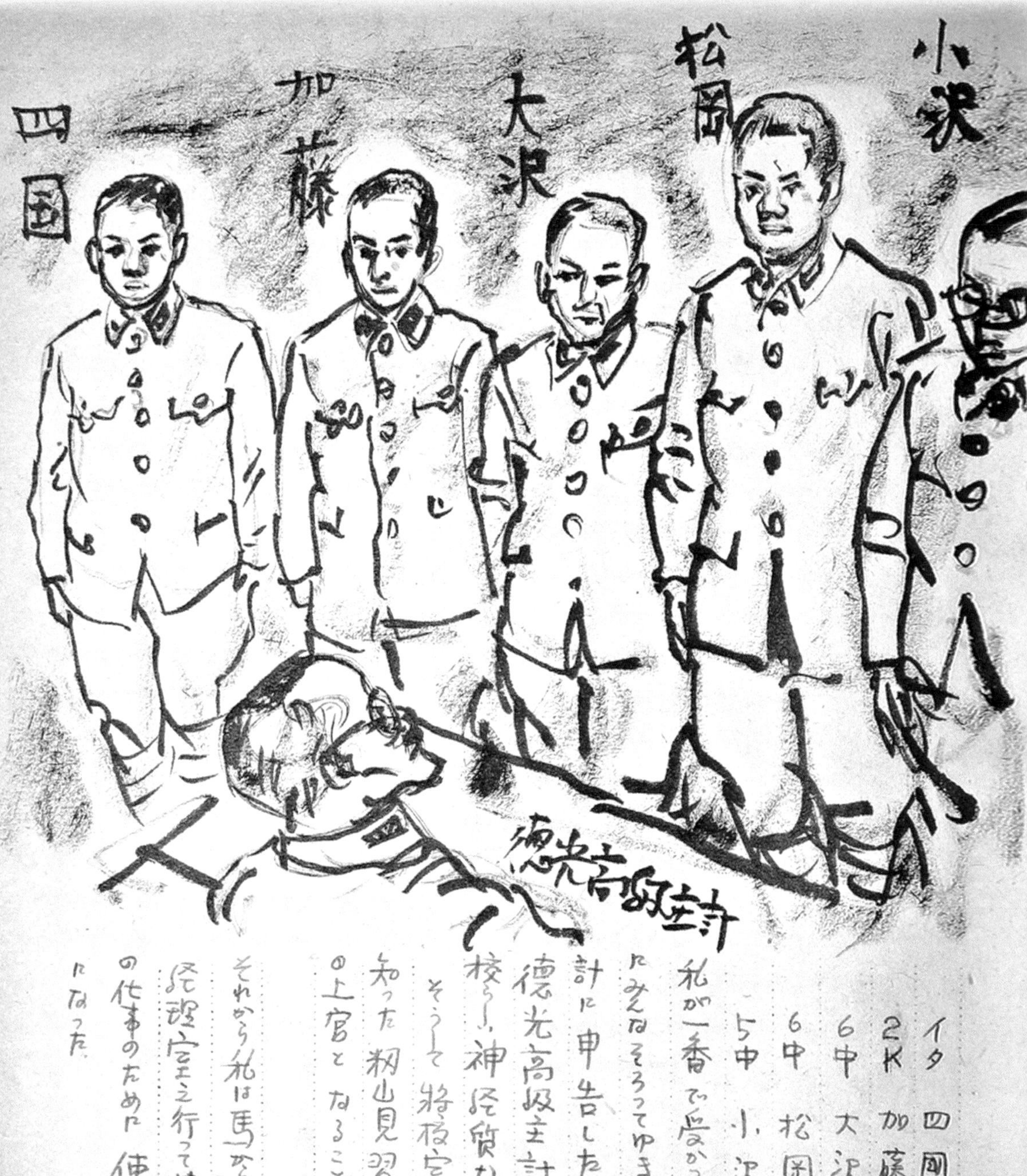

イタ　四国五郎
2K　加藤　登
6中　大沢定義
6中　松岡竹広
5中　小沢孝夫

私が一番で受かったと云うので　経理室にみんなそろってゆき　徳光高級主計に申告した。

徳光高級主計は　一見して主計将校らしい神経質な顔立であった。

そうして将校室当番をしていたころ知った籾山見習士官もこれから直接の上官となることになった。

それから私は馬からはなれることが出来経理室へ行っては自習したり　経理部の仕事のために　使役に町へ出たりするようになった。

山に入る。

レニングラードで英雄的にドイツ・ファシストの軍隊の攻撃を守りぬき、更に攻撃に転じてファシストの泥靴によごれたヨーロッパの土地はソヴエト軍隊の手によって次々と解放された。ゲシュタポの血みどろな色にいろどられた歴史の幕はいよく大詰に近づき新らしい人民の手によって次の幕がひらかれようとする。そのような決定的な世界情勢がくりひろげられていた。

サイパン島がアメリカ軍に占領され東京をはじめ主だった都市が完全に焼き去られ次いで二流都市がしらみつぶしにB29の目標と

なら　南方の島々に　ばらまかれた
陛下の赤子たちは　棒切れに　ごぼう
剱をゆわえつけ　死を強制されていた、
数日おくれて整理室にもって来られる
新聞は相次いで　ヒリッピンや台湾沖
における大戦果を報じていたけれ共　それに
はもうなにかそらぞらしい空虚な感じ
しか与えてはくれず　目だって大きくな
った新聞の活字は　そのタブロイド型
のためか余計異様な大きさを
けばだたせ　かえって　本能的な　不安
をまき散らした
ハルハ河や　サハン湖のほとりで　惨敗
し南方之兵隊を　武器を　送り
さくばくとした広野の関東軍は　まだもって
無敵関東軍とよばれていたが　その
ころになり急速に　転換を行わなければ

はならなくなった、日本とソヴエトの間に結ばれた不可侵條約なるものは 事実上 関東軍特別大演習なるものや 國境のアンソウで空文と自ら日本がしていった ことで暴露しソヴエトとこの期間満了と共に存在しないものと声明していった.

そのころ迄すべて 軍隊 演習は シベリアに侵入し遠くウラルで ナチスと握手することを目標に くりかえされていたのだがやがて防ぎょ のための の演習に変らねばならなくなった.

部隊の略称は すべて 改められ各部隊はそれぞれ 山に入って 陣地を構築することになった.

25部隊も その準備にあわたゞしかった. 輜重車は毎日毎日 鍋や釜・糧秣・被服 あらゆるもの

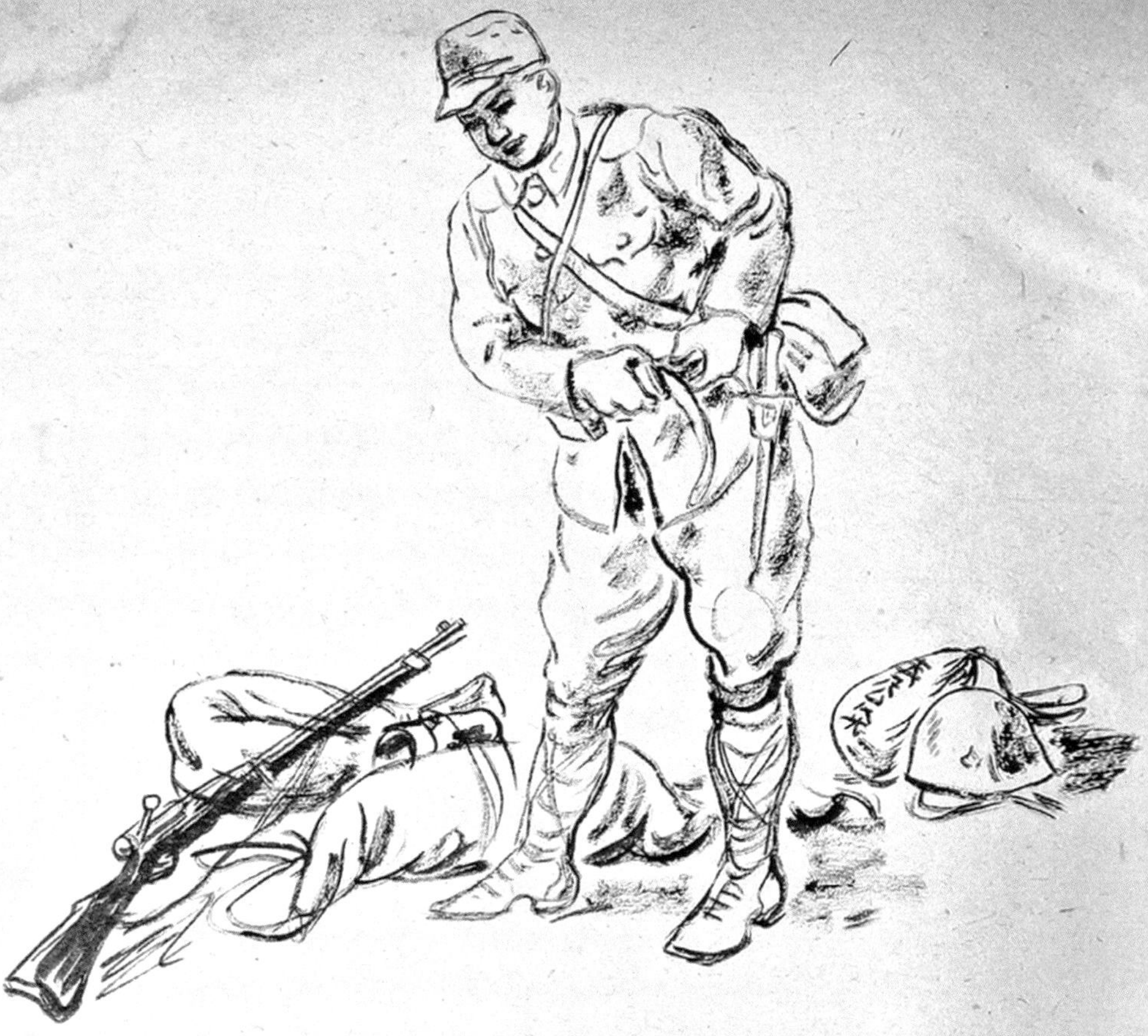

も積載して山え山えと入った。
木々や草の芽は　ふかくひそんでまだ
姿をみせなかったが　雪は消え／丘を
吹く風は　あたゝかくなった。
防寒帽を　ぬぎすてる。
五月。　同年兵の　みんなは　み
な山え入った。　そうして　経理室の
私らし　自分の持物全部を背負っ
て山え入ることになった。
丘えのぼれば春ははやかった。
畑から畑。　丘から丘。　可憐な
苗十の芽は　すく／＼と伸びはじめ
ていたし　その若芽にまじって　迎春花《インチュンホワ》
がビロウド細工のように　咲いていた
はじめてみる満洲の春。　早春
私ら五人の足は　森沢軍曹や

三人の上等兵 たち から とすればおく
れた はじめて春の丘に立って この
行軍の間だけでも 軍隊の階級のしがらみ
から のがれて いたいではないか.
丘をこえ 畑をゆき 湿地をわた
り 李花屯と云う 杏の花の咲く
屯をすぎて川を渡り更に山に入れ
ばその山の斜面は 荒々しい翁草
のわだちで黒くほりおこされ 野営地
も近いことを思わせた
そうして 六里あまりの 行軍も了り
山の鞍部 ソヴエト領からの目をのがれて
天幕を張ることになった.
斜面に生えている 葉を折りとり 地面
に敷きつめその上に キビガラを敷き アン
ペラを展べ携帯天幕を綴り合わせ

て十六名張りの天幕布を張ってそれが
これからの私らの生活だった。
斜面をくだると炊事をはじめ鍛工兵
だとか医務・獣医と云ったものが
それぞれ幕舎を張っており私ら
五人の仕事と云えば まず毎食炊事
にバックをさげて飯をとりにゆくこと、
籾山見習士官から 経理の教育を
うけること それだけだった

こうした せまい天幕の中の毎日の生活
で私ら五人は しっとり親しい間がら
となった。

○第五機関銃出身の加藤・登工は
新京で おふくろと 二人ぐらしで いたと云い

すこし上方のなまりをもつ大阪出身
の男　すこし　いなせな　アニヤン的
性格と　繊デリカな感情とデカダン
も併せ持っており
○六中隊出身の大野定義は　満
洲開拓団小作男で　生れはひろしま
お百姓さんと云った実直なところがあり
○やはり六中隊出身の松岡竹広は
これは五人のうちで一番体もでかく
性格もでかい　関東軍々属、産
れが鹿児島なので　ぶっきらぼうな
ところがあるが　実に多感で好もしい男
○五中隊の小沢孝夫は　満洲銀
行の事務員　岩手の産、発
音に　さながでないところがあるが　標準
語をかたり　小才のきく反面　センチ
メンタルな感傷癖も持つという

四人にハリキリ時代の私を加えて　この五人のトリオは　実に素晴らしいものだった。

二日ばかりして　川崎実、大岡明夫と云う二人の幹部候補生がやって来たが　これも二人とも学生っぽいところがあり　と云っても川崎候補生殿は二十九だと云うのに額は四十近くみえる程見事にはげあがっており　背のうからやおら明笛をとり出しては　安楽かつら、なぞを　吹いて　みんなの耳を楽しませてくれた。

ねぢあやめ

満洲の春はおそい。　しかし一度顔をみせると春は素晴らしい足ばやでやってくる。　緑の絨壇を敷きつめるように丘から丘はすっかり緑に覆われて

しまい一度に花が咲きだすのである
背丈足らぬ樹がまばらに生えており　その
ほかはすべて雑草で山肌は霞ゆれる
のだがその雑草の中に紫のねぢあ
やめが群れ咲く　そうして緑の丘々も
一度にピンクに染めあげて　みやまつゝじ
の花が咲く。
そのピンク色が視界のとゞくかぎりひろがり
とのはるか彼方はコバルト色のかすみに
つゝまれ　丘から丘を吹く風の甘いかおり
に抱かれて私は日記帳に数多くの詩
をかきつらねた。
愛すべきこのリリシストはこの現実
直面している自己の立場。國際的
な情勢　やがて予想される戦斗
そう云ったものから心をよけて　この大
自然の美しさにとうすいした。
花の若芽も吹きぬけてくる　かぐわし

嵐に尻をなぶらせながら手当大に溢れる草花を愛で眼は遠くかすみに消えている山脈にはしらせ口笛を吹きながらする野糞は実に私の趣味に合っていた。躯の中にたまったウッセキを排セツする生理的な快感、生きるため不可欠な生理作用を原始的な方法でしかもこの大自然につつまれて行うのだ それは素晴らしい極みであった。

母の髪。

初年兵の忙しさから解放されるとよく私は母を想った。その追想に現れてくる母は象徴化されて夢のように美しく愛にみちていた。そうして私は母から送ってもらった一房の頭髪を大切に紙にくるみ腹巻の

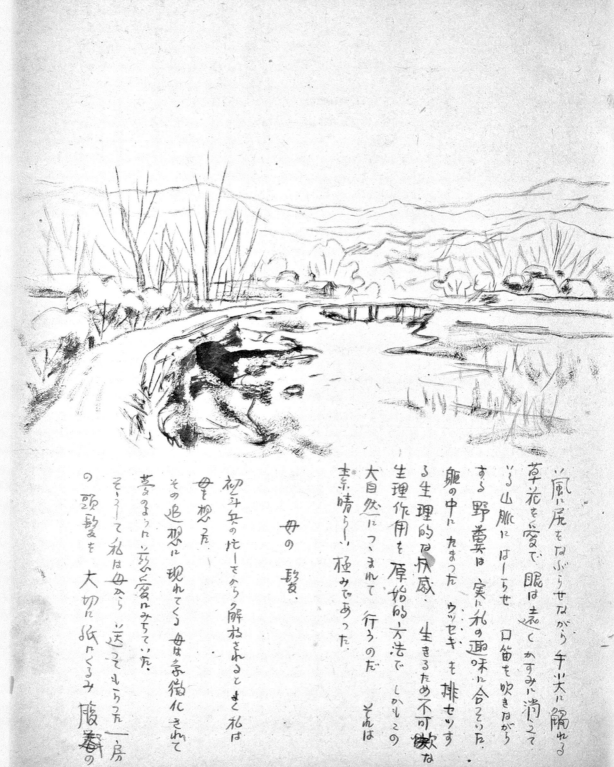

喰いたいものは　おふくろの手料理

中におさめて大切にしていた。
白いもの、交った　疲れをみせたその
髪は　恋人から　おくられた可愛い
人形とは異った意味で　いつも私の
下腹部を　あたためてくれた。
その私の大切なマスコットは　この山の
あじあやめの咲く草の中え　失ってし
まった。女学生じみた感傷を大切
にする私にはそれは心配なことであった。
山え入って一ヶ月もたったころ　私は部
あつい封筒を受取った。
期待とうれしさにみちた指でその封を
千切った私は　突きとばされた衝撃をうけ
た。　兄の死！
その手紙には下手な文字で弟の
直の空から　こまいまで　書きしるされ
た兄の死の事実があった。

兄の死

兄は 九州に派遣され 時々出張と称して日 ひろしまの 家え帰って来ていたのだが 公用で ひろしまに帰り 桜井に出かけその帰途 郊外バスと衝突し即死したのだった.

家の中心になって 働いていた兄の死は私に与えた以上に 母の老いた躯を突き飛ばした. そうして 十九の弟に 生活の責任は のしかかった.

義姉は 兄の死から 当然のこととして母と角つき合いをし 出て行ってしまった

弟から受取った手紙には それらが実にたどたどしくおびえるほど こまごまとかかれてあり 手紙は悲しみにみちていた

あゝ どうしたら よいのだ

満洲の山から 山え はてしなくひろいこの大地のはて 海をへだてゝ 私はで

長兄 四國政一

うすることも出来ぬ かなしみと 空虚
な気持に ぼうぜんとした日を送った。
死と云う事実も 遠くはなれていては何
うしても 真実として受取れなかったが 死と
云う事実は そのために よけい 兄を私の
目の前に近づけ 私の頭から はなれな
いものにした。
誰がなんと云おうと 日本一の兄であり
二人とないよい兄であった。
貧乏百姓の長男と生れ 小学校を
出るとすぐ 一家をささえて働いた兄。
街へ出て 酒屋の小僧から 電気の
車掌、鉛筆売りから 化粧品屋、
土方 あらゆることをし あらゆる苦
労をなめ 弟たちを学校へ通わ
せ 躯の弱った父をたすけた兄。
そうして 私が海を渡る 前の日面会

に来てくれ　そうして　弟がこれから　死ぬ
と向うのを　みつめた眼、、
そうして　ひっきりなしにくれた兄の手紙、
その兄の　くせのある　右上りの文字さ
えも　私の胸には　痛くつきさった、
それにしても　二人の弟をかかえた　母はど
うなると云うのだ　・老いて　庭すみの
畑に野菜を　マメマメしく　つくっていた母
はどうなると云うのだ・
南方の島に　送られた兄は　生きては
帰れまい、
生きねば　ならぬ、　私は生きねばならぬ
母と別れる際　云ったように　私はどんなこと
があっても生きて　海をこえて　帰らねばな
らぬ、
人の疲れて共に生きることの可悲なさ、
つまらなさ　と云ったものを　沁々と感じはじめた、
帝国主義　戦争　平和な人民

の家庭のハカイ．この簡単な定義
のわからない私は人間のこの定めともおも
われる巨大な力．次々と目の前にひろげられ
る苦しみと不幸に生きることの無意
義をさえ考えたのである．

中央倉庫．

関東軍は更に大きな召集を行った．
びっこでもめっかちでもとにかく歩ける
男と名のつくものはすべて軍服を着せて
兵隊とし山へ追い上げられた．
それまで若い者はすべて動員されているので
殆どが五十近い孫さえありそうな人達
だったが銃のうち方も満足におぼえない
うちに手に手に円匙や十字鍬を持
たせ山を掘り石を重ね陣地構築
にかりたてた．
銃は一人に一挺なく剣も足らなかった

しかしそれでも陣地をつくることには間に合った。
靴が足りない それでも間に合った。
みんなてんでに わらじ を拵えてはき 靴は大切に戦斗の日のためにとっておき
跣を血にそめて岩肌を もっこ をかついで歩きまわった。
私等のいる連隊本部は 兵営との連絡がよくないと云う理由で 丘を 三つばかりこえて野営地を かえた。
そうして小さな小川の流れの傍に幕舎を たてた。

六輓車。
ひるまは暑い陽が照り 花々は咲いては散り 咲いては散りした。
私らは 半裸体になって 十字鍬を振るい 道路をつくり 丘を 掘って
糧秣交付所を 建てた。

25部隊は連隊本部と 一、二、三大
隊があり 三ヶ大隊はそれぞれ別れて
山の頂きに陣地をつくっていた、
そこえ糧秣を補給するためには暉春
の兵営と陣地との中間に倉庫が必
要であり そのための糧秣交付所を
建てたのである。
交付所には毎日のように トラックに糧秣
を積んだ トラックが来た、
この緑色の大きなトラックは イタリヤと
エチオピヤの戦争当時使用されたものとか
で 不かっこうな でかいものだったが それが
来ると 私らは 汗みどろになって その卸下
をせねばならなくなった、
籾山見習士官の命令 と私らの労働
の関係はいつの間にか 反幹部的な空
気をつくり上げた、
そうしてその先頭には 川崎候ホ生が

たった、 反幹部と云っても その感情
を具体的に現すことは出来なくて 天
幕の中で 籾山見習士官の顔が
福助足袋に似ているところから 変《カ》え歌
を拵えて歌ったり 見習士官が将校
幕舎え帰った留守を思い切り 乱チキ
さわぎをしたり ずぼらを すると云った
形であらわれた、
そうしてそれは 新京えゆくはずの幹
部候補生が 六人あまり来てから 一層は
げしいものになった。 倉庫の小豆を ごま
かしては しるこを拵える。 不寝番に立
って ビイルをのみ空罐を川え流す
見習士官は私ら 階級章の持つ
威力と権威にかけて ピンタをくれた
しかしそれは、 私らの不慢に油をそゝいだ

メモランダム、

春日上等兵　江戸っ児の大工、
カントクエン、

程山上等兵　おなじく

炊事上等兵　聡いて交付所番人

シエペード

椎谷上等兵　カントクエン　大工、

江藤　岡本、高橋、

軍隊用語

気合を入れる、　きんちょうする、立派にする
綺麗にする、ピンとする。

めしあげ　食事の準備、

兵数をかせぐ　上官にみとめられるようつとめる。

員数　数を合せる、なんでもよい数だけ
そろえる。役に立たないもの

いれこむ　こんぼうする　あわてる。

残飯整理、めしを沢山たべる。

ガメる、ぬすむ

たるむ．　なまける．
りたいき　大変得をしたこと
一そう　一そうめし・一そうの帽子などと云う　一装　二装から来ている．
どこの師団にも　どこの連隊にも　反軍的な
反軍的な歌が　うたい伝えられている
兵隊の口から口え　つたえられている．
〽金の茶碗に　金の箸．
佛さまでも　あるまいに
一ぜんめしとは　なさけない．
〽春はいやだよ　一人しょんぼり
裏門の歩哨
花見がえりの　女学生
それにみとれて　欠礼すれや
一才三日間の　重営倉．

２号陣地構築の手助に派遣される。

雨の中を手で土をはこび炊事もこしらえる。木炭ガスにやられてゐる。

ふらび、雨。

中央倉庫へ帰る
—

幹候は新京経理学校へ行くこととなった。私らは二号陣地からよびかえされた
私そすし近く新京へ出かけると云うので各自は兵器をとりに自己の所属する大隊へゆくことになり 私は江森候補生と一緒に一大隊のいる陣地へ行く。

夏も深まった山々はすっかり濃い緑に覆われ 百合の花が咲いていた。

山から山へ頂きから頂きへ兵隊はいたるところに働いていたが なかなか

一号陣地はみつからず 一日中歩きまわり
やっと スイワンの 鉄道ぞいに 山ふところに入りこむと 一号陣地がみつかった.
連隊本部とちがって ここは 直接 陣地構築のため 働いているので ごったかえしていた.
同年兵たちも 真っ黒になり 馬も曳き輸送にあたっていた.
あかと 汗に 雑巾のようになっている なつかしい同年兵たちと 何カ月ぶりに偶う. にぎりめしを焼いてくれる. まづい マントーも別けてくれる. 谷そこの川原には 土くつのような 小屋がいくつも ならび その中には み覚えのある 顔がいくつもある. 新谷, 沢田 班長, 中隊長の中村金平もいる. そうして つくだ煮屋の柳下班長が 私のために 一番上等の 鏡を 一班より出してくれる.
そうして その夜は しらみの いっぱい いる

土くつの中で 戦友たちにはさまれてねむる。
新京えやがてゆける！町えゆける そこには日本人の女も子供もいる そこに近くゆける！
翌朝 私はにぎりめしを背に中央倉庫え帰る。

丘から丘え
峯から峯え
兵隊は蟻のように働いている。
山腹に黒く穴はあき
道路は掘られ
石は重ねられる。
兵隊の汗と血と 二本の手に
にぎられた小さな鉄片で
陣地は出来る。
空は青く
花は咲き香り
私はにぎりめしを背に どこまでも歩く
（当時の日記帳の詩の記憶による）

幹部候補生たちは新京へ出発し
あとには私ら五人が残った。

幕舎を 将校幕舎 近くに移転、

ソヴエトの飛行機から探知されるといけ
ない と云うので 幕舎に毎日木の
葉っぱや草を刈って来てはかぶせたがそ
れは大変なことだった。
と云うのは暑い陽照りで一日でたゝぬう
ちに枯れてしまうからである。
部隊長の天幕がすぐそばにあるので
必ず注意される。 注意されないために
は毎日偽装をせねばならぬ。
天皇制軍隊の階級制度、絶対
権力と云うものは こっけいな人間も
沢山つくりだした。 部隊長 西崎

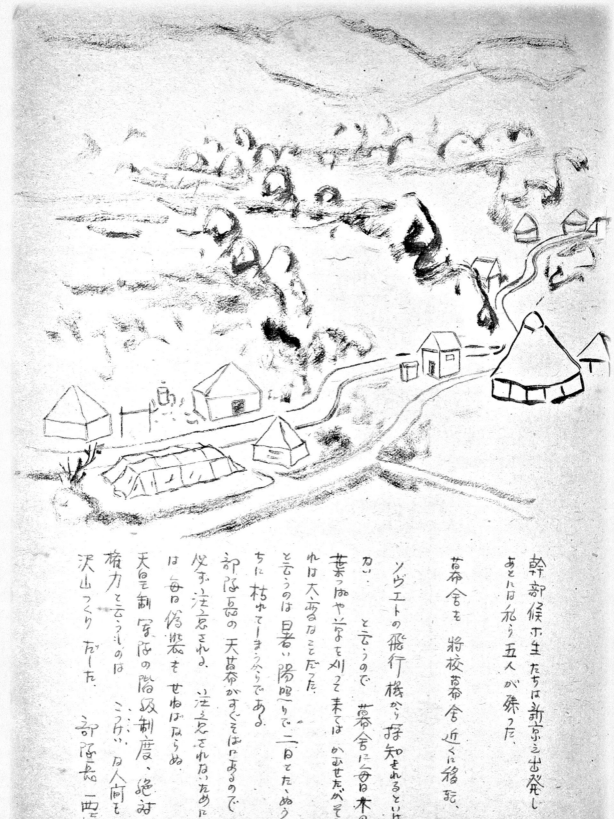

大佐も　その一人である。部隊幾千人の
親分ともなると　カンロクをつけるため
まず彼は　真っ白い馬に乗った。（もっとも
戦斗になってからは　白馬は敵の目標になる
と云うので　すぐ栗毛と取っかえてしまったが）
そうして　そり身になって　馬を進める。
兵隊たちは　それをみつけると　すかさず
"敬礼！"　とさけんで　みんな停止敬
礼をしなければならない。うっかり歩
いているとすぐつかまえて　俺は部隊長で
あるぞ　と停止させる。遠方で気が
つかないでいても　これをやる。そうして停
止敬礼をしない者は　営倉にブチ込
まれてしまう。
そう云った彼であるから　天幕のギソウ
もすこぶるうるさい。だから兵隊は草刈
りと　天幕之これを　ねげあげることが重大な仕事

となる。
しかしそれは私らにとっては 倖でもあった。
と云うのは 草刈の時間をのんびり山で
遊べるからである。

起床から 消燈まで

丘と丘にかこまれて 綺麗な小川がながれて その 小川に そって いくつも天幕が立ならんでいる。
部隊長天幕の前で 起床ラッパが鳴る。
毛布を十数枚かさねて さながらろう名主のごとく ねていた私らはごそりと起き 天幕の外え ねぼけまなこで出る。 そうして 一つ軍人はをやる
そうして それが おわると 五人のうち二名は 食事当番で めしあげにゆく
残った三人は 防具をつけて 銃剣

術かなにかをする。 そのうち アルミの食器には 大豆の入った めしだとか もやしの味噌汁なぞが 分けられて 足のなくなった 机の上に ならべられる。
小川のつめたい水で 洗面、食事、朝めしが了ると 勉強しなければならぬと 経理候補者教程 なるものをひらいて 読んだり そろばんの練習なぞをはじめるのだが どうしても 流行歌が口から出たり 新京の話、恋人のはなし そんなことで 二時間ばかりたってしまう。
"さあ 草取りに行こう" と 偽装のための 葉っぱや 雑草を とりに 丘之上る。
満州の夏は みじかいが その二三ヶ月の間に 花と云う 花は 一度にひらき まるで 果しない 花畑にある

感じである、迎春花ではじまり
つゝじ あやめ 百合、しやくやく、野ばら
金もくせい、ききょう、はぎ とあ
らゆる花が あらゆる名も知れぬ花が
咲いては散り 咲いては散る、
ながめる人とてない 果しない丘から丘え
花はつゞき、まったく勿体ないほど
美しい花ぞのが 無心に けんらん
と或は清楚に 、うねりつゞくの
である、その 花ぞのを五人は肩
をならべ やがて 夕暮のむれが
遠のくと 軍隊では 唄ってはならぬ
歌が口々のぼり 合唱となる
花の中にうづもれて 空を仰いで
とりとめない 話題がつゞく そう
して ひる近くなると 一かゝえの 桔
梗と 一かゝえの 花々を 折りとっ
て 持って帰る、

ひるめしがすると　一時間ばかり　ひるね
目が醒めると　小川で食料自給
のためと称して小魚とりである。
金網とバケツをさげ　すっかり子供
になって小川を小魚をとりながら下
って行く。そうして本流に合するとこ
ろあたりまでゆくとバケツに重り合う
ほど　はやに似た小魚がとれる。
これば夕食のてんぷらとなるのである。
夜は　天幕の中にともしたろうそく
の光で　単行本かなにかを読んでねむ
る。
　教官が兵営に帰って留守
のときの私らの生活のスケッチはかく
のごときものであった。

肉弾訓練

あるとき戦車が三台、音をたてて中央

倉庫にやって来た、そうして兵隊たちは
かりあつめられ対戦車肉迫攻撃の訓練
をさせられた。ゆるい傾斜をもつ畑
に戦車を囲んで兵隊はならびソヴ
エト戦車の性能について説明をうけ
次いでいよいよこれに対して肉迫の練習で
ある。肉迫攻撃と云うのはアンパン
と称する一かかえもある丸く平たい地雷
をかかえてばく進する戦車に走りより
これになげつけるか　それをかかえたまま、
戦車の腹の下に飛び込むことを
云うのである。　後に戦争になつ
てわかつたのだが　ソヴエトの巨大な戦
車は　一ケのアンパンでは　決して爆破
することは出来なかつた。
兵隊は完全な消耗品である。とにかく
命をすてることは尊いことであり　天皇
のためには身を鴻毛の軽きにたとえ

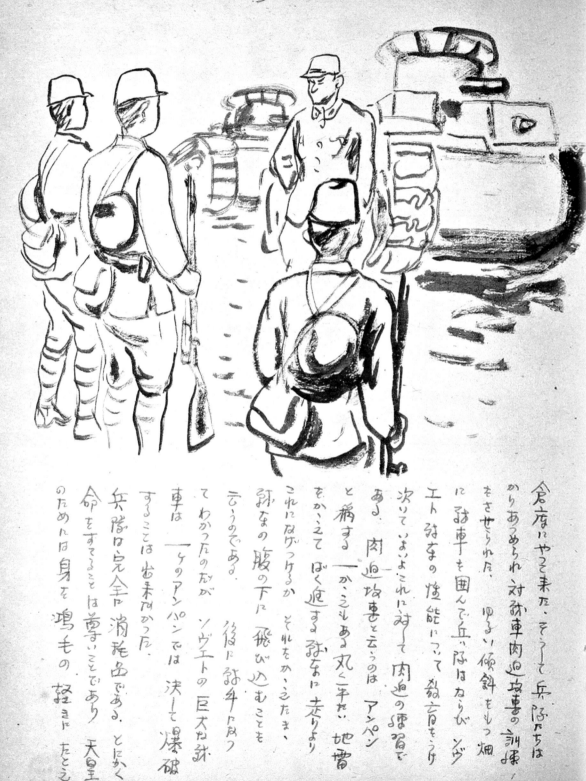

られておりー 或は又 お前達はいつでもブッ殺してやる、兵隊は二銭の葉書でいくらでも呼び付けられるんだから とよくきいた言葉がこゝに実演されるわけである。

戦車はすこし速度を落して畑をばく進する。畑の畔に身をこゞめていた兵隊は次々に一かゝえもある石を抱いてまっしぐらに突進し戦車のキャタピラとキャタピラの間にドサッと飛びこむ 戦車はその上を走り去る。

戦車の一番弱いところはその地面に接した腹の部分であり そこに地雷をもって飛び込むのである。

次には速力をはやめて練習する

私も鉄帽の紐を強く結びアンパンとほゞ等しい重量の石をしっかりとかゝえ走ってくる戦車をねめつけた。

やり損じてはならない。三十米 二十米
十五米 十米 それっ と云う誰かの
かけ声に土を蹴って飛び出す
畑のやわらかな土を噛んでキャタピラが
回転している。 ウッと云うような声をあ
げて 四五尺のキャタピラの前に ダッと
飛びこむ 石を持った手をのばす
戦車は地ひびきをあげて躰の上を
越える 鉄帽が戦車の腹にすれ
てガガッと鳴る。
"まだみんな走り方がおそいぞ!!"
将校が叫ぶ
次は地面に たこつぼ と称する丸く
半身がすっぽり入る穴を掘りその中に
入る。 戦車はその穴の上を全速力
で通過する。兵隊は戦車が頭上
に来ると、手にしたアンパンを戦車の腹
にブッつけるのである。

そのようにして　兵隊の生命を　侵略戦
争のために　芥のように　吹っ飛ばす練習が
くりかえされる。

山を出て　二里ばかり　屯え出ると　満洲人の
小学校があり　そこえ　映画をみに行く。
"若林挺身隊"　ここでも兵隊の死
が欧歌される。
夏服をとりに屯営えゆく。
私は日記帳に　山男　山より出でてと
題して　スケッチを描いた。　半島も山の
中で　生活して人里え出てくると人里の
みどりは又別に美しく　みえた。
人々の、被服のカーキ色以外の色をみる
ことも　目にあらたな気持だった。
そう云えば　山での生活は　すっかり山

男と云った形に私をもしまっていた　アカはすっかり身につき　しらみは繁殖してしまっている.

晩春の兵営はすっかり青草が丈高くしげり　兵隊を失った兵舎は　さびれかかっていた. 夏服が充分にないので　袴は冬服をもらったが　これは　戦争中から捕虜となって冬を迎えるまで　ずい分私の躰をあたゝめてくれた.

レンガ建の兵舎も　厩もなかった　厩には馬の姿はなく、ただ黒い馬が一頭

この馬は私らが兵営にあったころ　みごもっていた馬なのだが　それが　やはり黒い　肢の長い子馬を産んで　それをつれて　ヒョロヒョロと雑草の中——を歩いている.

一期早く新京へ行っていた下士官候補者たちが帰って来て　兵営勤務についた

ドイツは連合軍に無條件に降服し
ベルリンには 赤い旗がひるがえった。
ポツダム宣言なるものが 新聞に小さく掲載
された。それには 日本の降服條件が小さ
く掲載されていた。デモクラシーとは何か?
私にはただ 台湾 樺太 千島 朝鮮など
が 被侵略国に返還されるとか 鬼畜
米英によって 日本の兵力は去勢され なぶりもの
にされる だろうとか 云う文字と 日本政府
はこれを黙殺した と云う ことなどだけ頭
に残った。 戦争が 了ったら… 敗
跡だとしても? 私等は日本へ帰れる?
それとも どこかの 丘で 或は南方へ送
られて 野たれ死にするか? そのどちら
かであろう。 たとえ 勝ったとしても、
それはも早期待出来ぬが 経理部
下士官 と云う なさけない 私の将来
があるのみ。 どうせ 母とも 弟たち

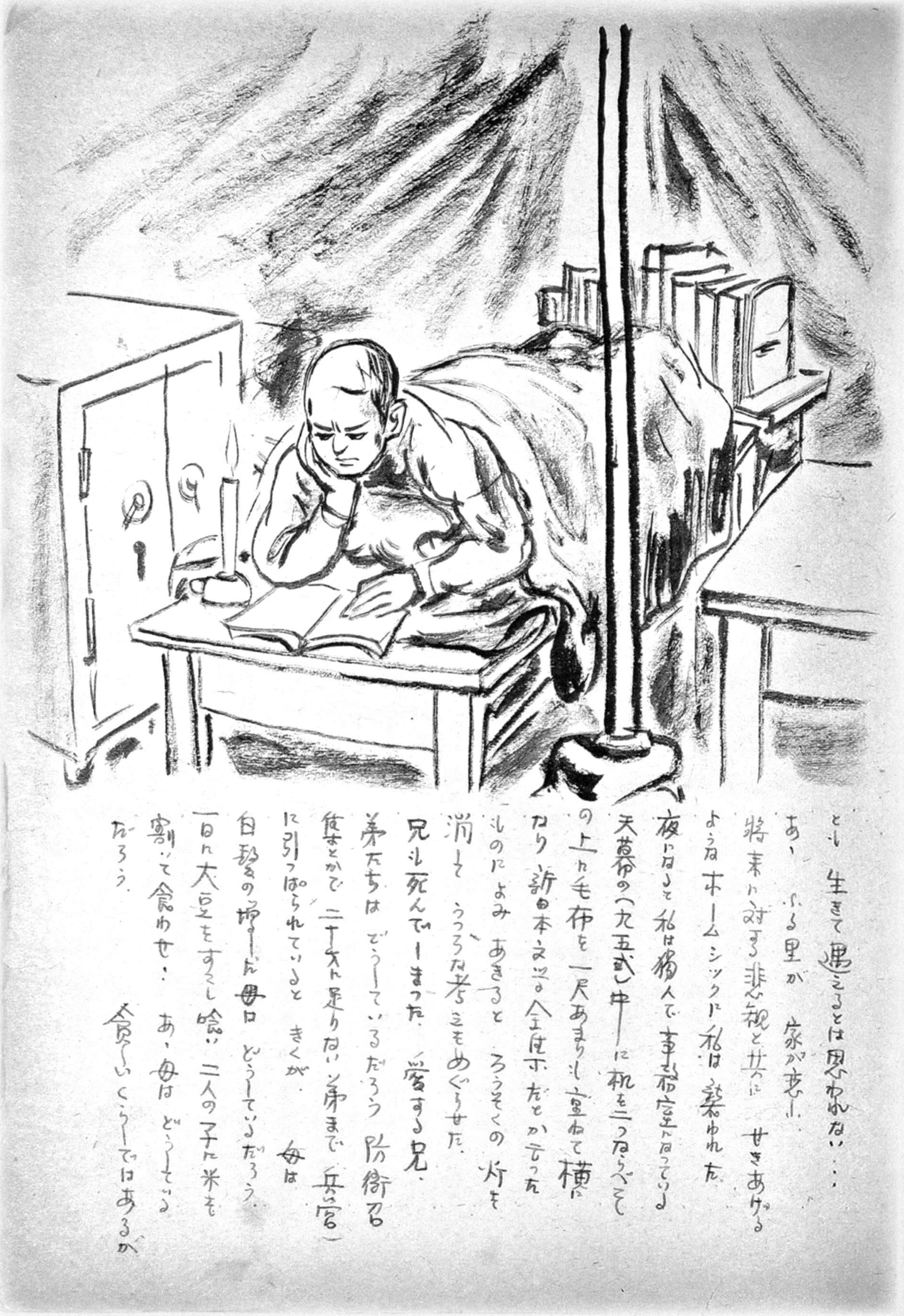
とし 生きて還えるとは思われない・・・
あゝ ふる里が 家が恋し
将来に対する悲観と共に せきあげる
ような ホームシックに私は 襲われた
夜になると私は独人で 事務室になっている
天幕の（九五式）中に 机を二つならべて
の上に毛布を一尺あまりも重ねて 横に
なり 新日本文学全集だとかいった
ものによみあきると ろうそくの灯を
消して うつろな考えをめぐらせた.
兄も死んでしまった. 愛する兄.
弟たちは どうしているだろう 防衛召
集とかで 二十才に足りない弟まで 兵営
に引っぱられていると きくが. 母は
白髪の増しだ母口 どうしているだろう.
一日に大豆をすこし喰い 二人の子に米を
割って食わせ・ あ、母は どうしている
だろう. 貧しいくらしではあるが

兄弟みんなそろっているときは　みんな
仲くことによって　楽しく　生活出来た.
しかし戦争は　肉親を　引きさいてしまった.
兄が去り　私が去り　そして長男は死
んでしまった.　弟も兵営に入ったと云う
末っ子一人をかかえて　母は悲しみの中に生
きている.　しかし　空襲に次ぐ空襲の
下に生きている　不平　不満　悲しみ
それを　母は　口に出すことは出来ない.
それから非口民と云われる.
非口民とは一体なんであろう.
國家とは一体なんであろう.
天皇のために國民がくるしみ　生命を
すてることは　美しいことだと云う　やっぱ
りそれが正しいのだと私は考える
しかし　　しかし　沢山の人が天皇のた
め國のためと云うので　実に沢山のくるしみ
をなめている.

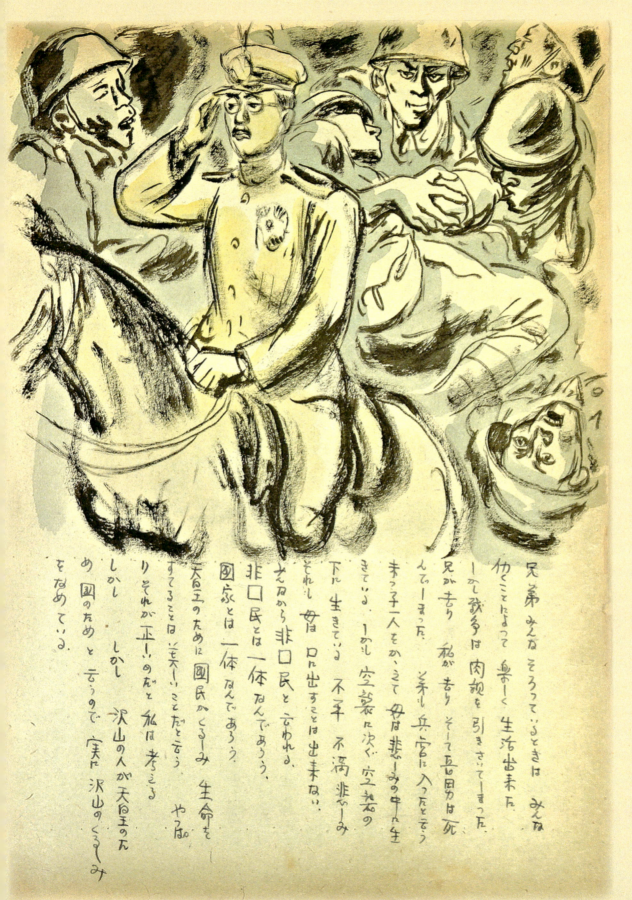

國家と云うものが　その國の人たちの幸福
のために存在するとするならば……
私たちは國家のために苦みをなめて
いる。
國家と云うもの、存在価値は……
あ、そこまでくると　私の思索は混
乱してしまう。　天皇制社会で軍国
主義的な　ブルジョア民族主義的
ファッショ教育しか受けていない私には
そこまで来ると　人間の社会の　政治形
態の　経済問題　しくみは　まったく
こんらんして理解出来なくなって来る。
そうして　こんらんした頭で　ばくぜんとし
た疑問を　生きることに対して抱いた
ま、毛布の中に寝入ってしまう。
私はあるとき小沢にこっそり　そのことを
話してみた。　彼の頭でもそれは解決
出来なかった。　私は日記帳に整理

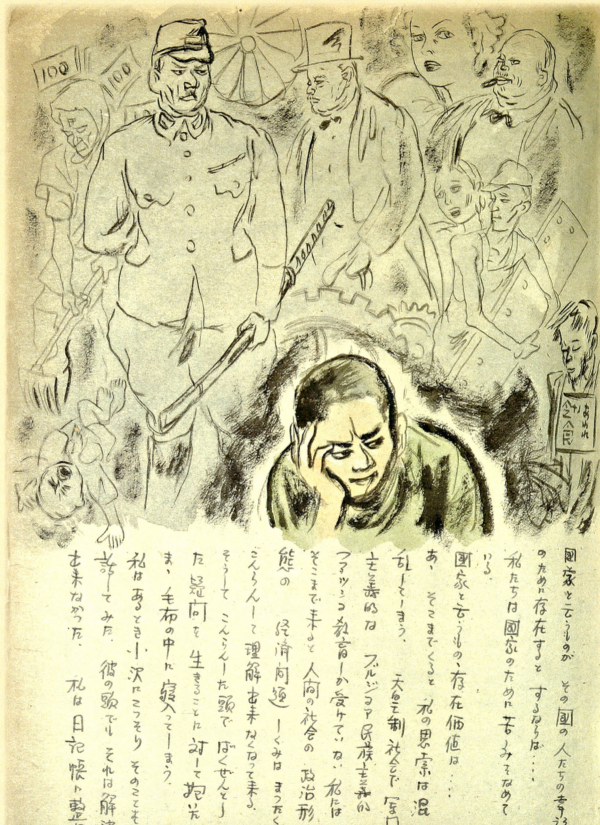

されない 煩悶を かきーるし センチメンタルな詩を書き、 そのころになって 又来た恋人の便りを開いては 空想をたのしみ満たされない 欲求を ОНАНИЗМУに求め 毎日を 送り 迎えた、

岩肌に火花を散らして 各大隊では 陣地構築を 急いだ

私らは 毎日を ルーズに送り迎えた. 新京経理学校には 八月廿日ごろ行くようになるだろうと云うことだった そのための準備もしなければならないが 私は生きることに 全然よろこびのない 毎日を 送った、食事は 経理室だと云うので ふんだんにあった. 食事ごとに 残飯を出しては幕舎の裏の穴に埋める. そのような生活で 私の肉体は 六十三瓩の重さも もつ

延吉
王清
老爺嶺
牡丹江
北荒頂
金蒼
狼渓
東寧
大荒溝
訓戎
20125部

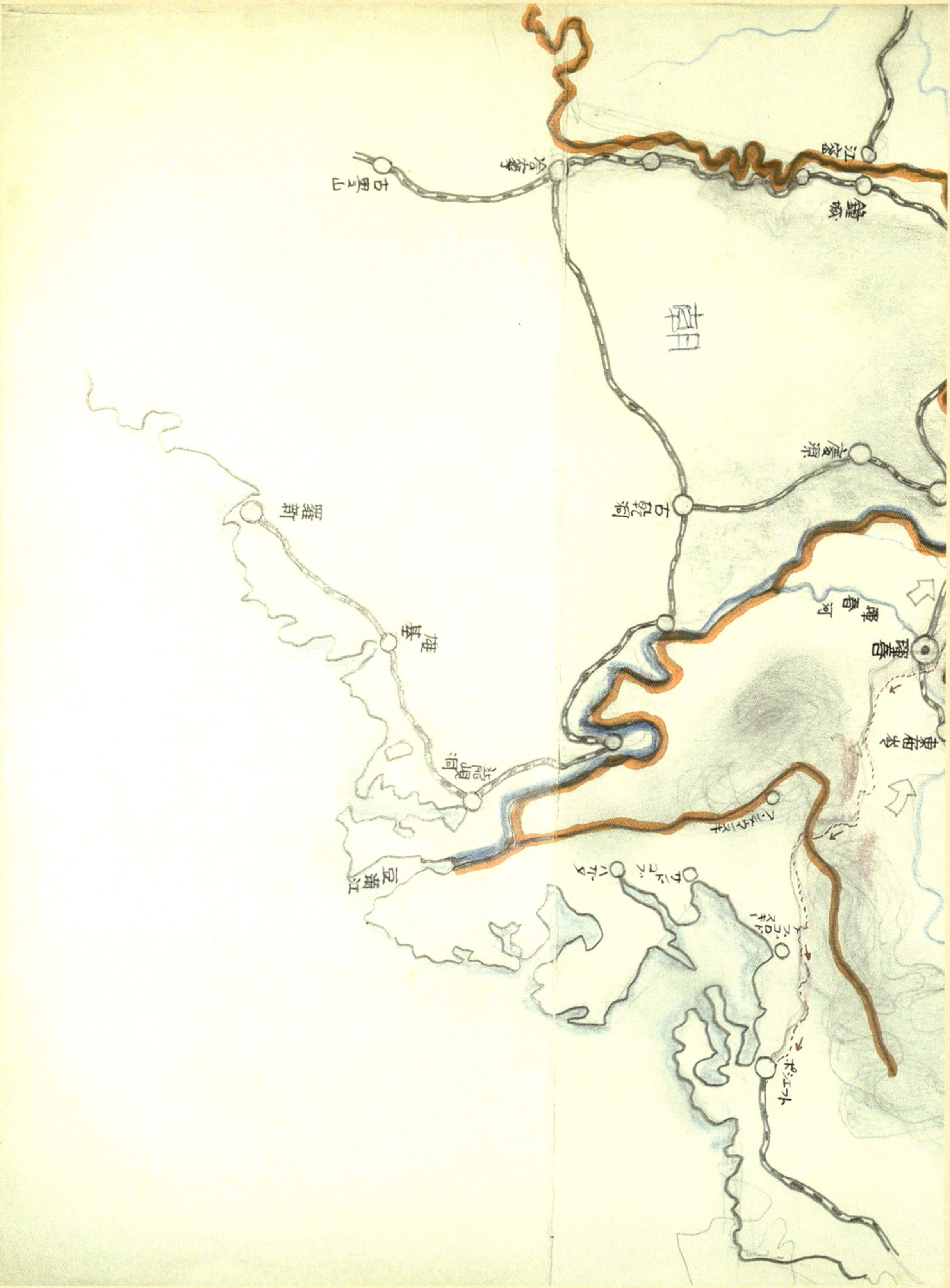

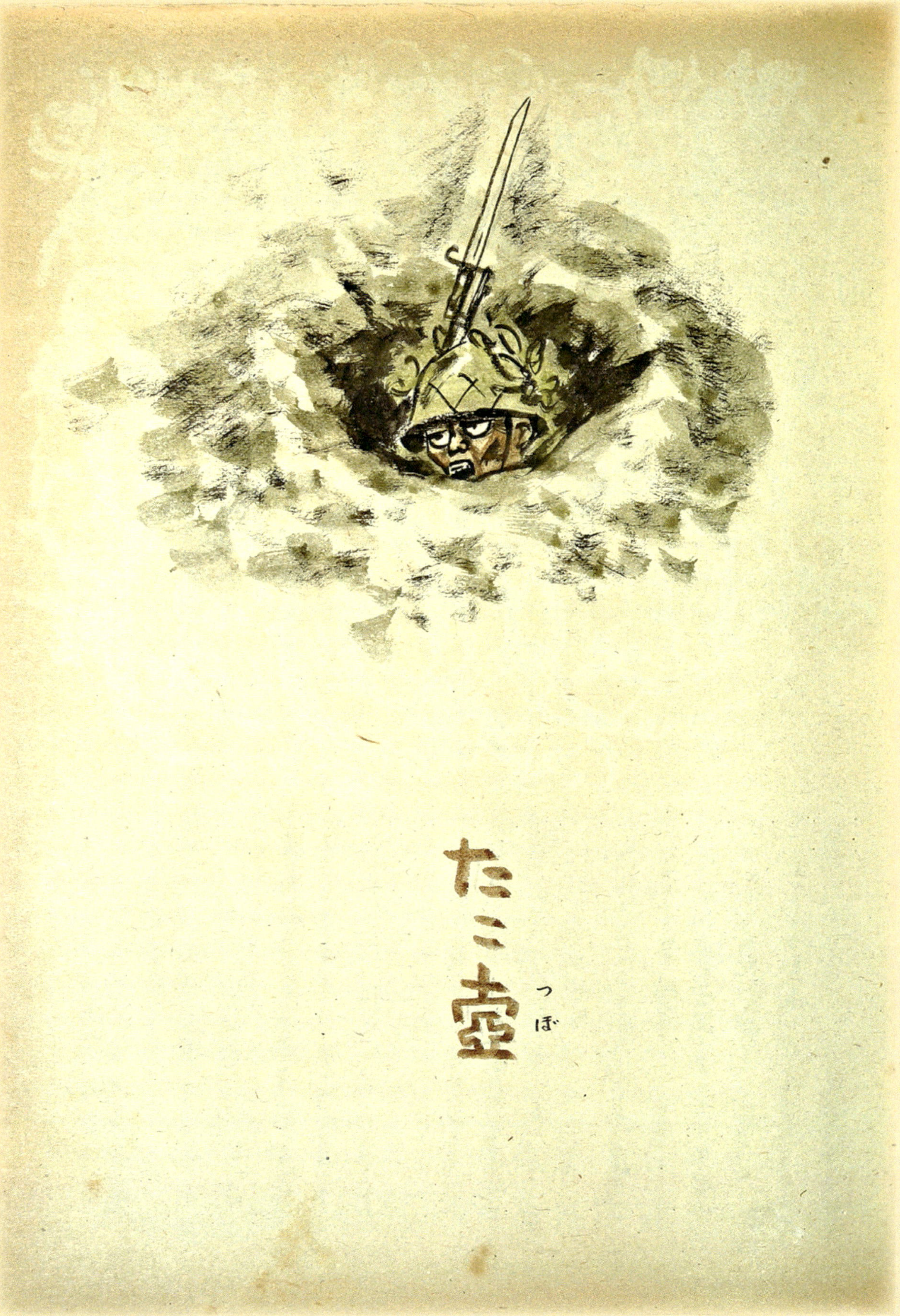
たこ壺《つぼ》

一九四五年 八月 八日からの記録

汗

ひとしきり拍手があって フイナーレに
舞台一杯にならんだ 娘たちは鼻の頭に
汗つぶを光らせながら 幕のしまる前を
愛嬌をたゝえて 部屋いっぱいにつめ込んだ
兵隊たちの方え頭を下げた。
ひさしぶりに日本の 娘サンにお目にかゝっ
た兵隊たちは 何か興奮して ガヤガヤとし
やべりながら ワイザツな じょうだんを とば
してはどっと笑った。
兵隊たちはこの 半年近い陣地構築ま
の労働にすっかり陽やけして それがぎっしり
とつめかけた部屋の蒸暑さに 汗ばんで脂でも
塗ったように 光った顔を ならべていた。
宝塚少女歌劇が来る！ と云うので
さあ！行ってみろ と山の陣地の天幕

の中からぞろぞろと五六里の道を行
軍して　ガランと空になって居る営舎を賑わせ
ている　青春の兵営にやって来たのだが
兵営には宝塚少女歌劇なぞ来てはいない
で　女エノケンなぞで名のある　十名あまり
のいかがわしい　慰問団がやって来ていた。
それでも兵隊たちは別だん不平をのべ
るでもなく　押すな押すなと　下士官集
会所にしつらえた舞台につめかけたのだった、
三時間あまりを　ゲラゲラ笑いながら
喰い入るように内地の娘の唄ったり踊ったり
するのを　ながめた。
慰問演芸が終って　各兵舎に引あげ
てからも　兵隊は　ガヤガヤと　飯を喰いな
がら　慰問団の中の　あの背の高い
娘が好い……　いや俺はあの丸ぽちゃの
方が可愛いぞ……　とか　年はいくつくらい
だろう　とか内地は食糧事情が

聚いそうだが あの娘たちは みな丸々と太っている
とか いや 女は 食糧が少くても太るように出来て
いるんだとか、 俺は太っていても やせていても、
朝鮮ピイ でない 日本の娘と一緒に ねてみたい
などと 山へ入って 半年も 地方人と別れ 円匙
と十字鍬で穴掘りばかりやって来た 兵隊たち
にはその慰問団の 娘たちの与えた 興奮は そんな
に小さなものではなかった。
私は朝めしをぬきにして モら宮まで行進して
来たのだが 空腹は覚えないか 躯がだるく 二
階づくりになった寝台の はしに 腰かけて どう
しても 胸につかえて 喰えない うどん を 前にして
ぼんやりと さっき見た 娘たちの 汗ばんで
光っていた くび などを おもい出していた。
そうしてその娘たちの顔の中から 皿〇壌の おもかげ
をえらびだしては 失ったノスタルヂヤをよびさました。
"おい うどんを喰っとけよ また二〇粁行
軍だぞ!" "山へかえったら喰えないぞ
こんなうどんは……。 などと同年兵がすゝめ

たが私はポケットのキャラメルを出してはクチャクチャと噛んでいた。

開戦！

東和山をこえて琢春炭坑のあたりまで来たときトップリ暮れて　暑さはうすらいだが　たてつづけな行軍ですっかり　えり汗ばんでいた。今頃の天候のくせで降ったり止んだり　くりかえすので　軍靴の下の土はぬれてすべった。空はひくかったが雲の切れ目には星がチカチカと光った。私はその星をながめて歩いているとフッと故郷のことを想い出し　やはりこの星の下で母や弟たちのいる追憶でより温められた家庭があるのだと考えていた。東満特有の木のない丘をいくつもこえ　十二時ころ小川をはさんで並ぶ本部の幕舎の灯のもれているのに近づいた。私がやれやれとテントに入ったとき　テントの中は時ならぬ混乱をみせて松岡がぬっと顔を出して

"おい帰って来たか　戦争だぞ！　戦争だぞ!!"

"なに戦争?" ときゝかえすと
ソヴエトが宣戦を布告したので幕舎を
たゝんで本部は陸地に入るのだと云うことも
口早に松岡は云った。
大沢も加藤もそれぞれ装具をまとめ銃を
銃架からはづしたりなどしていた。
それで先づ先発として私と小沢が直ちに
陸地に入り明朝幕舎をたゝんで加藤と松
岡大沢が陸地え入ることになったと云う
のである。
"三人分残ってるから飯だけは喰ってけよ!
これから喰えるかどうかわからんぞ"
大沢がアルマイトの食器をならべた。自活で
作った大豆のもやしが豆《トウ》めんの中にまぢ
って油もうかして光っている。
小沢はよしッ!としの、二三分で平げたが
私はとても口にする気がなく装具の整理
がすむとそれを全部体につけてどっかりとアンペラ
の上に腰をおろし銃をひざの上にのせた。

幕舎の外はようやくざわめいて走りまわる足音
声高く叫ぶ声　馬を叱る声　輜重車が何
台も　あわたゞーく　すぎてゆく音がする
やはり先発の森沢官曹が幕舎をのぞいて
〝準備が出来たか！　出来たら出発するぞ！〟
と云うので　さあと　私と小沢は立上った．
数ヶ月　すみなれたアンペラの上には新日本文学全
集がひらかれたまゝ投げ出されてある．
〝頑張れよ！〟　松岡の西郷さんのような眼が
私らを見送った．
情勢がさっぱりわからないので　残る三名と明日は
偶えるかどうか　わからない．しかし感傷よりも先に
戦争と云う現実が切迫した感じでゴツンと心につきあたる
私らは陸地え　陸地え！と奔流のように進む
兵隊たちの列の中に入った．　ぎっしりと装具も
つけ黙々と歩く兵隊の集団のかたはらを
馬がぱっぱっと石を叩いてかけぬけてゆく．気狂
いのようになった輓馬を御しながら輜重車が
ゆく．それらがみな暗いやみの中を泥水

を鳴らして大きな流れとなり陸地え　陸地え！
と進んでゆく、
"おう　お前も来たか"
ひろしまから一緒に来た同年兵の一人が私をみつける。
又さあっと雨が銃を持つ手もぬらしてすぎる。
二里あまり歩いて小休止。どさ〳〵と路傍に
腰をおろし私はポケットに一ぱいつめて来た満洲莨
天壇を一本ぬいて火をつけた。
私は二食喰っていないと云うことは急行軍には決定
的な致命傷だった。十粁たらず歩いただけで
息が切れ額から熱い汗がながれ装具が胸を
しめつけた。
"これあ　まいるかも知れない……"　私は水筒
え水を入れて持って来るべきであったか　それとも空
の方が軽《かる》くて…　そんなことを考えているうちに
"出発!!"と云う声が前の方から伝って来た。
"よしっ"と私は喫みさした煙草を踏みにじって
立あがった。
しかしそれからの行軍は私には更につらかった、

しばらく歩くうちに私の頭はカッと熱くなり流
れる汗は眼に入り頬を伝って あごからしたたった.
時折しぶくように降る雨は頬に心地よいと云う
感覚からはなれて やけ石に油をそそぐような感じになった.
私は列からはなれ 路ばたの溝にうつぶせになっ
てゴクゴクと水をのみ 帽子を脱いで帯革
にはさみ 胸のボタンをはずし襦袢もおしはだけた.
飲んだ水は更に倍した汗となって流れ 喉は
カラカラと乾あがって ただ機械的に足がうごき
前の兵隊のうしろについて歩くだけになった.
"おい大丈夫か?" 小沢が声をかけ
たが 彼もこの強行軍には参っており だれしもが
自己の躰をこの強行軍の流れの中にまかせて
追あわけの勢一杯の状態だった.
それから二度ばかり小休止. 本道から外れ
て二号陣地近い協道へ入るころとなると 私は
もう小沢のほとりをはなれ 列の最後尾にな
っていた.
もう汗は出つくして 体の熱さもなくなり 雨にぬれて

泥んこになった土にともすれば足をとられかけた。
"倒れてしまうかも知れぬ"
私の歩く大地がその傾斜をたえず左右前後にシーソー板のようにゆれうごいている気持だった。私の前を行く衛生兵の赤十字のマークの入ったカバンが歩くたびにポンポンとゆれているのがはっきりと目にのこり　それがみえなくなったころ私は足をよろめかして　雨にぬれやわらかになった土の中に顔をめり込ませて倒れてしまった。

メンタ酒。
冷い朝の空気が私の胸をヒンヤリとなめて私は、はっと眼をさました。寒い　私は一杯におしひろげられた胸をかきあわせた。
"おッ　気がついたか"　と私の顔の上におしかぶさるように小沢の顔があり大きく私の名前をよんだ。
"ウン"　私ははづかしげに笑ってみせた。実際はづかしかった。胸のカンフル注射のあとが　泌

みるように痛かった。
私の倒れたのを知った衛生兵が大声でどなったので小沢が気づき　引かえして二ケ所陣地あとにはこんでくれたのだった。　小沢が残って朝迄手拭で胸や額を冷やしてくれていたのだった。　すっかり明けた空は白い雲も泛べて晴れその雲の上を飛行機の爆音が尾も曳っていた。
二ケ所陣地の兵隊はすっかり天幕をたたみ了って殆ど山え移動し　残った兵隊の中を乗馬の将校が走りまわって
〃おい　何をボヤーしているんだ　演習ではないんだぞ　実戦だぞ　実戦だぞ!!〃
とヒステリカルな叫び声をあげていた。
〃もう大丈夫だ〃　私は半身をおき上った。発熱したあとの様に頭の後がわずか痛かったが熟睡したあとのように　さっぱりしたものがあった。
小沢はそゝくさとそこらをかけ廻って飯と黒いつくだ煮のコンブをみつけて来てくれた。

ともかく連隊本部の陣地え入らねばならぬ
二人は胸をつくような坂道をのぼって行った。
小沢は私の銃もかついでくれ 私は手ぶらで歩いた。
坂道で休んでいると 二大隊の顔みしりの兵隊が
私をみつけ 丸い筒になった木のキャップを あけて
メンタ酒を のませてくれた。 有難う 戦友よ。
その兵隊の親切さのように あたゝかく美しい
味が 私の喉をすべって 流れた。
元気が出て来た。
山から山え 萩の花が一杯 さきみだれ その
美しい花の中を 二大隊の兵隊たちは 背下に
つめた米を背負っては たこつぼ を いたる
ところに せっせと 掘っていた。

墓穴を掘る人々

連隊本部の陣地と云うのは 部隊長の入るところ
はもうすっかり出来上っていたが 他の者は入るとこ
ろは何も出来ていないので 樹木のしげった 深い谷
え入った。 私らは すぐさま 穴を掘って入る
ところ を 拵えねば ならなかった。

小沢と私は一所懸命十字鍬をふるった。
まず炊事が谷の一番上につくられ十時すぎに
なって朝めしが出来たが　それは食器の　そこに
ちょっぴりしかなく　何うしても冬ごしして
越冬せねばならないのに　糧秣はいくらも搬んで
ないので　量も少くて我慢せよ　と云うことだった
ひっぱくした　気持はまず毎食事にはっきり
あらわれて来た。
その日の夕方になって　加藤　松岡　大沢らがやっ
て来た。それと一緒に　兵営勤務をして
いた上等兵四人もやって来たが　途中でトラック
がテンプクしたとかで　腕を首に垂っている者。
松岡らはなんとかして食糧を陣地に搬ぼうと
して牛車を三台曳いて来たら山の方が
二台はテンプクし　一台だけやっと必死になって
山の上に引っぱりあげたのだと云った。
五人組がとにかく一緒になることが出来た。死ぬ
るとすれば　まず一緒だろう。なんとも云えぬ
強さが涌いて来た。

ソヴエト軍は嵐のように国境をこえて進撃して
来た。 翌ねんなり 兵器委員室の川崎
らは トラックで 兵器をとりに兵営迄飛
ばしたが もう二回目には砲弾が落下しだして
自動車で行くことは不可能になり引かえして来た。
兵営の引あげは コンランと狼狽を極めたらしかった。
次いで兵営にまかけて行った獣医部の加納ら
はひっきりなしに飛んで来る弾丸の中を兵営に
入ったところ 炊事には釜の中にぜんざいが一杯出来
上ったまゝに放置してあり マントーや甘味品が
とり散らしてあるので 先づ腹に入るだけ喰いさて
と云うところで ソ軍は兵営に侵入をはじめ
たので はげしい 撃ちあい をして ほうほう
の ていで 陣地まで帰って来た。 加納はその時
弾丸の下で大切な慰問団の女の締めていた市
松模様の帯を腰に巻きつけて持って来て
いたが 銃を持つ手は興奮して 目をギラギラ
光らせていた。 砲弾は だんだん近よって来た。
やがて 兵器廠は火薬が爆発しはじめ

それが次々とはるか山の彼方の空をふるわせて
陸地近くつたわって来た。
翔山見習士官は一大隊の方え帰り、徳君
高級主計だけが陸地にはいったが　それの伝える
ところによると　ソ軍は孟家子　の陸地を突
破して　琿春に入り訪安八面台　くらいで　この陸
地にやって来ている。　琿春　炭坑あたりはソヴ
エト軍で　みちみちている　琿春飛行場は
もう占領されたらしい　から二日後には　この陸地の
山の下に　ソ軍は姿を現わすだろう　と云い
ついで　私ら五名をよんで　ソヴエート・ロシア
の歴史を　ピョートル大帝時代から説きおこし
現在迄を説明して　ソヴエトは六十いくつの
人種からなり十六の共和國が合同しているのだ
から内部分裂を起し　日本軍の頑張り一つで
案外内部からくずれる　可能性があると自信
のない態度で　説明してきかせた。　そうして
もうこうなったら経理部　だと云って　ソロバン

をはじいている時ではなく いつでも地雷をもって
タンクの下に飛び込めるようにしておかねばならぬ、
とも云った。しかし彼の行李の中には 浴衣とか
寝間着はそれも 大切に入れてあった。
その翌日は 経理室は 部厚い帳簿や沢山の
消耗品を 焼却した。
なるべく煙を出さないようにしながら 棒でほじくりかえ
しては メラメラともえ上る炎をみていると 翌日の胸に迫
っている自分の生命のことについて考えた。
自分の力ではどうすることも出来ない流れの中で力
を失った無力な生命がただそわそわとして おち
つきのない 力のぬけた動作となり ふとほじくる棒
をもったまま、ぼんやりとしている自分に気づき はっと
することすらあった。
ここで私が死ぬると云うことは いさぎよく死ぬると云うこと
はこれは天皇のためであり兵隊として名誉なことで
ある、それには疑問がある。しかし どうせ死ななけ
ればならない 教えこまれたことを反復してみる
更に反復してみる。 天皇のため死ぬることは

英雄的であり 素晴らしいものであると云うて
を念仏のようにとなえて 自己をまったくそのよう
なものであるとの さっかくに おち入らせようと苦心する
じりじりと死の近づくのを待つ気持 こんなにな
ってくると誰しもが本当の人間の姿を現してくる
ものだ. 或はそれをおしかくすためにヒステリック
な態度となる. スマートな連隊副官は
ヒステリーになった. 偉光を誇り たかぶった
馬のようになった、
谷は兵隊と馬でうずまった. 私らは川下の
苦力のいたらしい小屋に糧秣をみこみその
ほとりに九五式のテントを張った. 雨はさあっ
と降って来ては 流れを濁して去った
翌日からは 夜ともなれば 山を上って たこつぼ
を掘った ひるまは飛行機から見られると云うので
作業はすべて夜行われた 霧雨が谷から吹
きあげてくる山頂には闇の中を何百名もの兵隊
が黙々と円匙や十字を鳴らせながら穴を
掘っていた.

"これは お前達の墓穴 だぞ!!" そのつもりで
しっかり掘れ…" 石の多い山をカチカチと火花を
散らしながら人間一人がやっと入れる穴を各人一つづつ
受持っては掘り 夜明と共にぐっしょり ぬれた体で山
を降った。 そうして翌日 ひるまはねることは出来ない
弥多とは精神的にも肉体的にも人間を極度に疲わ
さすものであった。 二日目ごろ 私は霧雨に
ふるえながら 岩肌を円匙でたたいていると 突然
足が空間を踏んで あっという間に 三米ばかりの
穴の中に おち込んでしまった。 穴の中は風はなく
温かであった。
"おーい だれだ おちたのは" 頭の上で
声がする。 私は躰の痛みに うなっていると 誰かが
すべりおりて来て 私であることをたしかめると
けがのないのを知り 夜があけるまでこの中にいた
がよかろうと云って 出て行った。
私は あたたかい穴の中で 睡気に どッと襲われ
ながら 又 二三日にせはめられた 私の生命

のことについて考えてみた。

昼は飛行機の爆音をよけながらカンパンの箱を山の中に埋めに行く。防寒具もないのにこの山で冬を迎えてがんばる考らしくカンパンを埋めてはその上に印をつけ　掘り出す目じるしにしておく。これは山の上に孤立した場合とか窗行丘のように一挙に糧秣庫を爆砕されることを心配するから　なのであった
その日加藤、大沢、松岡らは九中隊と食料補給のために本部の兵隊などと一緒に出かけて行った。

九中隊は遠くソヴエト軍の背後の山に陣取って孤立している中隊であり　ちょうど糧秣のなくなるころであった。

そうしてその翌日の夕方　加藤らは無事に帰って来た。

いよいよソヴエト軍は陣地のそばまでやって来た。砲声や銃声は津浪のように高くひく、峯々にこだまし　その中もソヴエト戦車の砲声がカン高く金属的な叫びをあげて流れた。

戦斗がはじまるとすぐ六中隊が殆どやられて軍旗
護衛中隊となった。山の上からは死体がおろ
され 石の墓がつくられ萩の花が挿された。そうして
そのような墓がだんだんと数を増し 天幕の医
務室は患者で一杯になり収容出来なくなり死
体はそのまゝ樹かげに投げ出すようになった
敵は自動小銃を持っている。 それは二百米
以上はあまり効力がないけれ共一分間に二百発
くらい射てる。それは素張らしい小銃だ…
そしてその音は綺麗な連続音をしているなど
と云うことが しばらくされたころには もう私らに
もその トロロロ…と鳴る自動小銃の音
がきこえるようになり ソヴエト軍は近づいていた。
○○軍曹が肉迫攻撃で二台戦車をやっつけて
片腕しぎとられたが又前線まで行ったとの 特ム
機関の男が満人に変装して頭をうたれながら
倒れる瞬間に戦車を宿営に揺って来たとかそう
云ったことが口伝えにつたわって来た。

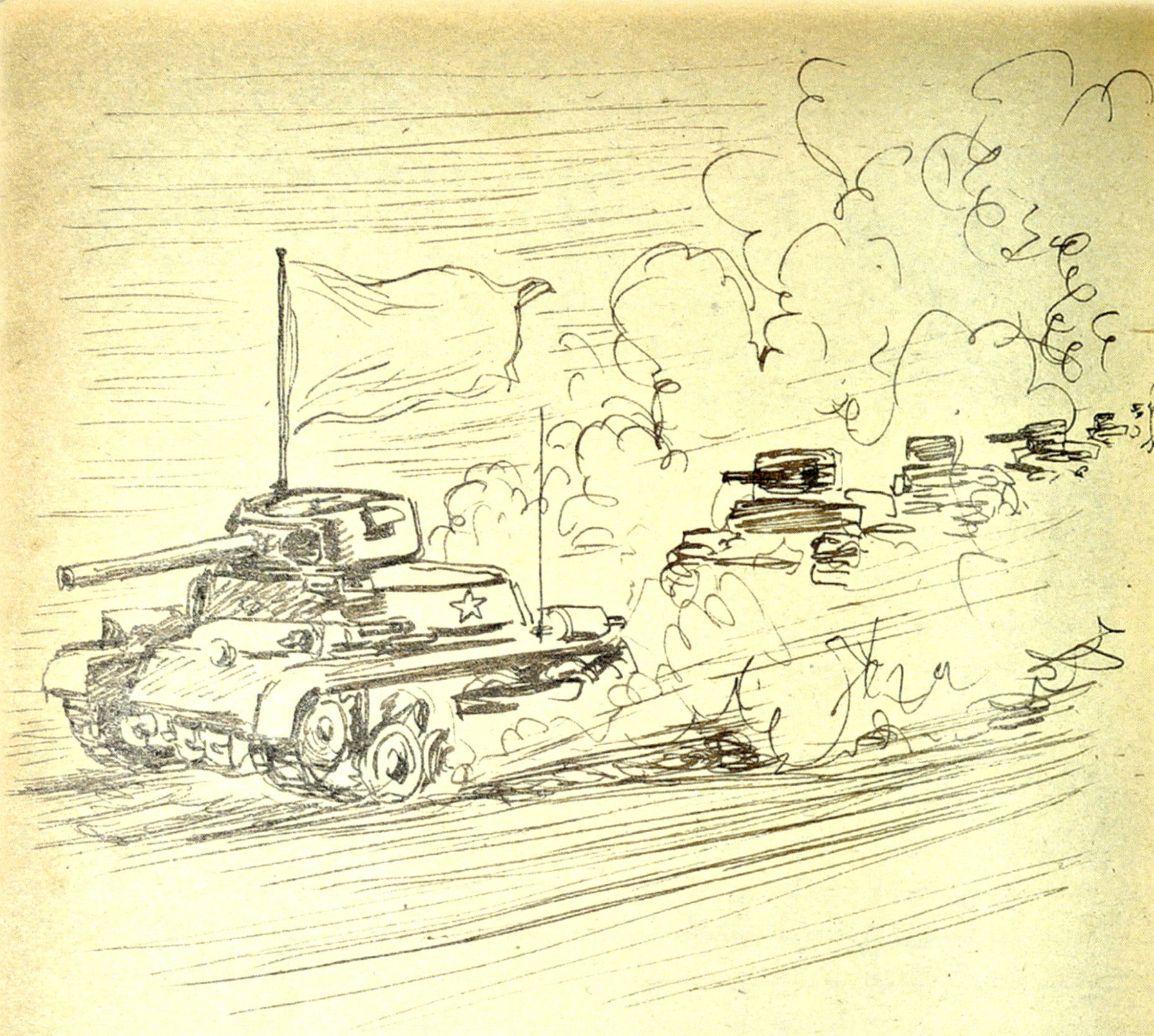

我々の恐怖は何と云っても空の敵であり自
部小銃だった。それに飛行場が占領されてから
は ひっきりなしに飛行機が飛んで来ては蛮行
をあたりを爆砕した。飛行機の一部は朝
鮮の図們方面へも飛んで行くようでもあった。
なんと云っても不安なのは全般の戦況が分らなくて
いるかということであった。東満にこれだけやって来
たのだから北満、外蒙辺からも相当ソヴェト軍は
入って来たと思われるが 兵隊の頭には琿春
と同じく図們附近の陣地でガン強な戦斗
がくりかえされていると信じていたけ共 実際は東
満でもソヴェト軍はもう牡丹江に入っていたし 北満
でも嵐のようにソヴェト軍はハルビン方面へ入って
来ていたのだった。
いよいよ戦斗はひっぱくして来た。
本部から各大隊へ兵隊たちは帰って行った。
少しでも兵力を増すために……　毎夜のように
夜襲を行い　地下足袋をはき戦斗帽に

目じるしの白い布をつけ　地雷や箱づめの
爆薬をくびにかけ　或はゴボウ剣を棒にくくり
つけたのをもった兵隊が　谷間に勢ぞろいしては
出かけて行った.
私が炊事場からバケツで飯を搬んでいるとき一
大隊に帰ってゆく川崎に逢った.
"おい一大隊に帰るぞ!!" 川崎はぶっ
きらぼうに云って　ガンヂヨウな躯だが　やさしい
目をパチパチとして　私にとっておきの美《よう》かんを
一本くれた.　川崎のそれも　もう　遇えない. どちらが
先に死ぬのかもわからないが　やがて　どちらも　死ぬる
だろう.
その夜　私と小沢をふくめた　十三名は　又
カンパンをもって　九中隊にとどけにゆくことになっ
た.　雑嚢に十袋　さらに天幕布に十五
袋　各人が準備した.　そうして　十三名に
わずか　銃は三挺.　私は柳下班長から
もらった　塗りの新らしい　短小銃を持って
行くことになった.　弾丸入れに一発も

弾をギッシリとつめ／手榴弾を一箇づつもってそして夜のふけるのを待った。

十二時すぎ我々は出発した。とても生きて帰れるとは思えない。みんな緊張した顔つきだった。　山へかかったとき同年兵の菅原が斬込隊の中から声をかけた。みるとおかしい程首から爆薬を垂るし手榴弾を二三ヶ持ち蒼白い顔をして列から私の名をよび
"俺はこれから斬込みに行くから最后だと思うがお互に元気でやろう!!"と云った。

私もそんなことをやはり言った。私は山をのぼりながらカンパンと弾丸の重みですっかりくたびれてしまった。　それでなくても私の体はくたくたに疲れてしまっていたのである。

私は山の頂き近くなったときこっそり背にまわしてある三十発の弾丸を藪の中にすてた。

どうせ三挺の銃ではいくら射ったところでたすかるもんぢゃあない　それよりはすこしでも軽くしておいた方が得だ……

萩の花、

山のいただき近くなると 霧雨が 煙るように吹きつけて来た。するとその霧雨の中から おびただしい馬があらわれ その一頭に鈴木伍長が乗っており "三大隊は 爆撃で 駄目だから馬を一大隊の方え移動させるのだ…" と広島以来のなつかしい声でどなると 又霧雨の中に消えて行った。

"三大隊も あぶないらしい" 我々十三名は一層緊張した、銃を持つ私の手もかたくなった、みじかい夏の夜はやがて うす白んで来たので我々は山頂に小休止をすることになった。

時折谷向に銃声が 間のぬけた こだまを させるだけで 静かだった。

私はやおら ポケットから川崎にもらった ようかんをとり出して小沢とわけて喰った。 ようかんは なんとも 言えぬ 甘さで 喉を すべり 元気が出て来た。

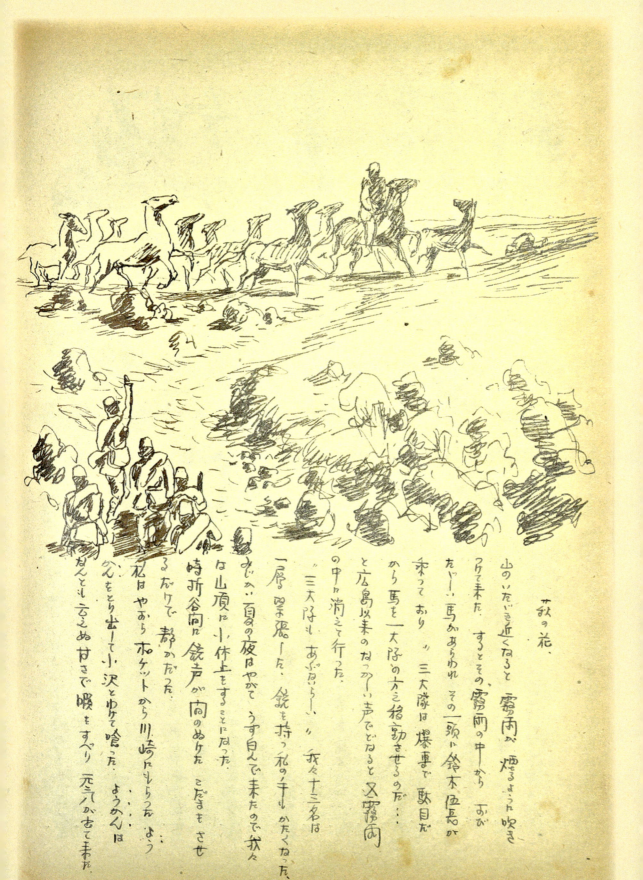

やがて朝一めんの谷間の霧。しかしこの明るさではとても進めないので草で体を偽装することにした。沢山咲きみだれている萩の小枝を折っては頭、背、腰とところきらわず躰につけ　まるで叢がうごいているようになった。

萩の花は今もさかりと咲きみだれており　手折ると露も葉末からこぼしては花がホロホロと散った。　これからは敵の視界に入るので峯をすこしはづれて二粁も進んだころ　はるか前方に人間の姿をみとめたが　ともすれば霧にさえぎられて敵か味方かわからない。

ひとまず我々は萩の花に深くかくれて霧の切れ目をまった。　霧雨が白いカーテンのように尾を曳いて降っては去り　また降ってきた。萩の葉はしっぽり　ぬれて水玉を美しく光らせていた。　私は胸ポケットから黒い小さな日記帳をとり出しては、たんねんに小さな文字で日記をつけた。

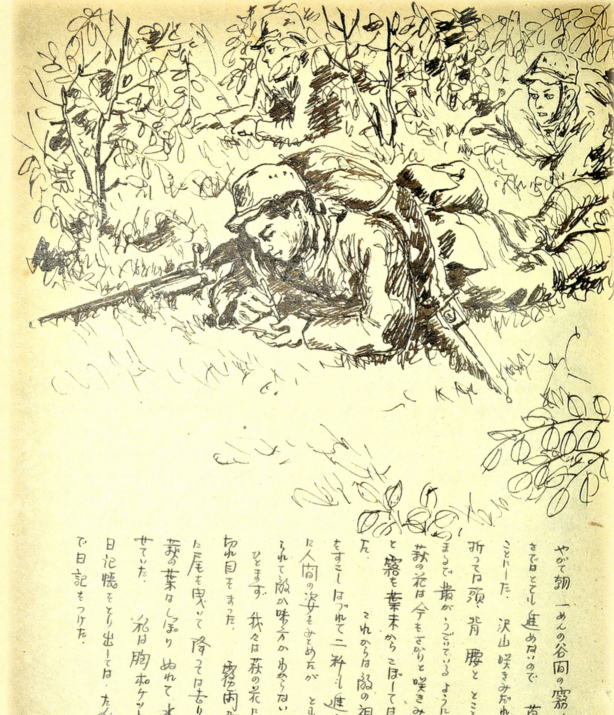

あと一時間後には いや三十分後には この満州の
萩の咲きみだれる山の上に 私はつめたい屍になって
ころがるかも 知れない しかし私は日記をつける
生きている間はそれが私の習慣であり これ
が私のゆづかん保たれている生のただひとつのなぐさめ
でもあった. 霧がうすらいで来た. 双眼鏡
をだれも もっていないので 山かけて行った斥候
があれは友軍だと云って帰って来た. 十三名は
腰をあげて又前進する はるか彼方にみえ
ていた人かげは だんだん近くなり 彼らは
斥候に出ていた准尉と兵隊二人であることがわかった.
彼等はつかれた顔をしており 我々の持っているカンペン
とにぎりめしを とりかえて ひとまず朝めしにする.
谷をくだり 峰をよぢり 又谷に入り 十三名
はだまって歩いた. やがて視界はひらけ 李花屯
がみえて来た. 部落からは 笛の音が流れ
ていた? 我々にはそれがなんだかわからない
草原にふせて 部落の者の眼をのがれて
又進む そのころから 頭上をこえて行く

飛行機の数がいちじるしく増して来た。
その度に草むらにふかく身をしづめてかくれる
飛行機は一大隊の陣地のあたりで激しい爆
撃をはじめ　その地ひびきが臥せている我々の
躰にブブんと伝わって来る。砲声はまるで
つるべ射ち。
"一大隊はものすごくやられてるぞ!!"
だれかが云った
"ウンやられてるな"誰も土のような顔色が
草の葉に反射して透明な色にみえた。
一大隊にいる広島から一緒に来た同年兵たちはどうし
ているだろう。川崎は?。加納は?。水戸川は?。
小早川、宮本、大後は?。なつかしい顔がフッ
と私の胸に浮ぶ。又谷え入る。丘えのぼる
小川をわたり又丘をこえる。丘をこえるともう
九中隊の籠っている山がみえるはずだ、私らは
のっぺらぼうの畑の丘をこえて　やがて九中隊の
いる山の正面の畑に立った。

すると九中隊の陣地のある山の上に人影が
あらわれ　何か大声で叫んでいる
友軍かー、ソ軍かー、
我々は更に近づいてそれを　たしかめようとしたが
そのときは　すさまじい銃声がおこった、
軽機の音がする、これは友軍のものである、
すると大きく迫撃砲の音がして岩肌にパッ
と砂煙があがる　又軽機のおと、それにおし
かぶせるように自動小銃のつるべ射ちがはじまる。
カンパンをわたしてやるべき九中隊は今戦斗の
最中である。それは今我々の目の前でくりひろ
げられている
山が切通しにけずられて　その切目を一本の川
と道路が走っている。その両側の山岩ペキに陣地
をとって通過する　ソ軍を悩ませようと九中
隊はたこつぼの中に　がんばっていたのである。
しかしソヴェト軍は背後から　せめている。そして
更に川原に迫撃砲をすえて、うちまくっている
悲鳴のような九中隊の軽機の音がひびくと

それをまっていたようにソ軍の迫撃砲が煙をはき
山岩肌をうちくだく
三十分間、散々には小銃が三挺、息をころ
して見守る。　やがて 砲撃がちん黙する。
しばらくして"ああーッ"と云う喚声がひと
きり山にこだまして静かになり時折 間のぬけた小
銃の音がする
日本兵は 決して 負けないと云う迷信がそくだつ
"はて どちらが 勝ったか?"　様子を
たしかめようと 上等兵が一人 銃をさげて 畑を
走って山に近よる。 山の上には大きく姿があらわれ
口笛の声 大声。それは友軍のものとはすこし ちがう。
そして その声の中には子供の ものもまじっている。
山上の人影はゆっくりとおりてくる。 よくみると
山の麓にも 相当な人影があり どうやら こち
らに近づいて来るようである。
"あッ!!　敵だ!・"　"オーイッ"と さっき
走って行った上等兵を班長が呼んだのと
ぴゅんと小銃の弾丸が畑の面をかすめたの
と同時だった。

気がついた上等兵が背をまるめて こちらに走って来る。 そして そのあとには よろよろとして一つ兵隊のかげがある。 息を切らし引つった顔の上等兵が "だめだあ にげろ。 九中隊は全滅したぞ！ 敵が来るぞ！ "
上等兵のあとから来たのは 九中隊でたった一人生きのびた 兵隊であった。 彼はまっくろに焼けた顔に眼ばかり光らせ ひょろひょろと足もとも 危なげであった。 我々は瞬間にすべてを了解したが 不安な顔で 班長をみた。 班長はしばらく口をもぐもぐさせていたが "しかたがない にげよう！ " と云った。
こんどは私の頭の上を 二三発の弾丸が うなって飛んだ 弾丸の音を身近くきいたのは これが最初だった キーンと私の躰は透明になった その私のつい眼の前に・・ はっと思われる近さに 少数の兵隊が長身の躰を大またにはこんで どんどんかけて来るのが みられた。 そうして立どまっては発砲した。

その服は赤く　私には赤くみえた．　腰のあ
たりに提げた自動小銃が火を吹いて　トロロ
ロロと鳴り我々の躰のそばを　シャーーッと
ブリキでも引き裂くような音をあげて弾丸
が飛んだ．
〝逃げろ!!　みんな〟
私がふりかえったときは　もうみんな　シャヘイ物のない
デコボコの畑を一さんに後に向って飛んでいた．
足はなんども　畑の畔のデコボコにとられて…
必死になって走った．　耳もとを弾丸の音が
伐る．　弾丸の音が山にこだまして　素晴らし
い斉射撃の音を再現する．
走りながら　こりあ弾丸があたるかも知れぬ．
弾丸にあたりたくない　私は躰をこごめて丸くなり
ながら　力のかぎり駆けた．　畑はのっぺらぼう
だが五百米も走れば　なだらかな稜線をかい
ているので　危険はなくなる．　私は歯をかみしめて
走った．　心はやっても足はよた〱とまだ
るっこく重かった．　弾丸の音が耳のそばを

吹きつけるように飛ぶ。　そうだ自動小銃は
三百米も はなれゝば 大丈夫だ　だから・・・
みんな死物ぐるいで 声一つたてなかった。　やがて
畑がつきて 草になり 凹地になる。
やっと死地を脱したところに つる草に覆われた
小さな溝が ながれており　その中にころがり込んで
水をガブガブと飲んだ　気がつくと私の
自分たちも 一人水の中にべったりと はらばって
水をのんでいる。　あゝ　なんと云う水の美
味さ。火のような喉を 渇った水が さわや
かにながれてすぎた。
"おい みんな大丈夫か　おい大丈夫か。
やられた者はいないか。・・・　こゝまでくれば
大丈夫だが　しばらくこの溝を行こう"
と溝の中を 廻うようにして ピチャピチャーと
にげる。 ひきつった顔は泥まみれになり汗
が鼻を描いて流れるのを 草の葉尖に突っか
れながら 荒い息をはき はだしの、ようにたげ
る。　畫から 凹地之　山の鄉之.

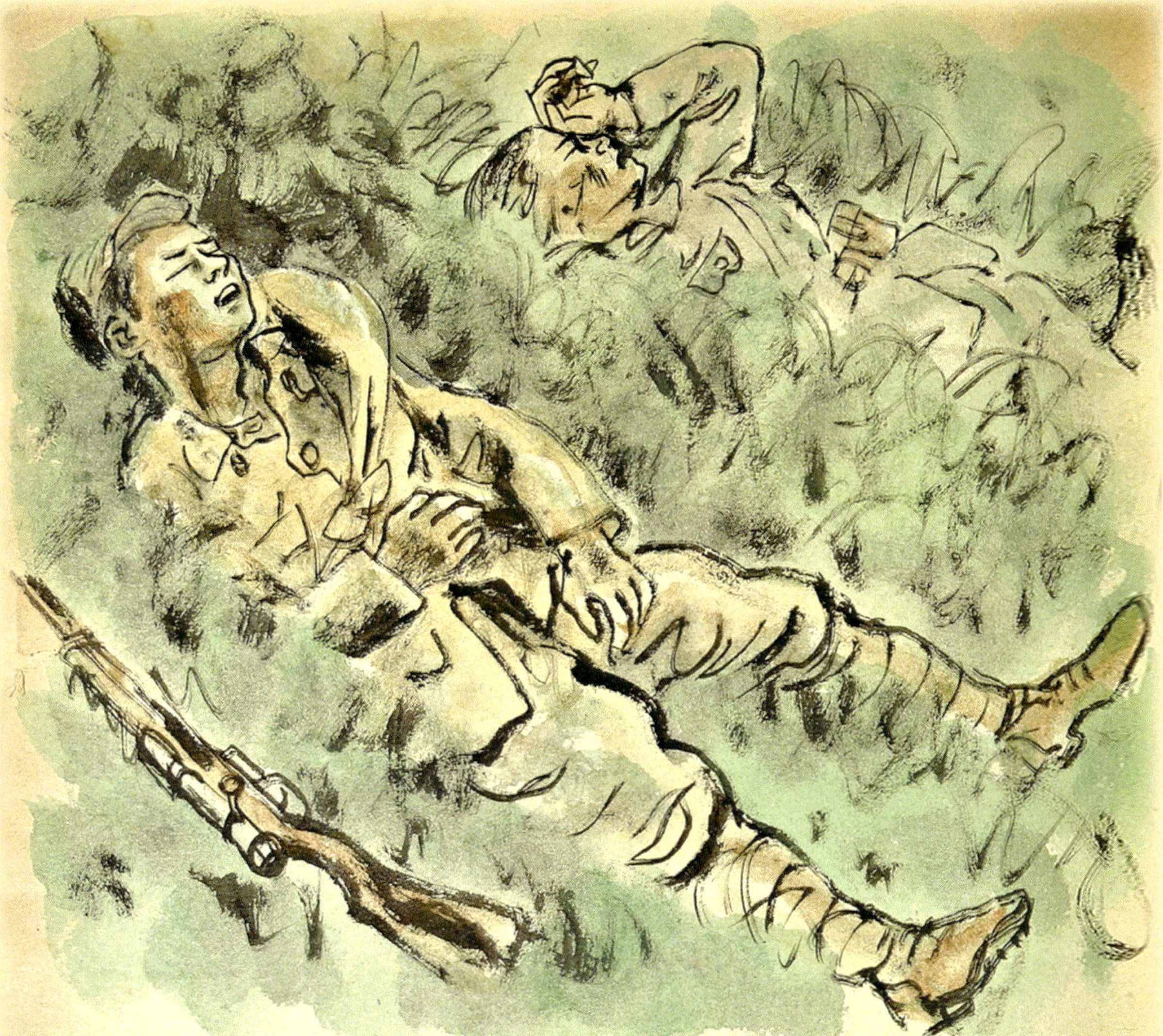

更に萩のしげみにかくれて一時間近くもにげ　やっと
弾丸からのがれたと思うと　みんなどっと疲れが
出てきた。　くた／＼とくずおれるように山
の傾面に体をなげ出す。汗がどんどん流れる。
一人二人三人とかぞえると十三名全員無事
それに九中隊の生き残り一名を加えて十四名。
行だおれの犬のように　あえぎながら　躯をよこた
えていった。
やがて太陽が西にしずみ　又霧雨をふら
せる雲がながれて来た。
九中隊の生き残りの兵隊は　みんなが出してやる
カンパンをガリガリとむさぼるようにして喰べる
又歩き出したのだが　こんどは　その兵隊の方
が私達よりは足はしっかりしている。　みんな疲れきっ
た足どりで進み　友軍の陣地がみえ　友軍が
たこつぼ掘りや戦車壕を掘っている姿のみえ
るあたりまでくると　ばったりと又山肌に躰
をなげ出して　陽がすっかり暮れるのを待って
陣地に入ることにした。

風がだんだんと冷たくなり　流れ出た汗を吹いて
体がわけもなくぞくぞくした．　しかし山肌は
まだ あたゝかいぬくみを持っており 丈のひくい下草
もかすかに息づいているようだった．
そのぬくみにぴったりと躯をつけ　たそがれてくる
空を眺めていると　私はただわけもなく悲しくなって
来た．　雑のうに入っているカンパンの袋を
指先で破ってつまみ出しては　ポリポリとかぶり
ながら空をながめていると　その空から　ヒラリ
ヒラリと　ひるの明りのカケラのようなものが
舞いおちて来た．　それは一つではない．一つ
二つ　ヒラヒラと白くひらめいて　私のかたわらの
萩の茎の上に　ぱさりとおちたものを　片手をの
ばしてとってみた．　一枚のビラ．
不鮮明な活字　日本文字のそのビラには

日本軍の将兵に告ぐ！
君たちは日本の天皇陛下がポツダム宣言を
受諾され降服の声明を出されたことを知
っているか．　内地では戦争は終り人民、

君たちはなんで
は平和の日を迎えている
戦争をするのか　一たい君たちは　だれのため
に戦争をし　大切な生命をすてるのか　君達
の両親や妻や子供は決して君たちが戦争
をつゞけ生命をすてることを　のぞんではいない
君達自身もおそらくのぞんでいないだろう！
君たちが戦争をすることは一体誰の利益となる
のか．　ソヴエト軍は　君たちの迷夢を少しで
も早く醒させ　一日でも早く悲惨な戦争を了
らせるために参戦した．
はやく戦争をやめなつかしい日本の肉親のもとに
帰るようにせよ！
と云ったようなことが印刷されてあった．
しかしそれを読んで　フッと胸に入って来るもの悲し
さと共にそれをうち消す　デマだ　ソ軍の神経戦
の手だと云う気持が頭をもたげた．
私は満洲の地図を頭にえがいてみた．東満は
この通り頑張っている．一週間もしたら全滅する
だろうがともかく　頑張っている．

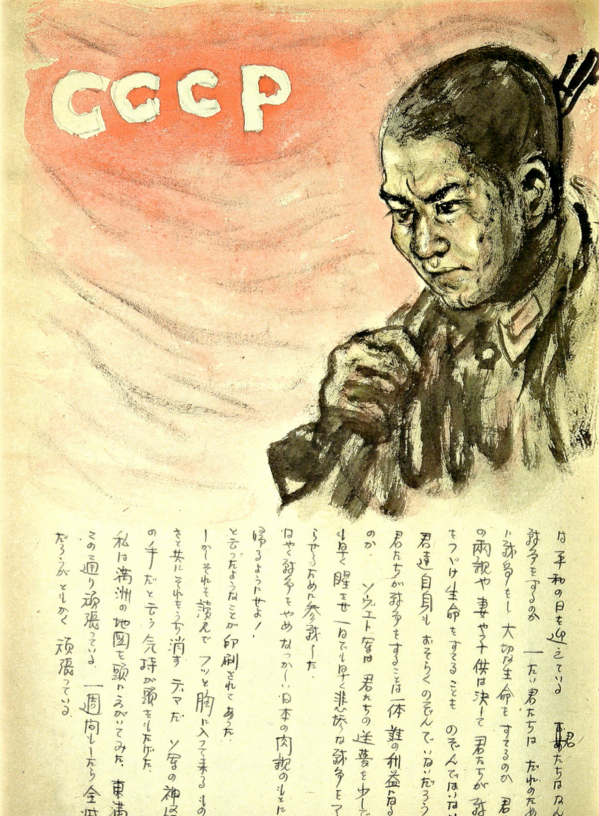

東寧あたりにも　けんごな陣地のあったはずだ
黒河あたりにも　起重機で、うごかす巨大な
要塞砲があったはずだ　友軍はみな頑張っ
ているに違いない
デマビラを信じてはいけない　私はビラをすてた　ビラ
はカサカサとねがえりをうちながら山肌を下におち
て行った　だが私は何ともいえぬ　すてばち
なような不安な気持にとらわれ　頭をつかんで
下に引きずられるような気持になった
どうにでもなれ　私はうとうととねむった

まっくらになって　谷そこの経理部集合に帰ると
松岡や大沢　加藤が声をあげてよろこんだ
何も連絡がないので　敵に包囲されたか　それとも
全員やられたのかと心配していたのである
炊事も連絡する背負っているカンパンを外し
てくれる　戦場で同じ境遇におかれ　同じ
運命におかれている者のみの持つ愛情で　何
くれと世話をしてくれる　私は生きていると云

・ってとがうれしくなって来た。
戦争はひっぱくして来た。谷向の上を砲弾が
音をたて、飛びはじめた。
ターンと云う軽快でするどいソ軍の戦車の砲の
音がしたと思うと同時に頭の上の山肌の岩がぱ
っと砂煙をあげて飛び散る。普通は弾丸
が岩をうちくだくとしばらくして発射音が伝って来る
のだが発射と着弾とが同時に感じられるほどソヴ
エト軍は近づいて来た
谷そこにいる私らの頭の上をシューーッと空気をはっ
きりと渦の様な線を曳いて（それは肉眼ではっきり
みられた）カーンと岩をうちくだいた。
しかし私は一度弾丸の下を逃げてからは全然死
の恐怖がなくなり、それと云うのは我々兵隊の
一人一人にもはっきりとわかるほどソ軍は優勢であり
どうせ数日のうちに完全に包囲され全滅する
ことがはっきりしてきたからである。
一大隊の方では日最初の日野砲で十台あまり
戦車をカク坐させたのだがその翌日は猛烈

な砲爆撃に殆ど全滅してしまい　我ら一大隊出身の者も一大隊に帰ることは出来なくなってしまった。一大隊に次いで、密行屯がやられた。ここには貨物廠から搬んだかなりの兵器や弾薬食糧があったのだが　それが完全にノースアメリカンB25によく似た爆撃機に爆砕されてしまったのである。　密行屯と云うのは我々のいる谷のすぐそばで　ソ軍は琿春飛行場から遠距爆撃を行った。　だから小銃射撃でエンジンから煙を出すようなことがあっても　ゆうゆうと飛行場に着陸出来たのである。　勿論日本の飛行機は一台も飛ばなかった。　兵隊は日本の飛行機を心待ちしたけれ共　遂に一機も飛ばなかった。　それはそのはずである。　開戦と同時に飛行隊では高級将校たちが家族や荷物まで積んで内地へ飛んで帰ってしまっていたのである。爆撃の次には英国のハリケーンに似た水冷式エンジンの戦斗機の機銃掃射である。　両翼の機関銃が真っ赤に火を吹いて　ドドドドドと

うちまくって来るのだが 我々はなすすべを 知らなかった。
私はおむろに照尺をたおしては 飛行機を射撃した。
飛行士も 赤い星のマークも はっきり みえるほど 降りて
くるのだが 弾丸は あたらなかった。 山々のたこつぼ
から 何十挺の小銃が 空に向けられ 豆を煎るように
射つのだが 戦斗機は小ゆるぎもなく 飛んだ……
もはや 明日。 明後日は 完全に全滅か……
それとも それもまたず 全員肉迫で切り込んで玉砕
するか。 そう云った 状態になり いよいよと云うときが
近づいた。 ソヴエトの兵隊 二人ばかりも
捕虜にして つれて来ていたが 彼等の被服は 実に
粗末であった。 十六才だとか云っていたが 背丈は我
々よりも高かった。 それに目かくしさせて しばり
山えつれて上り 敵の配備などきいたらしかったが
それをきいたとて 何になろう。
ソ軍は ゆうゆう昼間は砲撃し 昼食にはのろし
をあげて 一時間あまり 戦斗を止め食事をし 又
戦斗をはじめる 夕方になると 又 のろしを あげ
て 後方えさがって 野営をすると云う 無理のな
い戦争を 優秀な兵器で斗っていたのである。

我々には　合言葉として　〝天佑〟〝神助〟
と云ふ言葉が　きめて　あったが　その迷信じみ
たこけおどしの　言葉は　方づらに　霧の中で
まちがって事故を　おこす　だけ　だった
その翌日　ソヴエトの戦車は　室行屯の峠を
こえたと云ふ通報が入った　そうして我々のゐる
谷間には　夕方になって　ゾクゾクと　兵隊、自
動車、軍属まで入って来て　このせまい谷は
それらの人で　ぎっしりと　うずまってしまった
その人馬の中を　戦斗帽の後に白い布を　めぐらし
につけた斬込隊の一隊が整列しては山へのぼ
って出かけて行った
兵器室や獣医室の　者も斬込んで行った
おそらく経理部の　者らしい　こんな夜斬込みに行
くようになる　そう云った状態にあった
このせまい谷に　これだけ沢山の人が集ったなら
それは翌朝になって　すぐ徹底的な空襲が
行われることを意味し　完全に全滅の谷
となることを意味した

“とにかくこんなに密集することはよくない” と話
し合っているとき　やはり経理部附の　伍長が一人
コソコソと走って来て
“おい停戦になったらしいぞ　たしかに停戦
になったらしいぞ” とうれしくて　たまらないのを
無理に我慢したような調子で　しかし一大事をうち
あけるような調子で　我々に告げた、
“停戦？！” ガアンと胸を突かれた気
持である　おそらく数日のうちに死ぬる　と云うことは
誰しも豫期していたが　停戦と云うことは　考えてみ
たこともなかった
“ウン　たしかに停戦になるらしい、さっき軍属
の者がヒソヒソ話しているのをきいた　停戦と云
うんだから　ノモンハンのときの様に　双方で戦争を
やめて　ひきさがるに違いない……”
とその伍長は　云った
そんなことはない　俺たちはどうなるんだ
そんなことは　あるはずがない
しかし日本軍は負けている　内地の方も　今たし
アメリカ軍に占領　されると云う状態にある

だから ソヴェトの方から停戦を申込むはずはない
敗戦直前に日本の方が申込むとしたなら……
或は局地的な停戦？ それとも無條件降服？
判断も来ない なかにも 膝がしらが ぶるぶるふるえ
るような うれしさがこみあげてきた
伍長は 停戦になると内地に帰れるぞ！ と云う
と向うの方へ歩いて行った
そんなことがある はずがない しかし停戦と云う
二文字は むくむくと 胸の中 そこらじゅうをまわった
糧秣の入った麻袋を 積み重ねながら ずっと私
らの心は浮ついたような気持だった
死ぬることは なんでもない 仕方のないことだ と云う
気持から 何うしても 生きなければならない 死んで
はならぬ なんとしても 生きなければならぬ
そうだ 停戦と云うことも あり得ることなのだから
夕方になった とっぷりと日がくれ まって 秋の
いる谷それは はやく夜がやって来て その闇
の中で ガチガチと 兵器の ふれ合う音
馬のいなゝき 輜重車のきしみ などが一杯

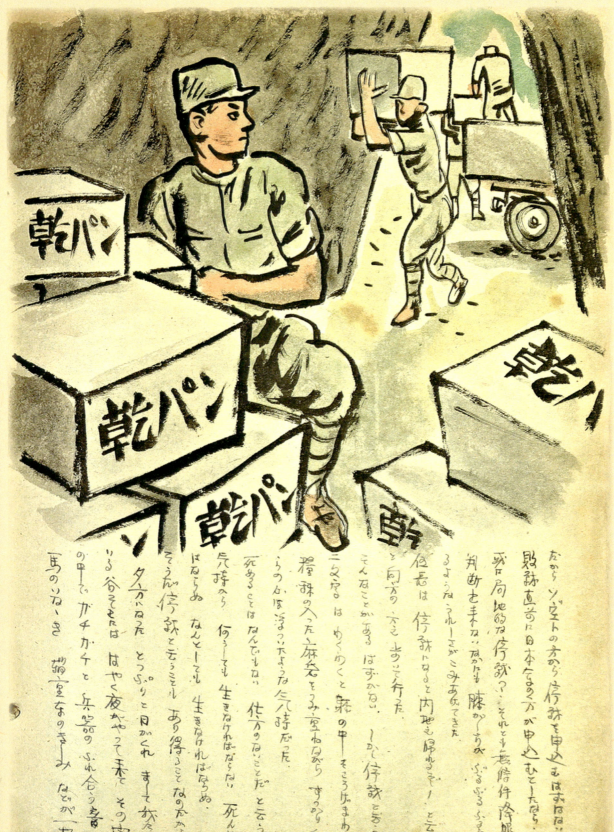

にこめていた。 砲声も銃声も心なしか
少くなった。 やはり本当かナ、本当かナ。
だれもがそう考えた

降　服

そのころ山の中腹本部のあるあたりにポツと焚火の灯がもえ上り 又その近くに二三ヶ所にも火が燃え出した。夜間火を焚くと云うことは日本軍は絶対にやらない それなのに あかあかと山肌に火が数ヶ所に燃え上ったのである。

やはり戦争は中止らしいぞ と話合いながら呆然と立っていれば 大声がきこえてくる
何となく 陣地全体がざわざわとした感じにつつまれた。 私らは何物かを みつけ出そうとするように本部のあたりを凝視していた。

停戦の事実をたしかめるためには まず本部の動勢をみる以外にはない。

山の中腹本部あたりに何か"萬才!!"を叫んでいるらしい 沢山の人の声が数度きこえて来た。

あゝ、たしかにこれは停戦だ…

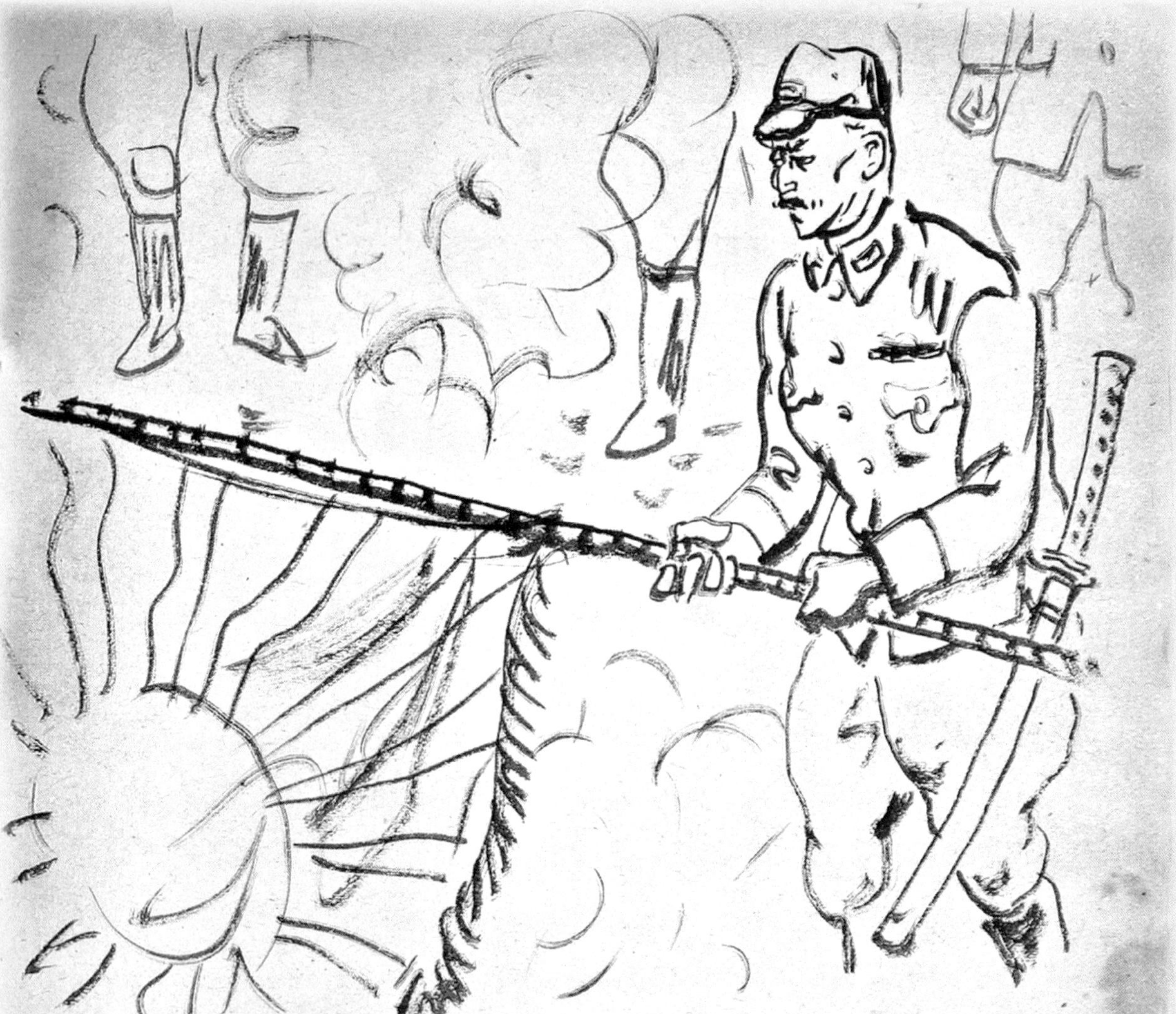

やっぱり停戦らしいぞ・・・
ほっとした気持と共に不安な気持で幕舎に入った。そのうち"見習士官以上は本部に集合"と云う声が方々をわめいて通った
将校たちは本部に集合したが一時間もすると帰って来て伍長を通じて停戦の事実を我々に伝えた。
"日本は天皇の命令で十五日に降服したこと したがって関東軍も命令で戦を止めること　五軍司令官は一時間ばかり前に洞窟でアンパンを踏んで自爆し連隊長は兵隊をつれて必ず動揺のないようにするようにと指示があったと云うことで、死ぬるはやすいが生きることは難いから　みんな早まったことをしないようにしてくれとか　連隊旗は焼いたのだが旗の先の菊の紋章は焼けないので　こわしてしまおうと思ったのだが　なかなかこわれないので土の中に埋めたと云うこと。　それから　今からは決して発砲してはならぬ　と云うことで

明朝六時迄に密行氏の峠まで兵器
を全部持って部隊は出て行きソヴエト軍
に武装解除をうけること
と云ったようなことがこまごまと注意された
無條件降服！　敗けたのだ　これから
何うなる……と云うことが渦を巻いて
神兵？の一人として　たたき込まれた教育の
知識から出る　涙がはらはらとこぼれる
伍長は階級章を引きちぎって　むしりとった
階級の上の者は捕虜になって　何んなにされるか
知れない　と云う心配がそうさせたのである
オンシの煙草を出して　だれかがみんなにまわした
そうして　それをのみながら　なんとなく感激した
炊事から食事をとりに来いと云って来た
ので　搬んできたものは白いめしと肉などの
ふんだんに入ったお菜であった　がめしはな
かなかのどに入らなかった
日本は敗けたと云うのに大めしを喰ってはこの
悲壮な場面がぶっこわれてしまう　だから感

きゅまった形とするためには　めしも　のども通らぬと云った光景でなければならぬ。歩兵操典も作戦要務令ももうこんなものはいらなくなった。さてこれからなにも所持すべきか　それにしてもこんなことになるのだったら　米のめしもカンパンもふんだんに喰っておくんだった、などと考えながら　私は背負袋に乾パンと米をつめる。それに襦袢袴下煙草も　若干をうんとポケットにつめて…軽くしようと思っても　どうしても装具は重くなる　そのうち闇の中を早い中隊はどんどん谷を降って密行もの方に出てゆく。　さあ　と私らもその谷を降る　敗れた兵隊のなかまの中に入った。

谷をくだり一本らしい道に出たころ　空が明るくなり周囲がはっきりして来た。　道路をゆく敗残の将兵、　路傍には千切れた　銃だとか　へしゃが

んだ 短剣　つば元から折れた日本刀　穴の明いた 鉄帽がころがっている。

ところどころに爆砕された糧秣の箱が散らかっており　兵隊たちはその中から　カンパンの袋や缶詰をてんでに　ひろっては歩いてゆく。

谷をくだるとき私は 弾丸を 藪の中に投げすてしまった。どうせ 武装解除で 敵にとられてしまうのだから　こんな重いものはすててしまえと

初年兵などは 一寸 ほこりがついていると云ってはしかられ倒したと云っては なぐられた小銃も 藪の中へどさりと なげすててしまう。 そうして私は 何か私の躯にまとわりついている かたくな、 掣肘から のがれたような気持になる。

しかし殆ど みんな大切に 銃はかついでいた。 砲兵は馬に大きな野砲を ごろごろと引かせていたし なかには ソ兵から分捕った自動小銃を 大切にかついでいる者もあった。

自動車には 油がかけられ 炎々と 燃え上っている

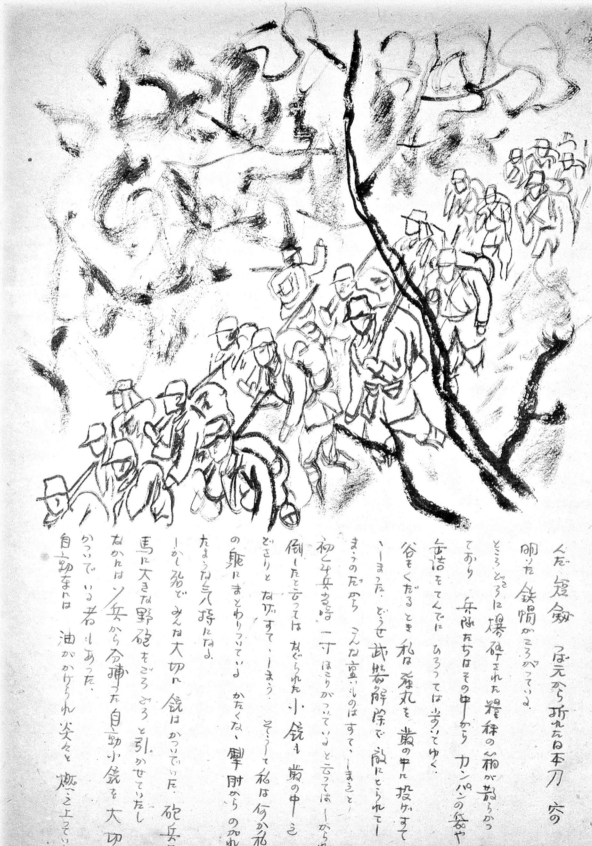

私らは 一寸立どまって ものめずらし気にそれを眺めてみたり 又 あわてたように 急いでみたり 不安な顔をした何千人が まっ黒く よごれて えんえんと強行軍の峠えと つづいた。
口惜しまぎれに 発砲するものがいて 小銃の弾丸が朝の空気をたち切って 悲鳴をあげる
太陽がギラギラと照り出す。 峠にかかると 一大隊の生きのこりが 山の中から出てくる。
あゝ 広島から一緒に来た 仲間もいる。 柳下班長のふくろを腰にさげ 竹杖を一本もった姿もみえる。 一大隊は全メツ ときいていたが しかし あとからあとから 敗軍の行列の中に加わるものは増し 数え切れぬ 数となった。
原田孫助が たばこをくれと云う
私は彼に 水筒につめた酒、 酒と云っても携帯燃料を溶かして こしらえた アルコールに砂糖をつめたもの をもらって ゴクゴクと 飲む。
はらわたが キューと よじれる もう どうにでもなれと云う気持である。

ソヴエト軍隊・ 赤《アカ》の軍隊だから どうせ みなごろ
しになるか いためつけられるか 何っちトーても
これから 幾時間後の自己の生命と云うものは
保証されたものではない 飲んだアルコールは
私を酔っぱらわせるかわりに 下痢をおこさせた
みんな ちんうつな 不安とすてばちな気持にみ
ちみちている。 みんなが みんなで みんなを温めあい
すこしでも 苦しみを少くしようと・ 考える
"ボイ カンパン はあるか……"
"砂糖を なめさせてやろう……"
みんな一緒に玄海灘をわたり 同じ内務班で
くらして来た 仲間だ 泪が出るような気持である
どうなる。 これから どうなる。 一体我々はこれ
からどうなるのか？
どんどんと つかれ切った 不安な顔の流れの中に
身をゆだねて だんだんと 密行峠をのぼる。
完全に 軍隊の組織は なくなり てんでに 仲のよ
いものどうし かたまって しかし 馬も人も 車も同
じ方向へ進んでゆく……

すると前方からどんどん血相かえて走って戻る一群があり トラックで気狂いのようにこちらに走ってくる者もある。 そーて

"駄目だ 駄目だ!!"

"だまされたぞ 向方え行ってみろ 一済射撃でみなごろしにされるぞ!"

"だまされたんだ もう一ペン戦争をやりなおしだ!" と云うようなことを叫んでは後方え帰ってゆく。

"本当か?" "?" さってみんなの顔に緊張したかげが出る。そーーてあゆて、又後方え引かえーて行く者もある。

私はすっかり疲れ切っているので どうにでもなれとどっかりと路ばたの石に腰をおろして休む

しばらくすると潮のよせかえすように兵隊のむれは峠え向って歩き出す。 私は沓下に入れた米五合ばかりと辞典を一冊石の上にかさねておき 荷物をかるくーて又その列の中に入る。

峠をやっと　のぼり切ったころ　兵隊のざわめ
きがきこゑ　ピストルを　ふりかざした　ソ軍の
兵隊が二三人やって来て　両手をあげている　我
々をすばやく検査して通る．中には　やにわに
腕の時計をむしり盗ってゆく者もあり　とられ
るよりはと　谷に投げすてる者もある．
ソヴエト兵は　みあげるように背が高く　服はみ
なぼろぼろになり　将校らしいのは　紺のズボンを穿い
ている．
私らは　はじめて近くみる　ソ軍の姿を　ものめずらしく
チロチロと　にらむ．人相のひどくわるい　キョウ
悪な顔付のもの　アメリカ映画に出てくる三枚
目のような愛嬌のあるもの　若いもの　年とったもの
そして　一様に彼等は，　実に軽装なことだ
自動小銃に弾丸　それだけしか持っていない
だんだんとソ軍の姿が多くなる．
路ばたには　アンパンを抱いて　戦車にとび込んで
死んだ死体　たこつぼのほとりに雑巾のよう
にのびているもの　まだかすかに息があり

わずかな生命を そのうつろな眼にこめて 空間
を ぼんやり と みつめている者、 今にも息を
引きとるかと思われる 男のかたはらには アルミ
の食器に水 とカンパン が二つぶばかり おかれている。
これらの者には 妻も子 もあるだろう 或は恋人
をもつ青年 かも知れない この峠で 雑布のように
死んでゆくのを 誰も知らない。 なんとかして やりたい
思わず 足がうごかなくなる しかし この私に何が
してやれると云うのだ
沢山の 善良な人間が 徹底的に殺されて
死んでゆく…… 何がこうさせるのか? とは誰も
考えない ソ兵だ! ソヴエト軍隊だ!
そうしてそれに 今我々は 捕虜となりに歩い
て行く、 路上に立止ったり 又歩いたりしている
うちに大体元の日本軍隊の編成になる、
そうして うず高く 兵器の 投げ出されて
あるところで かたっぱしから ゴボウ剣
銃、 軽機 と云うように 別けて放り出す、
そうして 一人一人 ポケット 検査 をされる。

しのめづらしー気にソ軍の兵士も私らをながめる
我々も気のぬけた気まりの悪い笑い顔をしながら
彼等をながめる　まづ
彼等の兵器がめづらしい　俺たちを射ったのは
これか‥‥　自動小銃たも　幾種もの型の
がある．長いチェッコのような機銃　だんだらに
染めあげた偽装服　彼等の胸に光る勲章
そうして　見上るほど巨大な　灰緑色の戦車
その戦車には　くっきりと　赤い星が　えがかれており
一間以上もある　巨大な砲が　ぐん　と前方に伸び
それにならんで　兵隊が　腰かけている．
これがアンパン　ぐらいで　ビクともしなかった戦車だ
道路の地雪をふみつぶして　ゆうゆうと進んで来た
戦車なのだ　ヨーロッパを　走りまわった戦車にち
がいない、
彼等は口笛をよく吹く　一寸した合図はみな
口笛でするらしく　ピューと　するどくよく透る
口笛が方々で鳴っている．　また　裸馬に乗
って　実に素晴らしく走る．

我々はせべたり立ったり すわったりしながら だんだん
と峠をおりる、下り峠の路は 兵器を持たぬ
日本軍隊でうずまる、

ソヴエト兵は 決して我々に石を投げつけたり など
しない、又蹴ったり なぐりもしない、これは
不思議なことだ、日本軍隊は 同じ軍隊
内で日本人同志でも ものすごくピンタも飛ばす
しかしソヴエト軍は さつきまで 地下足袋をはいて
夜襲をくりかえした 日本兵が目の前にいるの
に別にケイベツしたような口もきいていない
それで私らは やゝ安心する、
一人のソヴエト兵はしきりに我々にはなしかけてくる
そうして両手をにぎりしめて握手する様子
をみせ 何か云っているが 我々にはさっぱりわからぬ
あとでわかったが それは おそらく
"君たちは戦争をしたけれ共 自分の意志
でしたんぢゃない、誰でも戦争のすきな
者なんて居るもんぢゃない 君達は

労仂者や農民だろう．俺たちも労仂者
や農民だ　戦争のきらいな仂く者だ、
同じ仂く仲間なのだから　これからは手をにぎ
り合ってゆこう　なあ　そうしよう！”
と云った意味のことらしかった．
そのとき私らには　ロシア語はわからない
危害は加えないらしいけれ共　しかし油断はならぬ
いつどんな目にあわされるか　わからない
決して気をゆるしてはならぬ　なにしろ　相手は赤魔
の国の兵隊なのだから！
私らは　はりねずみのように不安と警戒心にとげ立
っていた．
峠をこえると私たちは　琿春川のほとり　訓戎の
山のみえる川原に近い原っぱに集結して食事を
する　だれも食欲は　なくなっている．
やがて　これから清津に行き日本に帰るの
だそうだ　と云うことが伝ってきた．
将校達が　それは真実だ　通訳からきい
たと　みんなに伝えた．

帰れる、日本え帰れるんだ！
どっと よろこびの声がある。しかし それは本当か？
いや本当にちがいない。 そうすると九月も迄には
家の敷居がまたげる……と云う声がする
今夜は琿春で夜をあかすのだ 琿春え向って
を発する。 焼けくすぶった残骸が田んぼの中
にころがっている。 橋がおちている。 日本刀が
土につきさ、っている。 琿春えのみちを 太陽は
照りつけ 喉がひりひりーてくる。 するとつきそった
ソヴエト兵士が 相当の人より ちーいのが 手まねで
鉄帽に水をくんできて 飲ませてくれる。
琿春までのみちは 遠い そのうち 岩きなが
ら陽がくれる。 突然 闇の中で 銃声が
する。行進は止る。 又進む。 銃声。
ふせろ！と ソヴエト兵士が手まねでする
またひる闇のあたたかみのある 路上に ふせる
そんなことをーながら 飛行場に入る。
ソヴエトの 戦斗機 がずらりと闇の中にならんで
飛行兵へ ちーいのがアコデオンを 弾いて 唄って

いる 飛行場のほとりの凹地で夜を明かす
ことになり てんでに地面に雑のう を枕にして
横になる 夜冷えてくると 誰もがこれからどうな
るかと云うことを てんでに考えはじめる
ソ軍は我々の周囲をぐるりと 機関銃
なぞで囲んでいる
若い上等兵が ねころんでいる人間の間を廻りま
わって "おい 油断してはならんぞ
奴等は こうして みんなを一ヶ所に集めておいて
みなごろしにするらしいぞ 油断をしては
ならんぞ" とつげてゆく
それは そうかも知れない 今迄いやに親切
にしたり何も変なことをしなかったのがおかしい
そう思いながらも 疲れでいつの間にか みんな
ぐっすり寝むってしまう 何時間たったか……
真夜中
タタタタ、 ピューピュー タン と 吹きつ
けるような 銃声に 私は ぱっと眼をさまし
て 仰向いてねていたのを うつぶせになる.

やみの中を火の線が飛ぶ　嵐のような銃声！
"だまされたッ！"
"とうとう　やりあがった！"
非常事態をこう直感した。
"くそッ！"　ムラムラといかりが湧く
す早く畑の畔らしい溝へ躯をちぢめてふせ
て躯を移動させる　目の前を日本刀を
つかんだ大隊長が廻ってゆく。凹地の中
は　どっと人の声と銃声とでわき立った。
耳もとを弾丸が飛ぶ。
"何うせ殺ろされるなら　ロスケを一人でもなぐり
殺ろして……"　と　死る前　ながめた周囲の
火を吹いている機銃のならびの方へ向って　じりじり
と溝をよぢ　すゝむ。
"止れ！止れ！"
"みんなしづまれ　同士違いだ"
"止まれ！　あぶない！　止れッ！"
誰かが叫んでいる、　立ちかけていたものは　ふせ、
動いていた者は止る。そうーて　さわぎがしずまる

そして銃声少くなり やがて止む
又一ヶ所立ち上る 銃声
そうして やっと このわけのわからぬ さわぎは 静かに
なる. ソヴエト兵が 大声で何かわめいている.
夜が明けて わかったのだが 夜中に馬が ねている
日本人の中へ入りこみ 見張していたものが
からおどろいて ワッと 立あがったところ
"スワ!"と 一緒に 沢山の者が立ったので
ソヴエト兵の方がし これは 暴動を起した
と感ちがいして発砲したらしく 発砲はイカクの
ため空へ向けて射ったのだが その 音に てっきり みなご
ろしにされると 又感ちがいして 日本兵がソ営
の方へ おどりかかって 行った者 などあり こんな
さわぎになったのだった.
昼間は焼けつくような暑さ、 はじめて
空腹を覚えたが食糧は無い カンパンを十つぶ
ばかり濁ったクリークの水に漬して ふやけ
たのを食べる. そうしないと のどが かわいて
やりきれないのである.

その日の夕方 移動すると云うので 行進しはじめたが 一時はかりうごいて 又畑の中に止る、
大豆の畑、惜しいことにまだ実ってない
その大豆の葉っぱを敷き 木枝をひろって来てつきさし その上に上衣や 天幕の切っぱし する
を張って陽を防ぎ ゴロゴロと やる。
泥水をのむため下痢を起するのか 続出、
食糧がないので どこからかみつけて来た、唐もろこし《ポミー》を煮て喰ったところ 激しい腹痛を起す、
翌日はいよいよ出発と云う、 患者は入院するから申出るように と云うので その中に私も加わる、
入院するとそこには ソ兵の負傷者も居り 術手に 生ごろしにされるとか 毒薬を注射されて片っぱしから 患者は殺ろされるのだとか いろんなデマが 飛ばされているので 私はなんとかして 今迄一緒にいた仲間と別れたくないと考えるが この腹痛では とても一緒に行軍は出来ない、 やはり仕方が

ない　何うなってもよいから自動車で病院
へでも　屠殺场へでも行こうと覚悟を
きめていたのだが　自動車は来ないので
その夜はとり止めとなる。
翌日は大体腹痛も止ったので　やはり
みんなと一緒に行動をすることにする。
暑さと食糧不足に躯を消耗しながら
その畑でくらすうちにも　私は日記帳は大切
にポケット深くかくして　たんねんに小さな字
で毎日のいろいろなことを、記入した。
この小さな手帳が　若し私が生きて日本へ
帰れたなら　それは素晴らしい貴重な記録
になるに違いないと　この小さなノオトのために
は　またと得がたい毎日の　様子をこまごまと
書いた。　こっそりと　ソヴエト軍人の服装だと
か兵器なぞもスケッチした。

著者紹介

四國 五郎 SHIKOKU Goro

1924年広島県生まれ。画家、詩人。20歳で徴兵、関東軍に入隊。
敗戦後捕虜となり3年以上に及びシベリアで抑留生活を送る。
1948年に故郷広島に戻り、反核平和運動を進めた。広島市市役所勤務。
その活動は、峠三吉との『われらの詩』の活動や「広島平和美術展」の創設、
「市民の手で原爆の絵を」プロジェクトへの協力など多岐にわたり、
生涯膨大な数の絵画、詩、文章等の作品を残した。
第18回広島文化賞受賞。2014年、脳出血のため広島市内で死去。

主要著書
『四国五郎詩画集 母子像』（広島詩人会議、1970年）
『広島百橋』（春陽社、1975年）
『四國五郎平和美術館①②』（汐文社、1999年）ほか。

表紙画、挿画
『原爆詩集』（峠三吉著 ガリ版刷り、1951年）
『絵本 おこりじぞう』（金の星社、1979年）ほか。

四國 光 SHIKOKU Hikaru

1956年生まれ。四國五郎の長男。1979年早稲田大学第一文学部卒業。
株式会社電通入社。 マーケティング局長、ビジネスディベロップメントセンター局長、
電通コンサルティング取締役兼務等を経て2016年同社定年退職。
NPO法人吹田フットボールネットワーク設立代表。職業潜水士。

『わが青春の記録』　上巻

2017年12月25日 初版 発行
2018年10月31日 第2版 発行
2019年7月10日 第2版第2刷 発行

全2巻　揃定価（本体48,000円＋税）

著　者　　四國五郎
発行者　　越水　治
発行所　　株式会社 三人社
京都市左京区吉田二本松町4白亜荘
電話 075（762）0368
撮　影　　鹿田義彦（『わが青春の記録』『豆日記』）
組　版　　山響堂pro.
印　刷　　オフィス泰
製　本　　青木製本

乱丁・落丁はお取替えいたします。

上巻コード　ISBN978-4-908976-63-6
セットコード　ISBN978-4-908976-62-9